Stephan Knösel
Echte Cowboys

Für den Roman *Echte Cowboys* erhielt Stephan Knösel u. a. das Kranichsteiner-Jugendliteratur-Stipendium sowie den Bayerischen Kunstförderpreis für Literatur.

Stephan Knösel

ECHTE COWBOYS

Roman

von BELTZ & Gelberg

Ebenfalls lieferbar:
»Echte Cowboys« im Unterricht
in der Reihe *Lesen – Verstehen – Lernen*
ISBN 978-3-407-62832-9
Beltz Medien-Service, Postfach 10 05 65, 69445 Weinheim
Kostenloser Download: www.beltz.de/lehrer

Für Quirin

Dieses Buch ist auch als E-Book erhältlich
(ISBN 978-3-407-74288-9)

www.gulliver-welten.de
© 2010, 2011 Beltz & Gelberg
in der Verlagsgruppe Beltz · Weinheim Basel
Alle Rechte vorbehalten
Lektorat: Frank Griesheimer
Neue Rechtschreibung
Einbandgestaltung: Cornelia Niere, München, unter Verwendung
eines Motivs von plainpicture/Photo Alto
Gesamtherstellung: Beltz Bad Langensalza GmbH, Bad Langensalza
Printed in Germany
ISBN 978-3-407-74251-3
5 6 7   19 18 17

1

Cosmo war noch in der S-Bahn, als seine Mutter die Tabletten aus der Schachtel nahm. Er lehnte an der Tür des Abteils und schaute auf die stillgelegte Kiesgrube, die draußen an ihm vorbeizog. Das freie Gelände lag auf halbem Weg zwischen Lochham, wo seine Schule war, und dem Westkreuz, wo er wohnte – eine weite Fläche, mit hohem Gras überwuchert, in der es ein paar Baumgruppen gab, die wie Inseln wirkten im grellen Sonnenlicht. Der Anblick erstaunte ihn jedes Mal. So stellte er sich Weideland in Texas vor, nicht die Stadtgrenze im Südwesten Münchens. Trotzdem passte die Kiesgrube irgendwie hierher. Für ihn trennte sie zwei Welten.

Cosmos Mutter hatte die Tablettenschachtel in der Wohnung des Mannes entdeckt, bei dem sie die letzte Nacht verbracht hatte. Der Mann schlief noch, als sie sich um fünf Uhr früh in seinem Badezimmer übergab, und er wachte nicht davon auf. Sie wusch sich das Gesicht, dann öffnete sie den Spiegelschrank über dem Waschbecken, um ihr Spiegelbild nicht mehr zu sehen.

Nach kurzem Zögern nahm sie die Schachtel aus dem Schrank, steckte sie in ihre Handtasche und verließ daraufhin die Wohnung. Cosmo war schon auf dem Weg zur Schule, als sie zwei Stunden später zu Hause ankam.

Dort legte sie sich Briefpapier und Kugelschreiber auf dem Esstisch zurecht, holte noch ein Glas Wasser aus der Küche, und während sie überlegte, wie sie anfangen sollte, drückte sie eine Tablette nach der anderen aus der Verpackung. Als sie damit fertig war, wusste sie immer noch nicht, wie sie den Brief anfangen sollte. Sie stand auf und begann aufzuräumen. Sie zog das Laken mit den Brandlöchern von der ausgezogenen Bettcouch, leerte die überquellenden Aschenbecher, die auf dem Glastisch standen, und sammelte die teils leeren, teils noch halb vollen Flaschen und die zerknüllten Zigarettenschachteln vom Boden auf. Dann wischte sie den Esstisch ab, warf den Lappen in den Müll und setzte sich. Als Letztes stellte sie eine volle Flasche Wein vor sich auf den Tisch. Dies sollte ihr kleiner Triumph im Abschied sein. Sie hatte seit sechs Stunden nichts getrunken.

Es gab so viel zu sagen, aber sie hatte nicht die Geduld, nach Worten zu suchen. Schließlich schrieb sie nur, wobei sie den Kugelschreiber fest auf das Papier drücken musste, um vor Zittern nicht unleserlich zu werden:

Mein lieber Cosmo! Bitte öffne nicht die Tür. Wenn Du diesen Brief liest, klingel bei den Nachbarn. Sie sollen die Polizei rufen. Es tut mir leid, dass ich keine gute Mutter war, und jetzt werde ich Dir nicht mal mehr eine schlechte Mutter sein. Ich liebe Dich aber, und ich weiß, dass Du mich liebst, trotz allem, also vergiss mich nicht. Vergiss wenigstens nicht, dass wir auch schöne Zeiten zusammen hatten! Deine Mama

Dann nahm sie die Tabletten je zwei auf einmal, immer mit einem kleinen Schluck Wasser, stand vom Esstisch auf und legte sich auf die Bettcouch. Sie wusste nicht, dass Cosmo an diesem Tag zwei Stunden früher als sonst aushatte.

Er kramte gerade seinen Schlüssel aus der Hosentasche und öffnete die Glastür, die vom Treppenhaus in den Flur führte. Inzwischen hatte er es im Gefühl, wann er im neunten Stock war, aber wie oft war er schon bis in den zehnten hochgelaufen? Jemand hatte sich einen Spaß erlaubt und die Ziffern von den Glastüren abgekratzt, außer im Erdgeschoss. Man musste ja auch wirklich bescheuert sein, um schon im Erdgeschoss nicht mehr zu wissen, wo man war. Ab dem fünften, sechsten Stock allerdings, fand Cosmo, konnte man schon mal durcheinanderkommen.

Als ihr schlecht wurde, stand Cosmos Mutter doch noch einmal auf, um die Weinflasche vom Tisch zu holen. Aber sie schaffte es nicht mehr zurück zur Bettcouch, sie brach vorher zusammen.

Cosmo hörte draußen auf dem Flur das Geräusch von zersplitterndem Glas und einen dumpfen Aufprall – doch das war nichts Neues für ihn. Neu war der Briefumschlag, der über dem Türspion klebte. Es ergab keinen Sinn, dass er bei den Nachbarn klingeln sollte – die Wohnung rechts von ihnen stand leer und das Ehepaar in der linken Wohnung sprach kein Deutsch. Über diesen Gedanken stolperte Cosmo, bevor ihm klar wurde, dass seine Mutter es diesmal ernst meinte. Es war nicht ihr erster Versuch. Aber früher hatte sie es ihm immer relativ leicht gemacht, sie zu finden. Diesmal war sogar das Schloss von innen blockiert, als er versuchte, die Tür aufzusperren.

Cosmo rannte durch den dunklen, schlauchförmigen Flur zurück ins Treppenhaus und runter in den achten Stock. Der Flur dort sah genauso aus wie im neunten, nur brannte im achten mehr Licht, sechs von zehn Neonleuchten funktionierten noch. Im neunten waren es gerade mal vier. Cosmo hatte immer schon das Gefühl gehabt, dass es mit jedem Stockwerk ein wenig dunkler wurde in diesem Haus.

Die alte Frau, die unter ihnen wohnte, hatte ihre Tür nur einen Spalt geöffnet. Die Kette des Vorhängeschlosses verdeckte genau die Lippen der Frau. Einen Augenblick lang dachte Cosmo daran, ihr die Wahrheit zu sagen. Aber er hatte die Erfahrung gemacht, dass man bei Erwachsenen mit der Wahrheit nur selten das erreichte, was man eigentlich wollte. Und Cosmo wollte auf den Balkon der Frau.

»Ich wohn über Ihnen, ich hab mich ausgesperrt, unsere Katze ist auf dem Balkongeländer! Kann ich mal auf Ihren Balkon?«

Die Frau beäugte ihn misstrauisch. Sie sagte nichts. Er warf einen Blick auf das Namensschild unter der Klingel. Vielleicht verstand die Frau kein Deutsch.

»Ich will nur meine Katze holen«, sagte er langsam und deutlich.

Keine Antwort.

Cosmo hörte, dass der Fernseher in der Nachbarwohnung anging, und war schon kurz davor, dort zu klingeln, als die Frau endlich sagte: »Haustiere sind hier verboten.«

Akzentfrei. Scheiße. Er überlegte, ob er die Tür eintreten sollte. Das Vorhängeschloss in der Wohnung, die er mit seiner Mutter teilte, hing ziemlich lose an zwei rostigen Schrauben.

Schaffen würde er es. Allerdings wollte er auch nicht, dass die Alte einen Herzinfarkt bekam.

»Lassen Sie mich bitte auf Ihren Balkon?«

Cosmo wusste nicht, ob er überhaupt schwindelfrei war. Er nahm sich vor, nicht nach unten zu sehen, als er auf den Mauervorsprung neben dem Balkon kletterte.

»Mach mir ja nichts kaputt!«, rief die Alte aus ihrem Wohnzimmer. »Das sind meine Geranien!«

Cosmo sprang hoch und bekam die Kante des Mauervorsprungs über ihm zu fassen. Er schrammte sich das Kinn auf, als er einen Klimmzug machte. Die Straßengeräusche drangen abgeschwächt zu ihm nach oben. Auf einem der Nachbarbalkone spielte ein Radio volkstümliche Musik. Zum Glück nicht sehr laut. Cosmo spürte, wie sich Schweiß auf seinen Handflächen bildete. Er musste jetzt umgreifen, jetzt.

Er ließ mit der linken Hand los und für einen Sekundenbruchteil hing er nur an einer Hand in der Luft. Dann drückte er sich, mit dem linken Arm auf dem Mauervorsprung, nach oben, zog zugleich das rechte Knie hoch, und mit großer Mühe schaffte er es, sich rittlings auf den Vorsprung zu setzen. Er konnte auf die große Straße vor ihrem Haus sehen, die ein paar Hochhäuser weiter in die Unterführung eintauchte, über der die S-Bahn-Station lag. Seine Füße hingen in der Luft. Er musste aufpassen, dass er nicht das Gleichgewicht verlor. Ihm kam ein komischer Gedanke in dieser Stellung – dass Reiten ziemlich schwer sein musste, obwohl es in der Kinowerbung so einfach aussah. Aber die größte Herausforderung war es, auf dem schmalen Mauervorsprung aufzustehen. Ohne in Panik zu geraten.

Es war wie in *Stand by me*. Die Jungs sind auf der Eisenbahnbrücke – und plötzlich kommt der Zug. Sie können nur noch weglaufen, um ihr Leben. Es gibt kein Zurück mehr. Genau das wurde auch Cosmo in diesem Augenblick bewusst. Vielleicht war dies der letzte Tag in seinem Leben. Er konnte sich nicht wieder im Klimmzug runterlassen und zurück auf den Balkon der Alten schwingen. Der Mauervorsprung war zu kantig und ohne guten Halt würde er niemals genügend Schwung bekommen.

Es gab keine Wolke am Himmel, und es war warm, nicht so heiß wie im Juni, aber nach den letzten Regenwochen war es wieder so schön, dass man sich schlechtes Wetter gar nicht mehr vorstellen konnte. Es war ein Tag, um noch mal seine Freunde zu treffen, bevor man mit seinen Eltern in die Ferien fährt. Ein Tag, um Fahrrad zu fahren, wenn man eins hat. Es war bestimmt kein Tag, um vom neunten Stock eines Hochhauses zu fallen.

»Was ist mit deiner Katze?«, rief die Alte aus ihrem Wohnzimmer.

Cosmos Magen fühlte sich an, als würde eine Hand ihn packen wie einen wassergefüllten Ballon und zudrücken. »Die ist wieder zurück!«, rief er. Seltsamerweise wollte er nicht, dass die Lüge mit seiner erfundenen Katze ausgerechnet jetzt aufflog.

»Wie lang brauchst du noch? Ich muss einkaufen.«

»Ich hab's gleich!«, rief er. Es war ein unglaubliches Gefühl. Er stand auf, balancierte kurz auf dem Mauervorsprung, der auf Bodenhöhe des Balkons aus der Hauswand ragte, hielt sich an der Brüstung fest und kletterte über das Geländer. Eigentlich ganz einfach – bis auf die neun Stockwerke Luft unter ihm. Als er wieder festen Boden unter den Füßen hatte, fühlte er sich so stark wie nie zuvor. Es war das genaue Gegenteil von Angst. Er war zu allem in der Lage. Wenn der Typ, der ihn vor zwei Jahren im Einkaufszentrum verprügelt hatte, jetzt vor ihm gestanden wäre, Cosmo hätte ihn mit bloßen Händen in Stücke gerissen! Da war er sich sicher. Dann sah er seine Mutter im Wohnzimmer liegen.

Cosmo rief nach ihr, aber seine Mutter hörte ihn nicht, zumindest bewegte sie sich nicht. Er rüttelte an der Balkontür, obwohl er sehen konnte, dass der Türgriff innen nach unten zeigte. Das Glas zitterte im Rahmen, als er gegen die Scheibe schlug. Dann sah er das gekippte Fenster, griff durch den Spalt und schaffte es sogar, innen an den Fenstergriff zu kommen. Aber er konnte den Griff nur berühren, nicht umfassen, sosehr er seine Finger auch streckte.

Cosmo packte einen der beiden Plastikstühle, die an der Wand lehnten, und donnerte ihn, Stuhlbeine voran, gegen die Balkontür. Wieder zitterte die Scheibe, aber mehr auch nicht. Cosmo warf den Stuhl über die Brüstung. Scheiße. Warum war er nicht gleich draufgekommen? Er nahm den schweren grünen Blumenkasten, in dem sich nichts mehr befand außer vertrocknete Erde, und rammte ihn gegen die Balkontür. Gleich beim ersten Schlag zersplitterte die Scheibe klirrend.

Es war bei Weitem nicht das erste Mal, dass Cosmo seine Mutter so sah: Mund offen, zerzaustes Haar, noch angezogen, reglos. Oft schlief sie, als könnte sie niemand mehr wecken – und manchmal sogar auf dem Boden. Auch ihr Atem war dann kaum hörbar. Nur der Alkoholgeruch deutete darauf hin, dass sie noch lebte.

Doch dieser Geruch fehlte jetzt. Diesmal war es anders. Cosmo schrie seine Mutter an, aber sie rührte sich nicht. Ihr Gesicht fühlte sich kalt an. Er strich ihr die Haare aus der Stirn, dann verpasste er ihr ein paar Ohrfeigen links und rechts. Keine Reaktion. Er versuchte, seine Mutter aufzurichten, aber sie kam ihm schwerer vor als sonst, und ihre Arme fielen leblos zurück auf den Teppich, als er sie wieder losließ. Als gehörten sie nicht mehr zu seiner Mutter. Cosmo wusste nicht, was er tun sollte. Seine Mutter sah aus wie tot. Ihre Augen waren nur noch weiße Schlitze, als er mit dem Daumen die Lider hochzog.

Er hockte sich auf den Rand der Bettcouch und einen Augenblick lang fühlte er nichts. Dann war er fast erleichtert. Etwas Schlimmes war passiert, aber jetzt war es vorbei. Dann stiegen ihm Tränen in die Augen. Das Wohnzimmer war aufgeräumt. Auf einmal! Bis auf die leere Tablettenschachtel, das Briefpapier und den Kugelschreiber auf dem Esstisch. Und die zerbrochene Weinflasche am Boden.

Wann hatte sie das letzte Mal aufgeräumt – vor zwei Jahren, vor drei? Und wie oft hatte er es für sie getan? Damals hatte er noch gehofft, wenn er aufräumt und die Wohnung wieder sauber ist, dann könnte er damit alles vergessen machen, was zu dieser Unordnung geführt hat. Er würde eine Weinflasche in den Müll werfen – und seine Mutter hätte sie nie getrunken. Und sie könnten neu anfangen. Sie könnten noch mal neu in diese Wohnung ziehen und diesmal würde alles anders werden, besser.

Cosmo nahm den Hörer vom Telefon und wählte die Notrufnummer. Er hörte das Freizeichen und kurz darauf die Stimme am anderen Ende der Leitung. Er sagte, was passiert war, gab die Adresse durch und das Stockwerk, dann legte er wieder auf. Die Glasscherben knirschten unter seinen Schuhsohlen, als er wieder auf den Balkon ging. Er schaute zum Bahnhof und sah fingernagelklein ein paar Leute am Bahnsteig. Die Autos auf der Straße sahen aus wie Spielzeug. Auf der Wiese vor dem Haus lag einsam der weiße Plastikstuhl, den er über die Brüstung geworfen hatte. Es dauerte eine Ewigkeit, bis Cosmo die Sirene eines Krankenwagens hörte.

Keine fünf Minuten wahrscheinlich.

2

Berger ging von der Toilette zurück in die Cafeteria. Eine Küchenhilfe mit Kopftuch wischte den Tisch ab, an dem er gerade noch mit dem Jungen gesessen hatte. Berger schloss die Augen, um die Wut zu unterdrücken, die in ihm hochkommen wollte. War der Junge abgehauen? Wehe!

Berger ging zügig, aber ohne zu rennen, zum Seitenausgang des Krankenhauses, der zum Parkplatz führte. Dort fand er den Jungen und seine Wut verpuffte wieder. Der Junge hockte auf der Bordsteinkante, steckte sich eine Zigarette zwischen die Lippen und tastete seine Hosentaschen ab. Er zog eine ziemlich mitgenommene Streichholzschachtel hervor, und beim dritten Versuch gelang es ihm, ein Streichholz anzuzünden. Der Junge rauchte noch nicht lange, das sah Berger sofort.

»Du könntest mir auch eine anbieten«, sagte er.

Der Junge drehte sich zu ihm um und musterte ihn. Dann warf er ihm die Schachtel zu und Berger fischte sich eine filterlose Camel heraus.

»Wie alt bist du?«

»Nächsten Monat sechzehn«, sagte der Junge.

»Wird ein Scheißgeburtstag, was?«

»Wieso?«

Berger zündete sich die Zigarette an und inhalierte. Der Junge machte auf Pokerface – und seine Mutter lag da drin im Sterben. Aber vielleicht stand er ja noch unter Schock und war deswegen so ruhig.

»Hast du verstanden, was der Arzt gesagt hat?«, fragte Berger. Unterm Strich lief es wohl darauf hinaus, dass die Mutter des Jungen einerseits zu viel Tabletten genommen hatte, andererseits zu wenig. Zu viel, um zu leben – zu wenig, um tot zu sein.

»Immerhin glaubt er noch an Wunder«, sagte der Junge. »Er hat doch gemeint, ich soll die Hoffnung nicht aufgeben.«

»Ja, den Teil hab ich auch mitgekriegt.« Nach drei Zügen warf Berger die Zigarette wieder weg. »Hab eigentlich aufgehört. Solltest du auch tun.«

Der Junge musterte ihn wieder. »Was machen Sie bei der Polizei?«

»Du meinst, wegen dem Trainingsanzug?« Es stand sogar sein Name drauf, über dem Wappen auf der rechten Brustseite. »Ich bin Jugendbeamter. Ich hab ein Streetball-Turnier organisiert, in der Valrasstraße. Gehört auch zum Job.« Er war erst seit vier Wochen wieder im Dienst. Nach drei Monaten Pause, der erste davon im Krankenhaus. Ein Junkie war mit einem Küchenmesser auf ihn losgegangen. Berger hatte es nicht glauben können damals – er hatte die Pistole längst gezogen und den Junkie voll im Schussfeld gehabt. Und da macht der einen auf Selbstmordkommando! Berger wollte ihm noch zurufen, wie unglaublich bescheuert das war, aber die Worte formten sich nur in seinem Kopf und kamen ihm nicht mehr über die Lippen. Er hätte sogar genug Zeit gehabt, nicht nur einmal, sondern dreimal auf den Junkie zu schießen, doch er war wie eingefroren in dem Augenblick, unfähig, sich zu bewegen. Er hätte schwören können, da war dieser kurze Moment des Zögerns, nachdem der Junkie ihn mit dem Messer verletzt hatte – nur eine Sekunde länger, nur eine, und der Junkie hätte das Messer hingelegt und »Nicht schießen!« geheult. Aber eine falsche Entscheidung und das Leben ist vorbei, wenn man Pech hat. Ein Kollege hatte abgedrückt, Rettungsschuss, tödlich.

Jugendbeamter war ein Neuanfang. Drogenfahndung war nicht wirklich sein Ding, das musste er sich eingestehen. Er war nicht cool genug, wenn es drauf ankam.

»In der Valrasstraße?«, fragte der Junge. »In dem Heim?«

»Ja. Schon mal da gewesen?«

»Nein«, sagte der Junge heiser.

»Willst du deine Mutter noch mal sehen?«

Der Junge schüttelte den Kopf und stand auf.

Die Fahrt nach Hause war Cosmo genauso unwirklich vorgekommen wie zuvor die Fahrt ins Krankenhaus. Als Kind war das mal sein größter Wunsch gewesen: bei der Polizei mitzufahren, oder wenigstens mal im Rettungswagen. Heute war beides in Erfüllung gegangen. Und er hätte gut darauf verzichten können.

Cosmo nahm die Schulbücher aus seinem Rucksack und legte sie auf den Schreibtisch. Er ärgerte sich, aber er war selber schuld. Er hätte im Krankenhaus abhauen können, solange der Bulle auf dem Klo war. Aber als er nach draußen auf den Parkplatz kam, war ihm auf einmal alles egal gewesen. Außerdem hatte der Bulle den Eindruck gemacht, als könnte man mit ihm reden.

Von wegen! »So sind die Vorschriften«, hatte er gesagt.

»Und die Vorschriften sehen in deinem Fall Heimunterbringung vor.«

Jetzt lehnte Berger ungeduldig am Fenster. Er hatte seit einer Stunde Feierabend. Er betrachtete den Wäscheständer, der vor der Wand stand.

»Was, wollen Sie sich ein T-Shirt von mir ausleihen?«, sagte Cosmo. »Bedienen Sie sich!«

»Hast *du* die Wäsche gemacht?«

»Wer denn sonst, etwa meine Mutter? Die weiß wahrscheinlich gar nicht mehr, wie man eine Waschmaschine bedient.«

Berger deutete auf die Schlüpfer, die in der ersten Reihe aufgehängt waren. »Anscheinend wäschst du auch ihre Sachen.«

»Einer muss es ja tun.«

»Und dein Vater hat sich wirklich nie mehr blicken lassen, seit ihr hierhergezogen seid?«

»Das hab ich Ihnen doch schon gesagt. Nein, hat er nicht, jedenfalls nicht bei mir.« Cosmo hatte genug von den Fragen des Bullen. Aber dann dachte er: Vielleicht kann ich ihn ja doch noch umstimmen? »Hören Sie«, sagte er etwas freundlicher. »Meine Mutter ist im Krankenhaus, okay. Aber Sie können mich wirklich hierlassen. Meine Mutter ist sowieso nie da! Das hier ist praktisch meine Wohnung – sie kommt nur ab und zu mal zu Besuch!«

»Und das ist jetzt vorbei«, konterte Berger. In einem Tonfall, der keinen Widerspruch duldete. »Du hast niemanden, wo du unterkommen kannst. Irgendjemand muss sich um dich kümmern.«

»Auf einmal? Ich bin alt genug!«

»Nicht nach dem Gesetz. Jetzt pack deinen Rucksack!«

Cosmo wartete, bis der Bulle wegschaute, dann machte er

den Schrank auf und schob als Erstes den Stapel T-Shirts nach hinten, sodass die Marlboro-Stangen an der Schrankwand nicht mehr zu sehen waren. In der gleichen Bewegung nahm er das oberste T-Shirt vom Stapel und steckte es in seinen Rucksack. Es fiel ihm schwer, auf die Zigaretten zu verzichten, Marlboros ließen sich am besten verkaufen. Für die filterlosen Camels hatte er immer noch keinen Abnehmer gefunden, jedenfalls nicht an seiner Schule.

Ihm war auch klar, dass er seine Einnahmen hierlassen musste, vorerst jedenfalls – der Bulle würde bei so einer Summe Fragen stellen. Fragen, die Cosmo nicht beantworten wollte. Er hatte also nur fünf Euro in der Tasche. Seit der Sache im Einkaufszentrum vor zwei Jahren trug er nie mehr Geld mit sich rum. Die fünf Euro würden ihm höchstens bis morgen reichen, danach musste er sich was einfallen lassen. Oder wieder auf Tour gehen.

Das mit den Zigaretten hatte sich letztes Jahr ergeben, eher zufällig. Seine Mutter hatte ihn eines Abends mit ihrer EC-Karte zum Automaten geschickt, aber die Karte war leer gewesen, und er musste zurückgehen, um sich Bargeld von seiner Mutter zu holen. Und danach ging er, statt zum Automaten, in den Supermarkt um die Ecke, der noch keine Rollladensicherung an den Kassen hatte. Die Kassiererin war gerade am Aufräumen und Cosmo steckte die Schachtel unbemerkt ein. Und nichts passierte – auch als er wieder aus dem Laden schlenderte. Manchmal war das Leben so einfach. Das Geld, das seine Mutter ihm für die Schachtel gegeben hatte, behielt er natürlich. Das war der Anfang.

Eine Woche später kam er an demselben Supermarkt vorbei, gerade als ein Lkw in die Liefereinfahrt bog. Der Rest war

Glück. Der Fahrer war alleine. Als er mit dem ersten Containerwagen voller Lebensmittel im Supermarkt verschwunden war, sah Cosmo den Karton mit den Zigarettenstangen auf einem der anderen Containerwagen. Er zögerte nicht. Es war eine Gelegenheit, die sich bot – wie eine Fliege totschlagen. Entweder man macht es sofort oder die Fliege ist schon wieder weg. Seitdem war Cosmo im Geschäft.

Nur seine Mutter war leider keine gute Einnahmequelle. Sie war zwar starke Raucherin, aber weil sie zu oft über mehrere Tage wegblieb, weitete Cosmo nach und nach seinen Handel auf die Schule aus, wo er die Zigaretten unter der Hand verkaufte. Inzwischen hatte er noch zwei weitere Supermärkte in anderen Stadtteilen auf diese Weise um ihre Ware erleichtert und jedes Mal um die dreißig Stangen Zigaretten erbeutet.

Manchmal wunderte es ihn selber, dass er damit noch nicht aufgeflogen war. In den letzten Monaten nannten sie ihn in der Schule sogar schon den Marlboro-Mann. War klasse Werbung. Fehlte nur noch, dass auch die Lehrer bei ihm einkauften.

»Scheiße, ich will da nicht hin!«

»Es ist erst mal nur für eine Nacht. Und es ist nicht weit von hier, du bleibst in deiner vertrauten Umgebung. Und morgen kommt jemand vom Jugendamt und unterhält sich mit dir.«

»Und dann wird alles gut, ja? Klar!«

3

Cosmo konnte durch die Glastür sehen, wie Berger seinen Wagen aufsperrte und die Innenbeleuchtung anging. Er setzte sich ans Steuer, klappte sein Handy auf, drückte eine Taste, hielt sich das Handy ans Ohr. Dann sah er noch mal kurz in ihre Richtung.

Berger hatte mit der Frau geflirtet. Sie war vielleicht Ende zwanzig, etwas pummelig, aber sie hatte ein hübsches Gesicht. Die Frau wartete, bis Berger losfuhr, erst dann sperrte sie die Tür ab. Als hätte sie gehofft, Berger käme noch mal zurück.

»Läuft da was zwischen Ihnen?«

Die Frau ließ den Schlüssel im Schloss stecken. »Wie bitte?«

»Na, mit dem Bullen? Nicht, dass es mich was angeht.«

»›Bulle‹ ist kein netter Ausdruck für einen Polizisten«, sagte die Frau. Sie ging voraus zur Treppe.

Cosmo blieb, wo er war. Er dachte kurz daran, sich den Schlüssel zu schnappen, den die Frau im Schloss vergessen hatte. Aber in dem Moment drehte sie sich wieder zu ihm um. »Komm, ich zeig dir das Zimmer.«

»Ich würd lieber in meinem Bett schlafen! Aber da hat ja unser gemeinsamer Freund was dagegen.«

»Komm jetzt«, sagte die Frau.

Cosmo folgte ihr die Treppe hoch in den ersten Stock, scheiß auf den Schlüssel. Der Laden sah nicht aus wie ein Gefängnis. Er wusste nicht mehr genau, ob seine Mutter ihm das so geschildert oder ob er es sich als Kind selber zusammenfantasiert hatte – aber ein Heim hatte er sich immer so vorgestellt: Einheitskleidung, Stahltüren, vergitterte Fenster, Erzieher, die einen anschreien. Und wie oft hatte er den Satz gehört: »Dann kommst du eben ins Heim!« Die Angst, die er als Kind davor hatte, war irgendwie noch an ihm kleben geblieben. Vielleicht sollte er Berger ja dankbar sein, dass er ihn hierhergebracht hatte. Jetzt kam ihm die Angst schon lächerlich vor.

Die Frau blieb in der Mitte des schwach beleuchteten Gangs stehen. Dann machte sie eine Tür auf und schaltete das Licht im Zimmer an. Es gab zwei Betten, das am Fenster war noch frei. Cosmo hätte lieber ein Zimmer für sich allein gehabt, aber immerhin schnarchte der Typ in dem anderen Bett nicht. Er lag auf der Seite, die Decke bis übers Kinn gezogen, Cosmo sah nur die Haare von ihm. Auf einem Stuhl neben dem Bett lagen achtlos hingeschmissen ein paar Klamotten.

»Hey, Licht aus!«, brummte der Typ.

Die Stimme hatte er schon mal gehört.

Dann sah Cosmo die Stiefel unter dem Stuhl. Es waren nicht dieselben Stiefel – neuere –, auch die Farbe war anders, dunkelbraun. Aber es war dieselbe Art Stiefel. Und es war ein Bauchgefühl, das Gewissheit wurde, als er die Stimme noch mal hörte: »Ich hab gesagt, Licht aus!«

Cosmo fand den Schalter neben der Tür.

»Das ist Kevin«, sagte die Frau. »Er ist nicht immer so schlecht gelaunt. Nur wenn er wach ist.«

Wenigstens wusste er jetzt, wie der Typ hieß.

Der Tritt war aus dem Nichts gekommen, damals im Einkaufszentrum. Cosmo war gerade dabei gewesen, seinen Geldbeutel wieder in seiner Hosentasche zu verstauen. Er verlor das Gleichgewicht und stürzte. Das Eis, das er sich vor einer Minute gekauft hatte, fiel ihm aus der Hand und zu Boden, und er spürte einen brennenden Schmerz am Unterarm, als er versuchte, seinen Sturz abzufangen, und einen dumpfen Schmerz unten am Rücken, wo der zweite Tritt ihn traf. Sein Geldbeutel schlitterte auf den Betonplatten außer Reichweite. Tränen schossen Cosmo in die Augen, und als er am Boden lag und den Kopf drehte, sah er zuerst nur verschwommen zwei Stiefel.

»Ooohh«, hatte der Typ mit gespieltem Mitleid in der Stimme gesagt. Er war vielleicht zwei Jahre älter als Cosmo. Er hob den Geldbeutel auf. »Was ist das denn?« Er öffnete ihn und nahm die fünf Zehner heraus, seine gesamten Ersparnisse.

Die beiden Mädchen hatte Cosmo zuletzt bemerkt. »Das gehört mir!«, sagte er. Aber seine Stimme klang nicht so, wie er sich das gewünscht hätte.

»Jetzt nicht mehr«, sagte der Typ.

Cosmo sagte nichts weiter, aus Angst, dass ihm die Stimme brach. Er hatte auf einmal zu viel Spucke im Mund. Er schluckte, aber es wurde nicht weniger. Er richtete sich auf und spürte den Schmerz im Rücken noch stärker. Er konnte sich nur mit Mühe bewegen. Er sah rüber zu den Mädchen, aber von denen war keine Hilfe zu erwarten, das war ihm sofort klar. Sie sahen ihn an, als ekelten sie sich vor ihm. »Was glotzt du?«, sagte die eine. Und da kam der nächste Tritt. Er traf ihn hinten am Oberschenkel und Cosmo knickte ein.

»Machst du meine Freundin an?«

Cosmo konnte die Tränen jetzt nicht mehr unterdrücken. »Gib mir mein Geld wieder«, sagte er trotzdem.

Der Typ lachte. Die Mädchen fielen in sein Lachen ein. Es war ein ruhiger Nachmittag im Einkaufszentrum, trotzdem genügend Leute unterwegs. Cosmo hoffte, dass jemand aus der Eisdiele kommen und ihm helfen würde. Drei Tische waren drinnen besetzt und er konnte einem Mann durch die Glasfront direkt in die Augen sehen. Doch weder er noch die anderen Gäste rührten sich.

Cosmo suchte die Blicke der Passanten, aber er fand keinen. Es gab ein Schuhgeschäft, einen Zeitungskiosk, den Tengelmann und eine Apotheke auf dieser Ebene des Einkaufszentrums. Niemand beachtete ihn, nicht mal die beiden Mädchen sahen mehr zu ihm rüber. Sie hockten auf einer Betonstufe und tuschelten. Die eine strich sich durchs Haar, die andere zündete sich eine Zigarette an. Sie sahen aus, als langweilten sie sich. Auch der Typ beachtete ihn nicht mehr. Er warf Cosmos Geldbeutel in einen Mülleimer. Erst als Cosmo rüberhumpelte, um ihn wieder rauszufischen – da stieß der Typ ihn mit der flachen Hand gegen den Hinterkopf. »Glaubst du, da ist noch was drin?« Er zeigte ihm die fünf Zehner in seiner Hand. Cosmo versuchte, danach zu greifen, aber der Typ war zu groß.

Dann hatte Cosmo etwas gesagt, wofür er sich heute noch schämte: »Das ist unfair!« Er schämte sich für seine schwache Stimme, außerdem dafür, dass er weinte und dass er dem Typ keine reingeschlagen hatte, auch wenn er chancenlos gegen ihn war und dann nur noch mehr Prügel bezogen hätte. Und Cosmo schämte sich dafür, dass er sich hatte hinsetzen müssen, weil ihm übel wurde. Und dass er zu nichts anderem fähig war, als dem Typ hinterherzusehen, wie er mit den beiden Mädchen einfach wegging.

Der Mann in der Eisdiele hatte ihn durch die Glasfront noch einmal kurz angesehen, dann hatte er weggeschaut. Cosmo hatte sich noch nie so schlecht gefühlt. Nur eins hatte er aus diesem Vorfall gelernt: Erwachsene kannst du vergessen!

Die Bettwäsche roch nach nichts, fühlte sich aber frisch an. Cosmo konnte sich gut vorstellen, dass das Bett schon länger unbenutzt war – wer wollte schon in diesem Zimmer schlafen?

Kevin! So hieß er also. Cosmo hatte sich gar nicht erst ausgezogen. Ihm kam es vor, als würde er neben einer Bombe liegen. Erst nach und nach legte sich seine Aufregung. Wie es aussah, schlief Kevin wieder tief und fest; sein Atem ging gleichmäßig.

Ob es Zufall war oder Schicksal, dass Cosmo hier gelandet war? Auf jeden Fall war es eine Gelegenheit! Er stand langsam auf und schlich zu dem Stuhl, über dem Kevins Sachen hingen. Als Erstes nahm er sich die Taschen der Fliegerjacke vor. Er fand nur ein verschweißtes Kondom und ein benutztes Taschentuch.

Kevins T-Shirt hatte keine Taschen und in seiner Jeans fand Cosmo gar nichts. Er hatte zwar gehofft, etwas zu finden, aber es nicht wirklich erwartet. Er hätte seine Wertsachen auch nicht über Nacht in seinen Klamotten gelassen.

Vermutlich hatte Kevin sein Geld direkt am Körper, oder unter dem Kopfkissen oder der Matratze – ein besseres Versteck konnte Cosmo in dem Zimmer nicht ausmachen. Es gab zwar einen Schrank, aber den konnte man nicht abschließen. Cosmo legte sich flach auf den Boden und kroch unter Kevins

Bett. Er tastete die Zwischenräume zwischen Lattenrost und Matratze ab: kein Geldbeutel, auch keine losen Scheine, die dort eingeklemmt waren. Cosmo kroch wieder unter dem Bett hervor und vergewisserte sich, dass Kevin noch schlief.

Dann langte er vorsichtig unter das Kopfkissen und tastete am Rand des Kissens nach einem Geldbeutel. Er fand nur ein Klappmesser. Er machte es auf und legte es auf die Sitzfläche, als er neben dem Stuhl wieder in die Hocke ging. Er griff in Kevins Stiefel, erst in den linken, dann in den rechten. Aber auch da war nichts versteckt.

Cosmo durchsuchte noch einmal Tasche für Tasche Kevins Jacke. Dabei rutschte die Jeans von der Stuhllehne, und Cosmo konnte sie gerade noch am Gürtel greifen, bevor sie zu Boden fiel. Er entschied, dass es nun doch langsam Zeit wurde, abzuhauen. Dann bemerkte er die Ausbeulung in dem Gürtel.

Der Gürtel ließ sich nur schwer aus den Schlaufen ziehen.

Auf der Innenseite des Gürtels war ein Reißverschluss.

Im Bett drehte Kevin sich auf die Seite, und Cosmo glaubte schon, dass er sein Glück überreizt hatte. Aber Kevin stöhnte nur leise und schlief weiter.

Cosmo verstaute den Gürtel und das Klappmesser in seinem Rucksack und schlich zur Tür. An der Tür drehte er sich noch einmal um. Kevin schlief. Irgendwie reichte das nicht, fand Cosmo. Egal, wie viel Geld in dem Gürtel war.

Er pinkelte erst in Kevins rechten Stiefel, dann in den linken. Dann verschwand er aus dem Zimmer. Am Ende des Flurs, wo die Treppe runterführte, brannte schwach eine Lampe an der Wand. Cosmos Turnschuhe quietschten auf dem gekachelten Fußboden, aber keine der Türen im Flur ging auf. Er schlich die Treppe runter und ging langsam auf den Eingang zu. Nur noch zwanzig Meter in die Freiheit. Sogar der Schlüssel steckte noch im Schloss!

Durch eine offene Tür an der rechten Wandseite neben dem Eingang schien Licht in den Flur. Und eine Frauenstimme kam aus dem Zimmer: »Kaffee ist leider aus, Tee kann ich Ihnen anbieten.«

Die Betreuerin. Auch die Stimme des Bullen erkannte er sofort: »Ich trink sowieso zu viel Kaffee.«

Geschirr klapperte, ein Wasserhahn wurde aufgedreht und jemand stellte Tassen auf einen Tisch. »Wie lang arbeiten Sie schon hier?«, sagte Berger.

»Raten Sie mal.«

Cosmo schlich näher an die Tür heran. Er musste an der Tür vorbei, sonst konnte er nur wieder die Treppe hoch oder runter in den Keller. Vielleicht würden sie ihn gar nicht bemerken, wenn er schnell genug war?

»Noch nicht so lange«, sagte Berger.

»Seit neun Jahren«, sagte die Frau. »Zucker?«

»Sieht man Ihnen nicht an. Nein danke.«

Wieder Geschirrgeklapper. Nach einer Weile sagte die Frau: »Sie sind nicht wirklich wegen dem Jungen hier, oder?« Und als Berger nicht antwortete, sagte sie: »Schon etwas eingerostet?«

Cosmo musste lächeln. Tatsächlich klang die Stimme des Bullen jetzt ein bisschen rostig: »Immerhin machen Sie mir gerade einen Tee«, sagte er verlegen.

Cosmo beschloss, kehrtzumachen und an der Kellertreppe zu warten, bis der Bulle wieder verschwand. Aber dann hörte er noch eine Stimme, die er wiedererkannte. Diesmal aus dem ersten Stock. »Du Drecksau, na warte!«

Irgendwann musste der Typ ja mal aufwachen.

4

Normalerweise ging sein Wecker um sieben Uhr los, aber Tom lag schon seit kurz vor sechs wach. Schließlich gab er sich einen Ruck und stieg mit einem mulmigen Gefühl im Bauch aus dem Bett. Er wusste gleich, dass er zum Frühstück nichts runterbringen würde. Dies war der Tag, von dem alles abhing, seine letzte Chance! Er ging ins Bad.

Einen Augenblick später kam er mit surrender Zahnbürste im Mund zurück in sein Zimmer und schaltete den Wecker aus. Sonst vergaß er das noch und der Alarm ging los und weckte seine Mutter. Es war der letzte Schultag und das hieß Zeugnisse. Aber daran sollte sich seine Mutter möglichst erst erinnern, wenn er schon aus dem Haus war.

Tom spülte sich den Mund aus und hörte das scharrende Geräusch an der Schiebetür zum Wohnzimmer. Sein Rottweiler war ein wandelndes Schlafmittel – nur wenn es ums Fressen ging, wurde er hellwach. Ums Fressen oder darum, gewaschen zu werden. Dann blitzte auf einmal der Kampfhund in Fassbinder auf.

Tom schüttete eine Ladung Hundeflocken aus dem Zehnkilosack in den roten Plastikeimer und goss Leitungswasser darüber, während der massige Rottweilerschädel am Eingang der Küche zwischen den Schwingtüren klemmte. Der Hund röchelte, als würde er gleich sterben, und Sabber tropfte in langen Fäden aus seinem Maul auf die Terrakottafliesen.

»Raus!«, zischte Tom.

Die Küche war tabu. Wenigstens die Küche.

Eine kleine Ewigkeit später zog Fassbinder seinen Schädel zurück. Er gehorchte nur langsam auf Befehle, und auch nur dann, wenn es ihm in den Kram passte. Was selten vorkam. Tom fand seinen Hund generell zum Verzweifeln: ein Kampfhund, der nicht mal die Zeugen Jehovas abschreckte und der sich nach zwei Jahren immer noch vor Schreck bepinkelte, wenn Tom mal abends nach Hause kam, ohne sich durch ein »Ich bin's nur!« zu erkennen zu geben. Mal abgesehen davon war er nicht nur wasserscheu, sondern anscheinend einer der ganz wenigen Hunde auf dieser Welt, die tatsächlich nicht schwimmen können. Tom hatte ihn einmal in die Würm geschmissen – er war es satt, ihm mit dem Gartenschlauch hinterherzujagen. Fassbinder hatte gestunken wie der Komposthaufen hinten im Garten, sein bevorzugter Schlafplatz. Der kleine Fluss war an jener Stelle gerade mal einen halben Meter tief – trotzdem hatte Tom reinspringen und Fassbinder wieder rausfischen müssen.

Es war einfach erbärmlich: Der Hund sah zwar aus wie ein Rottweiler – das schwarzbraune Fell, die bullige Statur –, aber er hatte nicht ein Gramm Würde.

Tom trug den Eimer zur Haustür raus und durch den vorderen Teil des Gartens auf die Terrasse, die auf der Westseite des Hauses lag. Fassbinder wich den ganzen Weg über keinen Zentimeter von ihm. Den Geruch der Hundeflocken fand Tom immer noch gewöhnungsbedürftig, aber wenigstens bekam

Fassbinder von dem Zeug nicht solche Blähungen wie von dem Dosenfutter.

Als Tom den Eimer auf der Terrasse abstellte, dauerte es keine Sekunde, bis Fassbinder ihn umstieß und wie ein sabbernder Staubsauger darüber herfiel. Tom hockte sich derweil auf die Steinstufe vor der Tür zum Wintergarten und beobachtete durch eine Lücke in den Sträuchern das Nachbarhaus.

Das Gaubenfenster im Obergeschoss drüben stand offen und die Sonne kroch langsam über die Dachziegel darauf zu. Aber es war noch keine Bewegung in dem Zimmer auszumachen. Tom bekam eine Gänsehaut auf seinen Armen, so frisch war es draußen. Eine angenehme Abwechslung, denn sein Zimmer war nachts wie eine Sauna, auch wenn er die Tür zum Garten aufhatte.

Nathalie stand meistens genau dann auf, wenn er Fassbinder fütterte. Aber heute scheinbar nicht. Er wischte nervös eine Ameise von seinem Fuß. Dann fiel ihm ein, dass er ja heute etwas früher dran war als sonst.

Nathalie war zum Halbjahr neu an die Schule gekommen, in eine der Parallelklassen. Sie war Tom sofort aufgefallen im Gang vor den Klassenzimmern, denn sie war die Frau seiner Träume: Endlich wusste er, wie sie aussah! Als Nathalie kurz darauf auch noch mit ihren Eltern im Nachbarhaus einzog, konnte Tom sein Glück kaum fassen. Das Haus nebenan war nach monatelangen Renovierungsarbeiten gerade erst fertig geworden, und Tom hatte sich schon öfters gefragt, wer dort einziehen würde, denn bis auf die Arbeiter hatte er in der ganzen Zeit nie jemanden drüben gesehen. Doch dass es ausgerechnet *die Frau seiner Träume* sein würde – zum Greifen nahe –, das war einfach unglaublich, das war mehr als Zufall!

Aber das war schon fünfeinhalb Monate her. Was Tom kurz nach ihrem Einzug mit Nathalie passiert war, trieb ihm noch immer das Blut ins Gesicht. Und das, obwohl Toms Leben nicht gerade arm an peinlichen Vorfällen war. Vorfälle, die für ihn immer gegenwärtig blieben, sogar wenn sie schon Jahre zurücklagen. Sie kamen als Geistesblitze immer wieder, etwa wenn er nachts mit trockenem Mund aufwachte und sich im Halbschlaf ein Glas Wasser in der Küche holte. Dann schoss ihm zum Beispiel durch den Kopf, wie er als Erstklässler in aller Ruhe den Boden im Jungsklo vollpinkelte. Die Idee dazu war ihm mit offenem Reißverschluss vor dem Pinkelbecken gekommen. Er hatte es auf einmal äußerst merkwürdig gefunden, da reinzupinkeln – warum eigentlich, weil das alle tun? Weil Erwachsene es einem so beibringen? Wenn es einen tieferen Sinn hatte, da reinzupinkeln, so war Tom mit sechs Jahren noch nicht darauf gestoßen. Gegen einen tieferen Sinn jedenfalls sprach das erstaunlich befriedigende Gefühl, das er hatte, als er statt ins Pinkelbecken auf den Boden pinkelte. Ein Gefühl, das allerdings jäh endete, als ihn der Hausmeister dabei erwischte und zu seiner Lehrerin brachte.

Es war ihr Blick damals. Jahre später noch, wenn er in Toms Erinnerung aufblitzte, zog sich alles in ihm zusammen. Es war ein Blick, in dem sich Enttäuschung mischte mit dem Wissen, dass von Tom eigentlich nichts anderes zu erwarten war. Nicht nur seine Lehrerin damals, auch sein Vater hatte diesen Blick perfekt drauf.

Es war fast so, als würde Tom immer etwas tun, ohne vorher darüber nachzudenken, und hinterher – war es einfach zu spät. Tom hatte sich lange gefragt, ob vielleicht etwas nicht mit ihm stimmte, ob er irgendwie krank war im Kopf. Immerhin hatte er das zuverlässige Talent, Scheiße zu bauen. Oder im richtigen Augenblick genau das Falsche zu tun. Sogar wenn er versuchte, etwas richtig zu machen – indem er was ausführlich plante, bevor er seinen Plan in die Tat umsetzte –, scheiterte er. Es konnte eine ganz simple Angelegenheit sein, wie damals mit Nathalie.

Sie war am dritten Februar-Wochenende nebenan eingezogen. Somit hatten sie den gleichen Schulweg, und Tom war immerhin so realistisch, dass er davon ausging, Nathalie wolle ihn erst einmal kennenlernen, bevor sie mit ihm schlief. Und was bot sich da Besseres an, als gemeinsam zur Schule zu fahren? Am Montagmorgen also wartete Tom geduldig am Gartentor, bis er das Gartentor nebenan wieder ins Schloss fallen hörte. Dann schob er sein Fahrrad auf die Straße – genau in dem Moment, als Nathalie mit ihrem Fahrrad auf seiner Höhe war. Bis dahin lief alles nach Plan. Und der Rest war ein Kinderspiel. Er musste nur noch Hallo sagen. Hallo – fünf Buchstaben, zwei Silben – ein Wort, das er schon millionenfach gebraucht hatte in seinem Leben. Dann würde auch sie Hallo sagen – und er: »Fährst du auch zur Schule?« Ein Pingpongspiel, ganz einfach. Aber Tom bekam nur ein Krächzen heraus. Und eine Sekunde später schaute Nathalie schon wieder weg. Als gäbe es ihn gar nicht.

Nathalie fuhr also allein zur Schule, an jenem Tag wie an allen darauffolgenden Tagen. Zuerst hatte Tom noch die Hoffnung gehabt, dass Nathalie sein Krächzen vielleicht gar nicht gehört hatte. Vielleicht hatte er es sich nur eingebildet. Vielleicht hatte er gar keinen Ton rausgebracht, wie meistens vor schönen Frauen. Aber als er in der großen Pause in der Cafeteria anstand, um sich eine Wurstsemmel zu kaufen, hörte

Tom das Krächzen wieder, und als er sich umdrehte, sah er am Ende der Warteschlange Nathalie und zwei Mitschülerinnen, die ihn nachäfften. Es war vielleicht diese Erinnerung, die ihm am meisten wehtat.

Heute war der letzte Schultag vor den Sommerferien, und Tom hatte nicht vor, gemeinsam mit Nathalie zur Schule zu fahren. Zwar wartete er wieder am Gartentor, aber er schob sein Fahrrad erst auf die Straße, als Nathalie schon vorbei war. Dann folgte er ihr. Es waren etwa zehn Minuten bis zur Schule. Nathalie drehte sich wie erwartet kein einziges Mal nach ihm um. Sie fuhr durch die Toreinfahrt, stieg vor den Fahrradständern ab und schob ihr Fahrrad an ihren Stammplatz. Nathalie hatte ein Gary Fisher Mountainbike, Neupreis knapp dreitausend Euro. Tom hielt es für ein Wunder, dass es ihr noch nicht geklaut worden war. Es schrie eigentlich danach mit seinem grellgelben Rahmen, auch wenn sie es mit dem dicksten Kettenschloss absperrte, das er je gesehen hatte. Sein Schloss dagegen war ein billiges Ding mit Vier-Zahlen-Kombination, die Kette ein Witz, ein Stein reichte, um sie aufzubrechen, ein paarmal draufhauen und zack.

Als Nathalie zum Haupteingang der Schule ging, vergewisserte sich Tom, dass ihn niemand beobachtete, dann trottete er zu ihrem Fahrrad und sperrte es mit seinem Schloss noch einmal ab. Er rechnete nicht damit, dass Nathalie versuchen würde, mit einem Stein die Kette zu sprengen. Er rechnete auch nicht damit, dass sie wusste, wie man ein Schloss nach Gehör knackte. Aber für den Fall, dass sie es doch wusste, ließ Tom auch noch die Luft aus ihren Reifen. Schließlich war dies seine letzte Chance.

5

Der Filmstar! Wenn es einen gab an der Schule, mit dem Cosmo nicht hätte tauschen wollen, dann war es Tom Konrat. Er kannte ihn zwar mehr vom Wegsehen – Tom war in einer der Parallelklassen –, aber es wunderte Cosmo überhaupt nicht, dass so jemand erst sein Fahrrad absperrte und dann auch noch die Luft aus den Reifen ließ. Merkwürdige Typen machen eben merkwürdige Dinge. Vielleicht glaubte er ja, dass sein Fahrrad mit platten Reifen nicht geklaut würde – weil man es erst wieder aufpumpen musste, bevor man damit wegfahren konnte. Na, viel Spaß beim Träumen!

Cosmo wartete, bis Tom auf dem Teerweg war, bevor er aufstand. Er streckte sich, sein Rücken tat weh. Das Stromhäuschen hinter den Fahrradständern war einer der Orte, wo er in den Pausen Zigaretten verkaufte. Manchmal kam er auch nur her, um seine Ruhe zu haben. Eben war er im Sitzen eingeschlafen, nur für ein paar Minuten. Auf dem Weg zum Haupteingang verflog seine Müdigkeit. Er rechnete zwar nicht damit, dass der Bulle heute Morgen hier auftauchte, aber ganz sicher konnte er sich da nicht sein. Irgendwann würde der Bulle herausfinden, auf welche Schule er ging. Die Frage war nur, wann? Kam wohl drauf an, wie sauer er auf Cosmo war.

Der Bulle hatte letzte Nacht bestimmt keine gute Figur gemacht vor der Betreuerin. Und sein Wagen hatte plötzlich ein Loch im Hinterreifen, das allein ärgerte jeden Bullen wahrscheinlich schon genug. Cosmo konnte jedenfalls darauf verzichten, ihn wiederzusehen. Deswegen hatte er den Rest der Nacht nicht in der Wohnung verbracht. Der Bulle hatte den Schlüssel seiner Mutter und in der Wohnung hatte er garantiert zuerst nach ihm gesucht.

Das mit dem Reifen geschah ihm nur recht. Der Bulle hatte ihn ins Heim gesteckt und das hatte er davon. Nachdem Kevin im Obergeschoss losgebrüllt hatte, war Cosmo zur Haustür gerannt, hatte aufgeschlossen, den Schlüssel abgezogen und die Tür aufgerissen – um sie gleich wieder hinter sich zuzuziehen, bevor der Bulle sie erreichte. Dann hatte Cosmo die Tür von außen wieder zugesperrt.

Nachdem Berger vergeblich versucht hatte, die Tür zu öffnen, lief er rüber zu der Betreuerin, die gerade dabei war, Kevin zurückzuhalten, der inzwischen die Treppe runtergerannt war. Cosmo sah durch die Glasscheibe noch, wie Kevin die Betreuerin zur Seite stieß, dann lag Kevin auch schon am Boden, Gesicht schmerzverzerrt auf den Kacheln, rechter Arm auf den Rücken gedreht. Vielleicht hatte der Bulle ja doch noch Chancen bei der Frau.

Ihren Schlüssel ließ Cosmo außen stecken – falls sie noch einen zweiten hatte. Dann rannte er zur Straße und stach mit Kevins Messer den linken Hinterreifen von Bergers Wagen durch. Das Messer ließ er liegen.

Als er den S-Bahnhof Westkreuz erreichte, durchbrach ein erster Grauschimmer die Dunkelheit. Cosmo sprang vom Bahnsteig auf die Gleise und rannte zwischen den Schienen entlang stadtauswärts. Es war ein herrliches Gefühl in diesem Augenblick, er war hellwach und fühlte sich unglaublich stark.

In der Kiesgrube war es kühler als in den Straßen und seine Schuhe wurden nass von den Tautropfen im Gras. Er blieb atemlos stehen und setzte sich auf einen entwurzelten Baumstumpf. Nicht weit davon lagen die verkohlten Reste eines Lagerfeuers inmitten einer handballfeldgroßen Kiesfläche, und Cosmo wurde bewusst, dass er noch nie eine Nacht im Freien verbracht hatte. Er sammelte ein paar herumliegende Zweige und fand einen Packen alter Zeitungen neben anderem Müll im Gebüsch am Rand der Kiesfläche. Die ersten Sterne am Himmel verblassten und über den Häusern am Westkreuz wurde es heller. Cosmo zerknüllte eine Zeitung und legte sie auf die Feuerstelle, dann schichtete er die Zweige darauf und holte die Streichhölzer aus der Seitentasche seines Rucksacks.

Nach einer Weile machte das Feuer schnalzende Geräusche wie eine kleine Peitsche, und der Rauch brannte Cosmo in den Augen, aber die Hitze war angenehm. Er legte sich auf die Seite, stützte sich auf den Ellbogen und streckte die Füße aus. Jetzt war er also auf der Flucht! Die Frage war nur, wohin.

Er bekam plötzlich Hunger. Wenn er zu Hause gewesen wäre, hätte er eine Tiefkühlpizza in den Ofen geschoben. Das war eines seiner Standardgerichte, seine Mutter kochte schon lange nicht mehr. Cosmo versuchte, nachzurechnen, wie viele Tiefkühlpizzas er in seinem Leben schon gegessen hatte. Vielleicht dreihundert in den letzten zwei Jahren. Dazu kamen in derselben Zeit geschätzte hundertfünfzig Döner plus dreihundert Nudelgerichte, geteilt durch vier Miracolisorten. Je länger er darüber nachdachte, desto mehr verging ihm der Appetit.

Er zog Kevins Gürtel aus dem Rucksack und öffnete den Reißverschluss auf der Innenseite. Als er sah, was sich in dem Gürtel befand, musste Cosmo lachen. Er hatte immer noch Seitenstechen, sein Hals brannte und sein Mund fühlte sich staubig an. Aber er hatte den Bullen abgehängt und es Kevin heimgezahlt – in ein und derselben Nacht! Zu seinem vollkommenen Glück fehlte in diesem Augenblick nur etwas zu trinken. Oder auch nur ein Kaugummi – was Ordentliches essen konnte er später noch.

Als Cosmo den Durst nicht mehr aushielt, öffnete er das erste Gartentor in der menschenleeren Straße hinter der Kiesgrube, ging das Haus ab und fand einen Wasserhahn auf Kniehöhe an der Rückwand der Garage. Er trank, bis das Wasser in seinem Magen gluckerte. Dann wurde er auf einmal so müde, dass er sich am liebsten auf die Plastikliege auf der Terrasse gelegt hätte. Aber das war natürlich nicht möglich, er wollte nicht erwischt werden, also ging er weiter.

Bis er vor den Fahrradständern an der Schule stand. Und sich immer noch fragte, ob Kevin ihn erkannt hatte im Heim. Diese Frage hatte alle anderen Gedanken verdrängt, seitdem er gesehen hatte, wie viel Geld sich in Kevins Gürtel befand.

Es war ein typischer letzter Schultag, ohne richtigen Unterricht. In der ersten Stunde wurde ein Film gezeigt, in der zweiten aus einem Buch vorgelesen – und Cosmo begriff endgültig, dass dies nicht nur sein letzter Schultag vor den Sommerferien war, sondern überhaupt sein letzter Schultag an dieser Schule. Klar, wenn er sich für ein Leben im Heim entschieden hätte, könnte er bestimmt weiterhin an dieser Schule bleiben. Nichts sprach dagegen, nur eben das eine: dass *Heim* für ihn nicht infrage kam. Er ließ sich von niemandem einsperren, schon gar nicht von Erwachsenen. Von denen hatte er genug!

Cosmo fragte sich, ob es überhaupt jemand bemerken würde, wenn er nach den Ferien nicht wiederkäme. Im Unterricht wurde er nur selten abgefragt; er hatte das Talent, nicht aufzufallen. Er war mehr ein Beobachter, er hatte einen Tisch für sich allein, in der mittleren Reihe am Fenster, wo er alle im Blick hatte. Bei seinen Lehrern und Mitschülern war er weder beliebt noch unbeliebt. Und niemand wäre zum Beispiel je auf die Idee gekommen, ihn bei einer Klassensprecherwahl zu fragen, wen er sich als Kandidaten wünschen würde. Geschweige denn, ihn als Kandidaten vorzuschlagen. Man ließ ihn in Ruhe, auch in den Pausen, sogar seine Abnehmer kamen nur auf ihn zu, wenn er ihnen mit einem Blick ein Zeichen gab.

Okay, seine Abnehmer würden es schon merken, wenn er nächstes Jahr nicht wiederkäme. Aber die würden sich nicht wundern.

In der großen Pause drehte Cosmo so etwas wie eine Abschiedsrunde: Er kaufte ein Sandwich und eine Tüte Milch in der Cafeteria, aß, während er noch mal durch die Gänge schlenderte, dann rauchte er eine Zigarette hinter der Dreifachturnhalle. Wahrscheinlich war er der Einzige, der sich nicht auf die Ferien freute. Die Schule war für ihn immer ein Rückzugsort gewesen, ohne unangenehme Überraschungen, ohne Tragödien, ein Ort außerhalb seines eigentlichen Lebens. Genau das hatte ihm daran gefallen. Sogar die Hausaufgaben hatte er nie als lästig empfunden. Durch sie hatte er die Möglichkeit, in der Stille der Bibliothek seinem Zuhause zu entkommen.

Statt Deutsch in der dritten und vierten Stunde gab es eine Gesprächsrunde. Ein paar seiner Mitschüler beteiligten sich daran, doch die meisten saßen nur die Zeit ab, bis die Zeugnisse ausgeteilt wurden.

Nach Schulschluss hockte Cosmo sich in den Schatten etwas abseits vom Haupteingang. Er betrachtete das Schulgebäude, das im letzten Jahr renoviert worden war. Die anderen Schüler machten sich nach und nach auf den Heimweg. Gewöhnlich kletterte Cosmo nach der Schule über den Drahtzaun auf den Sportplatz, machte ein paar Klimmzüge an den Handballtoren und ein paar Liegestütze auf der Tartanbahn. Damit hatte er angefangen, nachdem Kevin ihn im Einkaufszentrum ausgeraubt hatte. Aber heute ließ er es ausfallen. Er schaute sich noch mal sein Zeugnis an.

Seine Noten waren durchschnittlich bis gut. Es war irgendwie verrückt. Andere plagten sich, um ein Jahr zu bestehen. Manche scheiterten. Einige machten sich jetzt schon Sorgen um ihre berufliche Zukunft. Und er? Die Schule war ihm leichtgefallen. Aber seine Zukunft konnte er sich nicht vorstellen. Er hatte kein Bild von ihr in seinem Kopf. Er ging nicht davon aus, dass sie sich planen ließ. Wer kann schon wissen, ob er in fünf oder zehn oder fünfzehn Jahren überhaupt noch am Leben ist? Auch deswegen wäre Cosmo gerne hiergeblieben, wenn er die Wahl gehabt hätte. Solange man zur Schule ging, tat man etwas. Man hatte etwas Konstantes im Leben. Und Zeit. Bis zur Zukunft.

Er ließ seine Hand mit dem Zeugnis sinken. Es tat ihm fast weh, es in der Hand festzuhalten. Als Cosmo auf diese Schule gekommen war, war sie noch rosa gestrichen, in der gleichen Farbe, die bei ihnen zu Hause das Klopapier gehabt hatte, das so kratzte. Rosa hatte Cosmo besser gefallen als Terrakottarot. Und ein Zuhause hatte er nicht mehr. Vor ihm lag eine unbekannte Welt. Solange Sommer war, konnte er notfalls auch draußen schlafen, wenigstens bis ihm was Besseres einfiel. Oder er würde sich ein Hotelzimmer nehmen, genügend Geld hatte er ja, knapp tausendvierhundert Euro.

Dass Kevin so viel Geld in einem Gürtel und nicht am Körper versteckt hatte, fand er unglaublich. Unglaublich bescheuert.

Cosmo stand auf und warf einen letzten Blick auf sein Zeugnis. Er überlegte, ob er es behalten sollte, wie einen Abschiedsbrief, als Andenken? Nein. Lieber klare Verhältnisse. Er brauchte es nicht mehr! Wofür denn?

6

Das Klassenzimmer lag im zweiten Stock, und Tom konnte vom Fenster aus nicht genau erkennen, ob das wirklich sein eigenes Zeugnis war, das der Marlboro-Mann da draußen zerriss. Aber passen würde es. Vielleicht sollte er das auch tun? Ob seine Mutter ihm das abkaufen würde: »Mein Zeugnis? Du, ich hab keins gekriegt. Die anderen schon, hat mich auch gewundert.« Würde sie natürlich nicht.

Komischer Kerl, der Marlboro-Mann. Hing in den Pausen immer alleine rum – wenn er nicht gerade Zigaretten verkaufte. Was Tom inzwischen ganz originell fand. Anfangs war er enttäuscht gewesen, weil er ihn für einen Dopedealer gehalten hatte. Aber mittlerweile hatte er da sowieso eine bessere Quelle.

Der Marlboro-Mann war in einer der beiden Parallelklassen, und das mit den Zigaretten war so ziemlich alles, was Tom über ihn wusste. Er kannte nicht mal seinen richtigen Namen. Aber eins musste er ihm lassen: Er hatte sich nie das Maul über ihn zerrissen auf dem Schulhof, im Gegensatz zu den meisten anderen aus seiner Jahrgangsstufe. Tom fragte sich, wer von ihnen beiden wohl das schlechtere Zeugnis hatte. Andererseits, was spielte das für eine Rolle, ein paar Sechser mehr oder weniger? Durchgefallen war durchgefallen.

»Hast du etwa noch auf ein Wunder gehofft?« Schirner packte seine Tasche, Tom und der Mathelehrer waren mittlerweile alleine im Klassenzimmer. Noch so eine arme Sau. Schirner war klein, dürr, hatte einen vorstehenden Adamsapfel, bekam Ausschlag vom Rasieren, trug eine Brille und die unmöglichsten Klamotten – für jede Klasse schon Gründe genug, einen Lehrer fertigzumachen. Bei Schirner war es nur die Zugabe. Er stotterte *und* lispelte *und* spuckte dabei, und wenn er versuchte, das Wort *parallel* auszusprechen, erntete er nicht nur Gelächter, es gab ein Trommelfeuer – er schaffte es einfach nicht. Und das als Mathelehrer.

Tom hatte großen Respekt davor, wie Schirner all den Spott ertrug. Er war auch der Einzige in der Klasse, der sich nicht über den Lehrer lustig machte – obwohl Tom, wenn er ehrlich war, das noch vor einem Jahr wahrscheinlich auch getan hätte.

»Dir muss doch klar gewesen sein, dass du die Versetzung in die Zehnte nicht schaffst.«

»So komm ich wenigstens in eine andere Klasse.« Ein Trost, der für Schirner nicht galt: Egal, in welche Klasse er kam, seine Schüler würden immer über ihn herfallen. »Wenn mich mein Vater nicht vorher umbringt.« Als er Schirners besorgten Blick sah, sagte er noch: »Keine Sorge, er hat einen vollen Terminkalender.« Scheiße, er musste zu den Fahrradständern!

Tom war sich nicht mal sicher, ob es seinen Vater überhaupt interessierte, wie sein Zeugnis ausfiel. Er hatte nur ein einziges Mal angerufen seit Weihnachten. Dieser beschissene Film! Tom hatte ursprünglich nicht mal mitspielen wollen. Aber dann war es doch zu verlockend gewesen. Filmstar! Die Mädchen würden sich um ihn reißen! Plus zwei Wochen schulfrei – und als

Krönung eine Stange Geld, genug für Führerschein plus Auto, wenn er achtzehn wurde, und zwar nicht irgendein klappriger Gebrauchter, nein, ein richtiges Auto, vielleicht kein Ferrari, aber immerhin.

Das Geld war nach dem Film sein einziger Trost gewesen. Zwar lag es noch auf einem Konto, über das er erst in zwei Jahren verfügen konnte. Aber dann würde er in einem silbernen BMW vor die Schule fahren – und keine Sau würde sich mehr an seinen Film erinnern und er hätte seinen alten Status wieder! Hoffte er jedenfalls. An dem Verhältnis zu seinem Vater änderte das natürlich nichts. Sein Vater würde den Film nie vergessen, das Ende seiner Regiekarriere, bevor sie richtig angefangen hatte. Er führte zwar immer noch Regie, aber nur bei Werbespots – eine Arbeit, die er angeblich verachtete. Obwohl er mit Werbung mehr Geld verdiente als beim Film.

»Überleg dir das mit der Nachprüfung«, sagte Schirner an der Tür.

»Um mir auch noch den Sommer zu versauen?« Tom faltete sein Zeugnis zweimal und steckte es in seine Hosentasche.

»Deine Entscheidung, Tom.« Schirner ließ die Tür offen und verschwand im Gang.

Tom nahm seinen Rucksack vom Fensterbrett. Scheiße!

Der Marlboro-Mann war unterwegs Richtung Fahrradständer.

Berger näherte sich der Schule von der rückwärtigen Seite, über eine Sackgasse mit Schrägparkbuchten am Straßenrand und einer Wendemöglichkeit am Ende. Er parkte im Halteverbot vor der großen Turnhalle und stieg aus dem Wagen, noch nicht wirklich sauer, aber auf dem besten Weg dorthin.

Er hatte den aufgestochenen Reifen nicht gemeldet, sondern ihn gleich am Morgen beim *Pit Stop* in der Landsberger Straße wechseln lassen und das aus eigener Tasche bezahlt. Er wollte nicht auch noch die Lachnummer in der Dienststelle werden. Dass er die Lachnummer im Heim war seit letzter Nacht, reichte völlig. Kevins Geschrei hatte alle geweckt. Auf einmal waren mehr Jungs im Gang als in den Zimmern, und was passiert war, sprach sich schnell herum – es fehlten nur noch ein paar Kästen Bier und was zum Grillen, dann hätten die Jungs eine Party gefeiert. Agnes, die Betreuerin, versuchte vergeblich, sie zurück in die Zimmer zu schicken.

Berger ertrug das Gelächter und die spöttischen Bemerkungen mit dem versteinerten Gesichtsausdruck, den Polizisten in solchen Fällen aufsetzen wie eine unsichtbare Maske. Aber diesen Cosmo hatte er gefressen! Dass er ihn persönlich finden und wieder im Heim abliefern würde, war für ihn beschlossene Sache. Noch von der Werkstatt aus hatte Berger in allen Schulen im Umkreis angerufen – was ihn mehr Zeit gekostet hatte als erwartet. Er war nicht davon ausgegangen, dass der Junge ein Gymnasium besuchte.

Und schon gar nicht eines, das zu den fünfundzwanzig besten in Bayern gehörte, wie ein Artikel am Schwarzen Brett im Eingangsbereich stolz verkündete. Berger folgte dem Wegweiser zum Sekretariat. Er beeilte sich jetzt. Vereinzelt kamen ihm noch Schüler entgegen, manche mit ihrem Zeugnis in der Hand. Berger rechnete zwar nicht damit, dass Cosmo heute hier gewesen war – aber wissen konnte man ja nie. Er hatte seinen Polizeiausweis schon in der Hand, als er vor dem Sekretariat stehen blieb und anklopfte.

7

Nathalie wartete hinter dem Stromhäuschen, bis sie keine Stimmen mehr an den Fahrradständern hörte, dann wischte sie sich die Tränen weg, nahm ihren Rucksack und ging zurück. Sie ärgerte sich, weil sie ausgerechnet wegen des Fahrrads angefangen hatte zu weinen. Dabei wäre sie froh gewesen, wenn es ihr jemand geklaut hätte. Sie holte mit dem Rucksack aus und traf es am Hinterrad. Wie oft hatte sie das gehört: »Wir haben dir ein Fahrrad für dreitausend Euro gekauft, dreitausend Euro! Und du bist immer noch sauer?«

Was nicht stimmte: Sie hatten es für tausendachthundert bekommen; die Rechnung hatte Nathalie im Altpapier gefunden. Aber das war typisch für ihre Eltern. Als Nathalie sie darauf ansprach, nur damit endlich Schluss war mit »dreitausend Euro, dreitausend Euro!«, fingen sie erst recht damit an: »Es ist dreitausend wert. Wir haben es für eins acht gekriegt, weil deine Mutter den Verkäufer runtergehandelt hat!«

Typisch: Erst mit dem Katalogpreis angeben, dann mit dem Rabatt. Ganz gleich, Geld war immer die Nummer eins: Wie viel ihre Eltern verdienten, wie viel sie sparten, wie viel sie sich leisten konnten, wie viel andere verdienten – Geld, Geld, Geld. Nathalie kannte niemanden, der geiziger war als ihre

Eltern, und zugleich glaubten sie, mit Geld alles wieder schönkaufen zu können. Dieses Fahrrad war so überflüssig wie die drei Kilo, die sie seit der Party zugenommen hatte.

Wenn ihre Eltern wenigstens gesagt hätten: »Tut uns leid. Den Urlaub holen wir im Herbst nach, okay?« Etwas in der Art, eine Geste, kein Bestechungsversuch. Geld zog bei ihr nicht, davon hatten sie immer genug gehabt. Wie kamen sie überhaupt auf ein wettkampftaugliches Downhill-Bike? Es gab schmerzlosere Methoden, sich umzubringen.

Der Urlaub war ihre Idee gewesen: Sie hatte alte Fotos gefunden, auf denen sie noch ein Baby war, vier Monate alt. Ihr erster Familienurlaub. Damals noch mit einem alten Passat Kombi – dem einzigen Gebrauchtwagen, den ihre Eltern jemals gefahren waren, wie ihr Vater gerne betonte, oder jemals fahren würden.

Auf eine kroatische Insel. Ein abgelegenes Appartement mit Blick aufs Meer, die Bucht hieß Pinienbucht. Der Urlaub hatte nicht viel gekostet. Damals mussten sie noch rechnen, hatte ihre Mutter sich erinnert, kopfschüttelnd und mit einem Lachen, so als wäre die Vorstellung, nicht genug Geld zu haben, eigentlich schon immer absurd gewesen. Im Jahr darauf hatten sie wieder nach Kroatien fahren wollen, aber der Erfolg kam ihnen dazwischen und danach musste mehr her, Karibik mindestens.

Nathalie hatte sich den Familienurlaub dieses Jahr zum Geburtstag gewünscht, mehr nicht und nichts anderes. Was auch? Wenn sie etwas brauchte, sagte sie es ihrer Mutter und sie bekam Geld zum Shoppen. Manchmal ging ihre Mutter sogar mit und war dann für einen Tag wie eine Freundin, die mit ihr lachte und Spaß hatte. Manchmal.

Was Geschenke anging, hatte Nathalie das ganze Jahr über Geburtstag, wann immer sie etwas wollte. Aber was Nathalie sich am meisten wünschte, war, mit ihren Eltern auf die Insel Rab zu fahren, weil sie sich an ihren ersten Familienurlaub nicht erinnern konnte und weil sie damals sehr glücklich waren, zumindest sah es auf den Fotos so aus.

Nathalie ärgerte sich wieder, dass sie wegen des Fahrrads geweint hatte. Wegen so einem Scheiß! Am Tag nach der Party hatte sie nicht geweint, obwohl sie da allen Grund dazu gehabt hätte. Sie hatte sogar überlegt, zur Polizei zu gehen. Aber sie wollte nicht, dass ihre Eltern davon erfuhren. Außerdem – was hätte sie der Polizei sagen sollen?

Etwa: Anya hat mich mitgenommen. Eigentlich Anja, *Anya* heißt sie erst seit ein paar Wochen. Na ja. Die Typen waren alle älter. Anya stand darauf. Die studieren schon, hat sie gesagt, labern nicht dauernd von Fußball! Von wegen. Gleich zwei haben mich gefragt, Bayern oder Sechzig? Wenn die das originell fanden, ich nicht. Irgendwann bin ich in den Keller, Wein suchen, nicht dieses Gesöff, das es oben gab, was Anständiges. Wieder im Wohnzimmer, seh ich noch, wie Anya ihren BH auszieht und in den Pool springt. Ein paar Typen grölen, ein paar ältere Mädchen schauen etwas angepisst. Ich hab mich in einen Ledersessel gesetzt, der sich anfühlte wie ein Wasserbett. Das Wohnzimmer war leer, die Glasfront offen, alle draußen am Pool. Die Musik war sehr laut. Nach der zweiten Flasche wurde mir schwindlig. Ich weiß selber nicht, warum ich geblieben bin. Aber bei *Germany's Next Topmodel* kann ich auch nicht abschalten. Anya hat irgendwann angefangen, mit einem Typen rumzuknutschen, der, ohne sich vorher auszuziehen, zu ihr ins Wasser gesprungen ist. Dann muss ich eingeschlafen sein. Ich kann mich erst wieder daran erinnern, dass mir jemand die Treppe hochhilft – Anya – Haare noch nass, aber wieder angezogen. Sie breitet ein Handtuch aus auf einem Bett und ich lege mich darauf. Dann bin ich wieder eingeschlafen. Und aufgewacht, als ich diesen Kerl neben mir spürte. Nackt untenrum, hart. Er hatte mein T-Shirt hochgezogen. Keine Angst, hat er geflüstert, ich tu dir nicht weh. Ich will dich nur berühren! Das Handtuch kratzte auf meiner Wange und mein Mund war trocken. Ich hab die Decke weggezogen und bin raus, so schnell ich konnte, meine Schuhe hab ich dagelassen. Ich wollte nur noch weg. Und niemandem begegnen. Auf den Straßen war nichts los. Einmal krachte ich gegen ein Auto. Die Alarmanlage heulte. Am Fluss hab ich mich übergeben. Danach war es nicht mehr weit. Meine Eltern schliefen noch. Bevor ich ins Bett ging, hab ich das Wasser aufgedreht und mich in die Dusche gesetzt, ich hab mein eigenes Badezimmer. Am schlimmsten war es am Morgen danach – der kurze Moment, bevor man aufwacht: Da glaubte ich, alles nur geträumt zu haben, ich war so erleichtert. Dann war ich wach. Und wusste, es war kein Traum.

Es war einfach unglaublich! Sie war um ein Haar vergewaltigt worden, und ausgerechnet dieses dumme Fahrrad brachte sie zum Weinen! Nathalie holte wieder mit ihrem Rucksack aus und traf das Scheißding unterhalb des Sattels.

»Brauchst du Hilfe?«

Nathalie fühlte sich ertappt, als sie die Stimme hörte, und ärgerte sich sofort darüber. Es war schließlich *ihr* Fahrrad, auch wenn sie es hasste, und sie konnte damit machen, was sie wollte. »Bist du vom Sozialamt, oder was?«

»War nur 'ne Frage.«

»Mit dem Ding werd ich schon allein fertig.«

»Ist das dein Fahrrad?«, sagte der Junge.

Sie kannte ihn. Nicht gut, er war in einer Parallelklasse, aber er war ihr auf dem Schulhof schon aufgefallen. »Nein. Gehört dem Papst. Was meinst du, warum ich drauf rumhau?«

Der Junge musterte sie belustigt. »Du hast ja 'ne Laune!«

Nathalie mochte seinen Blick nicht. Sie starrte ihn an und wartete, dass er den Blick abwandte.

Was er nicht tat. Er grinste. »Hab noch nie gesehen, wie jemand sein Fahrrad verprügelt.«

»Tja, Schule aus, aber du lernst immer noch was dazu!«

Der Junge lachte, schüttelte den Kopf und ging weiter.

»Hey!«, rief sie, als er schon fast am Tor war.

Der Junge drehte sich um, ohne anzuhalten, und ging rückwärts weiter, Rucksack locker über der Schulter.

»Kannst du 'n Schloss knacken?«, sagte sie.

»Kommt auf das Schloss an.« Er blieb stehen.

»Sieht nicht schwer aus.«

»Dann knack's doch selber!«

»Okay. Aber dann hab ich nichts zu lachen, wenn du's nicht schaffst.«

Der Junge ließ sich alle Zeit der Welt. Hundert andere hätten sich beeilt. Hauptsache cool, dachte Nathalie zuerst. Aber dann sah sie sein müdes Gesicht, als er vor ihr stand, und fast hätte sie Danke gesagt, was sie sich gerade noch verkneifen konnte.

Sie machte einen Schritt zurück. »Das blaue.« Sie deutete auf den Vorderreifen.

Der Junge legte seinen Rucksack ab und ging in die Hocke. »Nicht viel Luft drin«, sagte er grinsend. Er drückte gegen den

Reifen. »Hinten auch nicht.« Er wandte ihr den Kopf zu und blinzelte. Die Sonne schien genau in sein Gesicht.

Nathalie machte einen Schritt auf ihn zu und sein Gesicht war wieder im Schatten. »Ist mir auch schon aufgefallen.«

»Wer sagt mir denn, dass das überhaupt dein Fahrrad ist?«

»Glaub mir, ich hab echt Besseres zu tun, als fremde Fahrräder zu verprügeln. Oder willst du dich rausreden? Weil du das nicht draufhast mit dem Schloss?«

Der Junge sah sie nur an. Dann nahm er sich das Schloss vor. Er brauchte nicht lange. Er stand wieder auf, das offene Schloss in der Hand. »Willst du's haben?«, fragte er. »Kleines Andenken?«

»Nein danke.«

Er verstaute das Schloss in seinem Rucksack. »Vielleicht leg ich mir ja auch eins zu«, sagte er.

»Was, ein Fahrrad? Sag bloß, du hast keins.«

»Wo ich herkomme, da werden die Dinger nur geklaut.«

»Uuh!« Nathalie machte ein übertrieben ängstliches Gesicht. »Und wo kommst du her, Bagdad?«

Der Junge lachte, aber nicht gleich. Nathalie fragte sich, ob das sein Ding war: nie sofort reagieren, immer erst mal abwarten, den anderen verunsichern.

»Wie wär's mit dem hier?«, sagte sie.

Wieder ließ er sich Zeit: Erst sah er sie an, dann begutachtete er das Fahrrad. Sie merkte, dass es ihm gefiel. Dann sagte er: »Hat aber 'n Loch im Sattel.«

Nathalie lächelte. »Das ist ein Damensattel! Wie wär's mit 'ner Probefahrt?«

»Auf zwei Platten?«

»Dann schieb halt.« Jetzt lächelte sie ihn offen an.

Schließlich nahm er ihr das Fahrrad ab, drehte es um und schob es neben sich her zum Teerweg. »Wohin?«, fragte er.

Sie deutete zum Tor. »Und, wie schiebt es sich?«

Er grinste.

»Wart erst mal, bis du damit gefahren bist!« Und als er ihr am Tor den Vortritt ließ, sagte sie: »Danke übrigens.«

Er nickte. »Prinzessin aus der Klemme helfen, davon hab ich schon immer geträumt.« Er wurde nicht rot, schaute nicht weg, sicherte sich auch nicht mit einem Lachen ab.

»Ich heiße Nathalie.«

Der Junge antwortete nicht.

»Und, hast du auch einen Namen? Oder ist das deine Masche, der Geheimnisvolle?«

Auf dem Weg zurück zum Wagen ging Berger die Adressenliste durch, die ihm die Schulsekretärin gegeben hatte. Er hatte ihr die Wahrheit gesagt, allerdings in einer stark gekürzten Version: dass er einen Schüler suchte, der nach dem missglückten Selbstmordversuch seiner Mutter den Kopf verloren hätte, verständlicherweise, und weggerannt wäre. Es war eine Kunst zu lügen, ohne zu lügen, und Berger war froh, dass ihm das der Sekretärin gegenüber gelungen war. Sie war ungefähr sechzig, hatte freundliche Augen und kam Berger vor wie jemand, der seinen Job nicht machen musste, ihn aber gerade deswegen umso lieber machte. Berger vermutete, dass sie bei Schülern und Lehrern gleichermaßen beliebt war.

Betroffen, aber gefasst rief sie bei den Lehrern an, die heute in Cosmos Klasse unterrichtet hatten. Sie hinterließ jedes Mal dieselbe Nachricht auf Band: Bergers Namen, seine Mobilfunknummer und die dringende Bitte, sich bei ihm zu melden.

Das Zittern in ihrer Stimme rührte sogar Berger kurz, als sie sich dafür entschuldigte, niemanden erreicht zu haben. Wie sie ihm denn noch behilflich sein könnte?

Berger versuchte, sich ihre Empörung vorzustellen, sollte sie jemals die *ganze* Wahrheit erfahren – vor allem, was er mit diesem kleinen Scheißkerl vorhatte. Ein Anruf von ihr hätte genügt, ihn auffliegen zu lassen. Niemand in der Dienststelle hätte ihr bestätigen können, dass er Cosmo suchte. Geschweige denn, dass das seine Aufgabe war. Offiziell hatte er Urlaub seit heute. Es brannte Berger fast auf den Lippen, die Frau auf ihre Gutgläubigkeit hinzuweisen. Sie war richtig dankbar dafür gewesen, ihm die Adressenliste ausdrucken zu dürfen.

Berger nahm den Stadtplan aus dem Fach in der Fahrertür und schlug das Straßenverzeichnis auf. Dann fing er an, die Reihenfolge festzulegen, in der er Cosmos Mitschülern einen Besuch abstatten würde.

8

Tom ärgerte sich über Schirner und mehr noch über sich: Warum hatte er Schirner nicht einfach stehen lassen? Dann wäre er noch rechtzeitig zu den Fahrradständern gekommen.

Es war ein deprimierender Anblick. Tom folgte den beiden bis zum Ende der Straße. Der Marlboro-Mann war gut, das musste er zugeben. Er konnte die beiden zwar nicht hören aus der Entfernung, aber ihren Gesten nach redeten sie die ganze Zeit. Hundert andere wären zum Reden viel zu nervös gewesen – er selber inklusive.

Tom dachte kurz daran, aus seinen Reifen auch die Luft rauszulassen, dann die beiden einzuholen und sich beiläufig danach zu erkundigen, ob sie auch einen Platten hätten – wenn ich den Kerl erwische! Aber dann blieb Nathalie stehen, holte eine Wasserflasche aus ihrem Rucksack, trank und reichte die Flasche dem Marlboro-Mann. Das war ja fast, als würde sie ihn auf den Mund küssen!

Aber nicht nur das, der Marlboro-Mann trank die Flasche auch noch aus und behielt sie in der Hand, als sie wieder weitergingen, und vor dem Spielplatz warf er sie, ohne groß zu zielen, in Richtung Mülleimer am Straßenrand. Und er traf auch noch!

Das gab Tom den Rest! Als er zum Spielplatz kam, waren die beiden schon fast am Kino, auf dem Weg zur Bahnhofstraße. Tom stellte sein Fahrrad ab und setzte sich auf eine Parkbank. Dann stand er noch mal auf, fischte die Wasserflasche aus dem Mülleimer, setzte sich wieder, drehte die Flasche in seinen Händen – Volvic citron, 0,5 Liter – und versuchte es auch.

Die Flasche landete zwei Meter neben dem Mülleimer.

Tom lehnte sich zurück, legte die Arme über die Rückenlehne der Bank und ließ den Kopf in den Nacken fallen wie ein angeschlagener Boxer. Die Sonne stand direkt über ihm. Er schloss die Augen und sah grelle Muster vor sich. Es war so heiß, dass man beim Atmen das Gefühl hatte, zu wenig Luft zu bekommen – dass man nicht einmal schwitzte, weil der Schweiß sofort wieder verdampfte auf der Haut. Was für ein Tag!

Sein einziger Trost: Sein Plan hatte funktioniert.

Dummerweise nur ohne ihn.

Vor dem Marktplatz führte die Straße nach einer scharfen Linkskurve einen Hügel hinunter und gabelte sich. Cosmo und Nathalie gingen geradeaus weiter, am Kino vorbei und Richtung Bahnhofstraße. Das Mountainbike ruckelte auf dem Kopfsteinpflaster, und Cosmo griff vom Sattel auf den Lenker um, damit es ihm nicht aus der Spur lief. Sie hatten das Kino schon hinter sich gelassen, als Nathalie plötzlich stehen blieb. Ihr Blick fiel auf den letzten von drei Glasschaukästen mit Filmplakaten und Szenenfotos.

Cosmo lehnte das Mountainbike an den leeren Fahrradständer vor dem kleinen Kiosk nebenan. Über dem Plakat, das

Nathalie betrachtete, klebte ein selbst gemachter Computerausdruck: *Französische Filmkunstwochen.*

»Tu nicht so, als würde dich der Film interessieren!«, sagte Nathalie, als Cosmo neben ihr stand. Sie lächelte herausfordernd. »Du schaust doch bestimmt bloß Ami-Schrott mit mindestens zehn Toten pro Minute!«

Wieder kam es ihm vor, als würden sie Fangen spielen, mit Worten: Nathalie sagte etwas – und erwartete, dass er auswich, konterte, sie in die Enge trieb. Dass er sie forderte! Bis wieder sie die Oberhand gewann. So ging es hin und her, seit er das Fahrradschloss geknackt hatte. Als würde sie ihn testen.

»Sag bloß, du magst keine Actionfilme?«, fragte er.

»Nenn mir einen, der was taugt!«

»Wie wär's mit *Titanic*?«

Sie lachte. »Das ist doch kein Actionfilm!«

»Wieso, zu wenig Tote für deinen Geschmack? Oder müssen bei dir mindestens *zwei* Schiffe untergehen?«

Er war gespannt, wie sie jetzt ausweichen würde.

»Ein Junge, der *Titanic* gesehen hat!«, sagte sie. »Etwa freiwillig oder hat dich deine Freundin vor den Fernseher geschnallt?«

Also war er wieder an der Reihe.

»Weil es auch ein Liebesfilm ist? Damit hab ich kein Problem.« Er grinste. »Solang's auch 'n paar Tote gibt.«

Natürlich hatte sie wissen wollen, ob er eine Freundin hatte. Aber da musste sie sich schon etwas mehr anstrengen.

»Würdest du dir auch so was anschauen?« Nathalie deutete auf das Filmplakat vor ihnen. *Die schöne Querulantin.* Nathalie kniff die Augen zusammen, die Sonne blendete sie.

Mit dir schon, dachte Cosmo.

»Es geht um einen Kunstmaler und eine junge Frau, die ihm Modell steht.« Nathalie hatte ein Grübchen auf der linken Wange, wenn sie lächelte.

»Klingt interessant. Und passiert auch was in dem Film oder war's das schon?«

»Na ja, der Maler malt die junge Frau und unterhält sich mit ihr. Und seine Ehefrau wird eifersüchtig, weil früher sie sein Modell war. Und irgendwann ist das Bild fertig.«

»Ist es was geworden?«

»Der Maler zeigt es niemandem, er versteckt es. Oder zerstört es, ganz genau weiß ich's nicht mehr.« Ihre Augen funkelten jetzt, wahrscheinlich vom Gegenlicht. »Der Film würde dir gefallen. Bestimmt sogar!«

»Und warum?«

»Weil die Hauptdarstellerin fast die ganze Zeit nackt ist. Emmanuelle Béart, tolle Frau!« Nathalie ging die zwei steilen Stufen runter zum Eingang des Kinos, das noch geschlossen hatte, und nahm sich ein Programmheft aus der Auslage. Sie blätterte es durch, dann lächelte sie und schaute zu ihm auf. »Am Dienstag läuft noch ein Film mit ihr. Aber da sieht man sie nur einmal kurz im Badeanzug.« Nathalie lächelte wieder und setzte den Fuß auf die untere Stufe.

Cosmo reichte ihr die Hand. Sie nahm sie, ließ sich von ihm hochhelfen und stand dann ganz nah vor ihm. »Und was macht sie da, wenn sie die ganze Zeit angezogen ist?«, fragte er.

Sie ließ seine Hand wieder los. »Arbeitet als Tippse für einen alten Mann, der ein Buch schreiben will.«

»Junge Frauen, ältere Männer. Interessant, worauf du stehst.«

»Was ist der letzte richtig gute Film, den du im Kino gesehen hast?«, fragte Nathalie. »Einer, der dich wirklich getroffen hat. Als wär der Film nur gemacht worden, damit du ihn siehst.«

»Gar nicht so einfach.« Cosmo schaute sich mindestens einen Film am Tag an, aber er war kein Kinogänger, zu teuer. Überhaupt war er nur selten in der Stadt, und dann meistens am Hauptbahnhof, wo er sich ausmalte, in welchen Zug er steigen würde, wenn er mal endgültig von zu Hause wegging. Das letzte Mal im Kino war er vor Monaten. Er kam nicht mehr auf den Titel des Films. Irgendwas Amerikanisches, im Original mit Untertiteln. Er war nicht reingegangen, weil er den Film sehen wollte, sondern weil ihm das Kino gefallen hatte und er hundemüde gewesen war nach einer stundenlangen U-Bahn-, Trambahn-, Busfahrt und Wanderung kreuz und quer durch München, als er nach einem Grund gesucht hatte, in der Stadt zu bleiben, irgendeinem Grund.

Nicht, dass er einen gefunden hätte, aber das Kino war okay und der Film auch. Im Fernsehen hätte er ihn wahrscheinlich nach zwei Minuten ausgeschaltet, aber nach der Vorstellung war er froh, dass er ihn ganz gesehen hatte. Er war mit einem guten Gefühl zurück auf die Straße gekommen, irgendwie versöhnt.

Der Titel wollte ihm einfach nicht einfallen. »Den letzten richtig guten Film hab ich im Fernsehen gesehen«, sagte Cosmo.

»Du hängst also mehr vorm Fernseher ab?«

»Nicht unbedingt. Früher vielleicht.« Oft sechs Stunden am Stück, doch die Zeiten waren vorbei. Fernsehen ging nur zu Hause und da hatte er es in letzter Zeit nicht mehr sechs Stunden am Stück ausgehalten. Außer wenn er schlief.

»Und, welcher Film?«

»*Stand by me.*«

»Ein Kinderfilm!«

»Noch schlimmer, ein Jungsfilm!« Er grinste.

»Vier Loser suchen eine Leiche. Um Helden zu werden. Definitiv ein Jungsfilm!«

»Und trotzdem hast du ihn anscheinend gesehen.«

»Man muss ja auf dem Laufenden bleiben.«

»Der Film ist aber schon ziemlich alt.«

Sie wich ihm immer wieder aus. »Sag mal, was treibst du eigentlich so?« Lachend, offensiv – und dann noch eins drauf: »Wenn du nicht grad vorm Fernseher hockst – oder einsam auf dem Pausenhof rumstehst?«

»Wer sagt denn, dass ich einsam bin?«

»Ich hab dich noch nie mit anderen rumhängen sehen.«

»Du bist auch nicht grad ein Partygirl.«

»Hast du 'ne Ahnung!«

»Jedenfalls nicht in der Schule.«

»Ich bin ja auch erst seit diesem Halbjahr da.«

»Ein halbes Jahr ist 'ne Ewigkeit, um Freunde zu finden.«

»Und warum hast *du* dann keine?«

»Vielleicht sind die ja nur nicht an der Schule.«

»Sondern suchen grad 'ne Leiche in irgendeinem Film, oder was?«

»Was ist der beste Film, den du gesehen hast? In der letzten Zeit.«

»*Little Miss Sunshine*«, sagte sie. Ohne nachzudenken.

»Und warum?«

»Hast du ihn gesehen?«

»Nein.«

»Weil's um 'ne Familie geht, die total gestört ist, aber irgendwie halten sie dann doch alle zusammen.«

»Klingt interessant.«

»Ist außerdem ein schöner Film.«

»Aber leider nur ein Film. Oder?«

Er hatte einen Nerv getroffen. »Ja«, sagte Nathalie leise. Sie nahm das Mountainbike, das am Fahrradständer lehnte. »Na komm! Nicht, dass der Fahrradladen noch zumacht. Ist fast Mittag.«

Der Junge hieß Patrick Reiter. Er wohnte gleich hinter der Schule – von der Turnhalle aus, wo Bergers Wagen stand, genau auf der anderen Seite. Berger fuhr einen Bogen um das Schulgelände und hielt vor dem Haus, einem wuchtigen Bau aus den Siebzigern mit weißer Fassade und einem dunklen Ziegeldach. Die Hecke am Gartenzaun war fast drei Meter hoch. Berger klingelte, wartete, klingelte noch mal. Er konnte von hier die Toreinfahrt der Schule sehen, dahinter die Fahrradständer und den Anfang des geschwungenen Teerwegs, der durch viel Grün zum Haupteingang der Schule führte. Es war ein idyllischer Anblick. Sofern man das von einer Schule sagen konnte. Fehlte nur noch der Geruch von Kaugummi in der Luft.

Die Frau, die ihm aufmachte, hatte einen Pfannenwender in der Hand und ein Küchentuch vorne in den Bund ihrer Hose gekrempelt, wie eine knappe Schürze. Sie war Mitte vierzig, die Mutter des Jungen, vermutete Berger. Er zeigte ihr seinen Ausweis und erntete einen besorgten Blick.

»Keine Sorge«, sagte er und deutete auf den Pfannenwender. »Ich bin einer von den Guten.« Er lächelte. »Ist Patrick da? Ich würde ihm gern ein paar Fragen stellen.«

»Nein, er ist – zur Eisdiele wahrscheinlich. Ferien feiern.«

»Ist Cosmo auch mit?«

»Wer?«

»Cosmo. Aus Patricks Klasse.«

»Weiß nicht, vielleicht.«

»Kennen Sie ihn nicht?«

»Also, nicht namentlich. Vielleicht war er mal hier – aber Sie wissen ja, die Kids heute. Die stellen sich nicht vor oder so was.«

Berger nickte. »Sie haben den Namen noch nie gehört?«

»Tut mir leid.« Sie schüttelte den Kopf. »Worum geht's denn?«

»Er ist von zu Hause weggelaufen. Können Sie mir sagen, in welcher Eisdiele Ihr Sohn ist? Vielleicht weiß er ja was.«

»Hier gibt es nur eine«, sagte die Frau. »In der Bahnhofstraße.«

Tom berührte mit dem Daumen die grüne Wähltaste. Das Display zeigte die Mobilnummer seines Vaters an, undeutlich, man musste die Augen zusammenkneifen, um sie zu erkennen im Sonnenlicht. Wie wär's mit: Mich hat's durchgehauen – falls es dich noch interessiert. Tom drückte auf die rote Taste und steckte sein Handy zurück in die Hosentasche. Er würde sowieso nur die Mailbox erwischen.

Seinen Vater hatte er Weihnachten zuletzt gesehen, am ersten Feiertag. Seine Mutter war zu Besuch bei einer Freundin gewesen und er lag mit Fassbinder in seinem Zimmer vor dem Fernseher. Er hatte sich an Heiligabend acht DVDs ausgeliehen, mit sechs war er schon durch.

Es war sein erstes Weihnachten ohne Christbaum und die

übliche Deko, irgendwie noch gewöhnungsbedürftig. Als er gerade in der Küche war, um die Schokoladenvorräte seiner Mutter zu plündern, hörte er von oben ein Geräusch. Er ging in seinen Wollsocken lautlos die Wendeltreppe hoch ins Obergeschoss.

Die Tür zum Zimmer seines Vaters war halb offen. Sein Vater stand neben dem Bett, mit dem Rücken zu ihm und wie eingefroren, als würde er schon länger so dastehen. Auf dem Bett lag schlaff und mit aufgezogenem Reißverschluss seine alte Reisetasche. Im ersten Moment dachte Tom, er hätte sie gerade ausgepackt, aber dann wurde ihm klar, dass sein Vater nicht wusste, was er zuerst *ein*packen sollte.

Sein Vater hatte vor Jahren mal einen Witz darüber gemacht: Sollte ihr Haus abbrennen – er könnte mit einem Koffer voll Sachen auskommen. Aber Toms Mutter war eine Sammlerin, sie konnte nichts wegwerfen, und sie würde wahrscheinlich ein Umzugsunternehmen anrufen, noch bevor sie die Feuerwehr rief.

Er hatte seinen Vater gefragt, was als Erstes in seinen Koffer käme. »Die alten Rifle-Jeans wahrscheinlich. Die gibt es ja nicht mehr.« Sein Vater hatte bestimmt dreißig Jeans im Schrank: Lee, Levi's, Wrangler aus Amerika. Andere Väter sammelten Briefmarken, seiner Jeans. Er hatte eigentlich auch immer noch die gleichen Klamotten an wie vor dreißig Jahren, auf den Fotos, die Tom von ihm kannte. Wie eine Uniform, Caterpillars, Jeans, enges T-Shirt. Das war noch so eine Marotte von ihm: Er trug auch im Winter nur T-Shirts, drinnen jedenfalls – keine Pullis, nichts, das lange Ärmel hatte. So kamen seine Muskeln besser zur Geltung.

Sein Vater erschrak nicht, als er sich umdrehte. Tom hätte

einen Herzanfall bekommen an seiner Stelle. Er hatte nicht viel gemeinsam mit seinem Vater, dachte er, eigentlich gar nichts.

»Ich hätte später noch mal bei dir reingeschaut. Hat deine Mutter nicht gesagt, dass ich heute vorbeikomme?«

Deine Mutter! Was so viel hieß wie: Wir sind zwar noch nicht geschieden, aber das ist nur noch eine Frage der Zeit. Vielleicht war sie deswegen heute bei einer Freundin.

Sein Vater ging ans Fenster auf der Südseite, wo man zur Straße sehen konnte.

»Kann ich dich mal was fragen?«, sagte Tom.

»Klar«, antwortete sein Vater, ohne sich umzudrehen.

»Lag's wirklich nur an mir?«

Sein Vater zündete sich eine Zigarette an. »Wenn ein Film schlecht wird, liegt das nicht nur an einem.« Er hatte vorher nie im Haus geraucht. Aus Rücksicht auf Tom und seine Mutter, die nicht rauchte. Eine Abmachung, die nicht mehr galt. »Du warst sehr gut beim Casting. Aber beim Dreh hast du's nicht gebracht. Ich hab gedacht, du bist nur aufgeregt, erster Tag eben. Dann kam der zweite Tag, dann der dritte und irgendwann war's zu spät. Ich hätte dich gleich am ersten Tag ersetzen müssen. Es war mein Fehler. Das ganze Team wusste das. Und damit war der Wurm drin. Ein Film kann nur richtig gut werden, wenn alle daran glauben und ihr Bestes geben. Und diesen Glauben konnte ich ihnen nicht mehr vermitteln. Nein, du hast es nicht vergeigt. Es tut mir leid, wenn ich das gesagt habe. Mir ging's nicht gut damals.«

»Und wie geht's dir jetzt?«, fragte Tom vorsichtig.

»Okay.«

»Okay – was heißt das?«

»Ich habe eine Chance gehabt und in den Sand gesetzt.

Jemand Gutes hätte was daraus gemacht. Ich hab gedacht, ich wäre gut. Jetzt weiß ich, woran ich bin.« Die Zigarette war nur noch ein Stummel. Sein Vater machte das Fenster auf und schnippte die Glut nach draußen. »Ist vielleicht ganz gut so. Weiß ich noch nicht. *Das* heißt okay.«

»Und wann weißt du's?«

»Das weiß ich auch noch nicht.« Er legte die Kippe auf den Schreibtisch neben seine Brieftasche und sein Handy – wie um sicherzugehen, dass sie aus war, bevor er sie in den Papierkorb warf. »Ich brauch einfach mal eine Auszeit. Um mir darüber klar zu werden, wie's weitergeht.«

»Eine Auszeit? Und wie lang?«

»Du stellst eine Menge Fragen, Tom.«

»Von selber sagst du ja nichts.«

Sein Vater nickte. Dann sagte er: »Erinnerst du dich noch an Markus – der vor zwei Jahren gestorben ist?« Er wartete nicht auf eine Antwort. »Wir kannten uns seit der ersten Klasse, knapp vierzig Jahre. Als deine Mutter mich angerufen hat damals, dass er im Krankenhaus liegt und dass es schlecht aussieht – jeder gute Freund hätte wahrscheinlich alles stehen lassen und wäre sofort losgefahren. Aber ich hab mir gedacht, es wär ein Wunder, wenn er die nächsten zwölf Stunden überlebt, nach so einem Unfall, und so schnell schaff ich's sowieso nicht aus Thailand zurück. Also bin ich geblieben. Und ich hab recht behalten. Verstehst du, was ich meine?«

»Nicht wirklich.«

»Ich hab's versucht, Tom. Mit deiner Mutter. Aber ganz ehrlich, ich hab keine Ahnung mehr, warum wir geheiratet haben. Ich weiß, dass wir mal verliebt waren, aber ich kann mich nicht mehr an das Gefühl erinnern. Wenn ich ein Foto sehe von damals, dann sehe ich zwei lachende Menschen und einer davon bin ich vor fünfzehn Jahren. Aber mir wird nicht warm ums Herz oder so was. Irgendwann war's einfach vorbei, aus. Eine Zeit lang funktioniert man vielleicht noch, weil man sich Mühe gibt. Aber das Gefühl ist weg und es kommt auch nicht wieder. Vielleicht liegt's ja an mir, vielleicht geht mir einfach alles irgendwann am Arsch vorbei, ich weiß nicht.«

Er hatte seine Brieftasche eingesteckt und sein Handy. Das und die Klamotten, die er anhatte – mehr brauchte sein Vater nicht. Die Reisetasche blieb leer auf dem Bett liegen. Aber er war noch nicht fertig.

»Ist dir wahrscheinlich selber schon aufgefallen: Ich bin kein guter Vater und war's nie. Als du klein warst, auf dem Spielplatz, wenn ich dich auf die Schaukel heben oder dir beim Rutschen zusehen sollte oder dabei, wie du irgendeine Sandburg baust. Oder später, wenn ich mit dir an Fasching am Viktualienmarkt war oder dich zum Judo gefahren hab oder im Freibad am Beckenrand aufpasste, dass du nicht absäufst, egal was – ich war immer mit dem Kopf woanders. Ich wär lieber allein gewesen, nimm mir das nicht übel. Oder nimm's mir übel, keine Ahnung.«

Wenigstens fange ich nicht an zu heulen, hatte Tom gedacht, als sein Vater aus dem Zimmer ging. Das Seltsame war – er wäre ihm am liebsten in die Arme gelaufen und hätte ihn festgehalten. Es war wie ein Todesurteil, was sein Vater gesagt hatte, nur dass es nicht mehr vollstreckt wurde.

Weil es dem Richter scheißegal war.

9

Vor dem Fahrradgeschäft hing ein Druckluftgerät zum Aufpumpen. Nathalie nahm einen der beiden Schläuche von der Aufhängung und ging in die Hocke. »Hilf mir mal«, sagte sie und Cosmo hob das Fahrrad an. Sie brachte das Ventil in Position und betätigte die Düse. »Immerhin hat er die Reifen nicht aufgestochen. Hat sogar die Ventile drangelassen.«

Cosmo hatte ihr noch nicht gesagt, *wer* das mit ihrem Fahrrad gewesen war. Er wusste nicht, wie er es sagen sollte, ohne dabei wie ein Erstklässler zu klingen, der einen Mitschüler verpetzt. Er überließ ihr das Fahrrad, als sie nach dem Lenker griff. Ihr Gespräch war bis vorm Kino ein Selbstläufer gewesen. Und jetzt? Ihm fiel nichts mehr ein. Nichts, das sich von selbst ergab, ihm einfach über die Lippen kam. Auf einmal *dachte* er darüber *nach*, was er ihr sagen *könnte*. Worauf ihm erst recht nichts einfiel. Sollte er sie fragen, warum sie geweint hatte an den Fahrradständern? Sie kannten sich gerade mal eine halbe Stunde! Warum lud er sie nicht einfach ins Kino ein? So weit waren sie doch schon fast gewesen. Warum also nicht?

Er hatte noch nie ein Mädchen geküsst – das wurde ihm mit einer Schlagartigkeit klar, als hätte er es bis zu diesem Zeitpunkt nicht gewusst. Er musste wieder an den Bullen denken, wie verlegen er geklungen hatte mit der Betreuerin im Heim. Über andere lachen war immer einfach! Er klang jetzt wahrscheinlich genauso verlegen. »Ich hab mal ein anderes Fahrrad abgesperrt, aus Versehen. Ist mir erst aufgefallen, als ich meins wieder aufsperren wollte.«

»Ich dachte, du hast kein Fahrrad?«

»Zurzeit nicht.«

»Weil Bagdad so ein hartes Pflaster ist?«

»Gibt kein härteres.«

Er wollte nicht, dass Nathalie jetzt wegfuhr. Alles, was er erlebt hatte, bevor er sie traf – der Selbstmordversuch seiner Mutter, die kurze Nacht im Heim –, spielte auf einmal keine Rolle mehr. Als hätte es ein anderer erlebt. Er war jetzt hier mit Nathalie, nur das zählte. Vorher, das war ein Traum, an den man sich gerade noch erinnern kann nach dem Aufwachen und der dann sofort verblasst.

»Ich muss da lang«, sagte Nathalie und deutete Richtung Ampel.

»Ich hab noch 'ne Probefahrt gut, oder?«

»Klar, steig auf!«

Ihm fiel ein Stein vom Herzen. Er fuhr langsam, damit Nathalie Schritt halten konnte. An der Ampel warteten sie auf Grün, als hätten sie alle Zeit der Welt. Von ihm aus hätte ewig Rot bleiben können. Dann sah er den Wagen.

Zuerst hielt er es für eine Sinnestäuschung. Aber es war eindeutig der Bulle, der am Steuer saß – konzentriert nach vorne schauend, Handy am Ohr. Die Polizei, dein Freund und Vorbild. Aber wahrscheinlich war genau das seine Rettung: Der Bulle war zu beschäftigt, um ihn zu bemerken. Er fuhr einfach an ihm vorbei. Und dann schaltete die Fußgängerampel auf Grün. Unglaublich. Cosmo merkte erst jetzt, dass er gar nicht daran gedacht hatte, sich aus dem Staub zu machen. Er lachte.

»Was ist?«, fragte Nathalie.

»*Junebug!* Das war der letzte richtig gute Film, den ich im Kino gesehen hab. Ist aber schon 'ne Weile her.«

»Nie von gehört.«

»Es geht um einen Typen, der mit seiner Frau in seine Heimatstadt fährt, irgendwo auf dem Land. Und die Frau merkt, dass sie ihren Mann eigentlich überhaupt nicht kennt.«

»Und dann trennen sie sich?«

»Nein, sie fahren wieder nach New York und sind happy.«

»Und wenn sie nicht gestorben sind, dann sind sie das noch heute, oder was?«

»Vielleicht. Warst du mal im *Monopol*? Das Kino.«

Nathalie schüttelte den Kopf. Cosmo musste lachen.

»Was?«, fragte Nathalie gedehnt und das Grübchen erschien wieder auf ihrer Wange.

»Musst du mal reingehen, ist ein tolles Kino.«

Sie überquerten die Kreuzung und spazierten durch eine Parkfläche mit Blumenbeeten und Parkbänken am Wegrand und einem Kriegerdenkmal. Danach kamen sie in ein Wohngebiet mit riesigen Grundstücken – schattige Gärten mit vielen Bäumen und mit Häusern, die weit weg von der Straße standen. Auch links und rechts am Straßenrand standen Bäume – deren Äste sich über der Straßenmitte fast trafen. Nur ein schmaler himmelblauer Streifen blieb frei, als spazierten sie durch einen farbigen Tunnel. Wenn man sich irgendwo sicher fühlen kann, dann hier, dachte Cosmo.

»Was machst du in den Ferien?«, fragte Nathalie.

Gute Frage! Sich vor einem Bullen verstecken, so wie es aussah. »Keine Ahnung«, sagte er. »Du?«

»Ist noch in Planung.« Nathalie deutete auf ein Haus am Ende der Straße. »Da wohne ich«, sagte sie.

»Fährst du weg?«

Nathalie zuckte mit den Schultern.

»Wohin würdest du fahren, wenn Geld keine Rolle spielt?«

»Ich weiß nicht. Am Geld liegt's nicht. Du?«

»Hm, Montana vielleicht.«

»Montana?«

»Marlboro Country.«

»Ist nicht dein Ernst.«

»Ich leg mir 'n Hut zu, Stiefel.«

»Und fängst dir 'n Pferd, was?«

»Kannst du reiten?«

»Machst du Witze? Wir Mädchen *lieben* Pferde!«

»Du hast sicher dein eigenes.«

»Klar, wir sind unzertrennlich! Er heißt Hüpfer und kann sogar sprechen, und immer wenn ich traurig bin, tröstet er mich. Wann fragst du endlich, ob wir ins Kino gehen?«

»Hast du Lust?«

»Nein, ich will dir 'n Korb verpassen, damit du dich dann so richtig scheiße fühlst.«

»Morgen Abend?«

»Wenn du dann noch nicht in Montana bist.«

»Wenn du dein Pferd mitbringst, bleib ich vielleicht noch 'ne Weile.«

»Ich hasse die Biester, eins ist mir mal auf den Zeh getreten. Danach war Schluss, keine Pferde mehr.«

»Mehr der Motorradtyp, hm?«

»Klar, richtige Harley-Braut, siehst du ja – ganz in Leder, voller Tattoos, und Bier trink ich nur aus der Flasche!« Sie blieb vor einem Gartentor stehen. »So, jetzt weißt du alles über mich. Und ich weiß, dass du Schlösser knacken kannst und 'n verkappter Cowboy bist. Der vorm Fernseher rumhängt und manchmal sogar ins Kino geht.«

»Was willst du sonst noch wissen?«

»Irgendwas.«

»Ich komm *nicht* aus Bagdad.«

»Sondern?«

»Westkreuz.«

»Kenn ich. Die S-Bahn-Station.«

»Du fährst S-Bahn?«

»Glaubst du, ich nehm mir 'n Taxi, wenn ich in die Stadt will?«

»Eher 'ne Limousine, mit Privatchauffeur, so 'ne lange, ganz in Schwarz.«

»Du hast ja 'ne ganz schöne Fantasie. Vielleicht sollten wir doch nicht ins Kino gehen. Nicht, dass die noch mit dir durchgeht!«

»Was sagt denn überhaupt dein Freund dazu? Wenn wir zusammen ins Kino gehen.«

»Mein Freund?« Sie lachte.

»Na ja, du hast doch sicher einen.«

»Einen? Hundert!«

»Und wo sind die gerade?«

»Weiß nicht. Prügeln sich gerade um mich.« Nathalie lehnte sich gegen das Gartentor und schaute ihn herausfordernd an. »Wenn du wissen willst, ob ich einen Freund hab, warum fragst du dann nicht gradraus?«

»Hast du einen?«

»Was, wenn ich einen hab?«

»Dann müsst ich ihn wohl zum Duell fordern.«

»Oh, wie romantisch! Wie denn, unter brennender Mittagssonne, auf der Hauptstraße, nur ihr zwei?«

»Genau. Kein Mensch weit und breit, alle haben sich in ihren Häusern versteckt.«

»Und gerade als ihr zieht, komm ich angerannt und schrei: ›Nein, nicht!‹ – Aber zu spät, ihr seid beide getroffen.« Nathalie lächelte. »Und dann kann ich allein ins Kino gehen? Nein danke!« Sie öffnete das Gartentor. »Hol mich um fünf ab. Ich such den Film aus.«

»Lass uns ins *Monopol* gehen«, sagte Cosmo.

»Und in welchen Film?«

»Ist doch egal.«

Nathalie lachte. »Wenn mir der Film nicht gefällt, musst du mich einladen.« Sie zwinkerte ihm zu. Dann stellte sie das Fahrrad an die Hauswand. Und das Gartentor fiel zwischen ihnen ins Schloss.

Endlich! Tom hatte lange genug gewartet. Hinter einer Straßenecke, wie ein Spanner – erbärmlich! Es war nicht zu fassen, der Marlboro-Mann hatte sie bis nach Hause begleitet! Wenigstens hatte sie ihn nicht mit reingenommen.

Aber er stand immer noch vor ihrem Gartentor! Vielleicht machte er sich noch Hoffnungen? Oder war sie nur kurz rein, was holen? Das wär's doch! Am besten ihre Badesachen!

Tom wollte einfach nur nach Hause, in sein Bett und schlafen, bis seine Pechsträhne vorbei war. Er gab sich einen Ruck, stieg auf sein Fahrrad und fuhr los – scheiß auf die beiden!

Immerhin wohnte er hier. Nur zufällig eben neben Nathalie, also warum das Versteckspiel?

Aber einen Augenblick später ging auch der Marlboro-Mann los – und direkt auf ihn zu. Tom bekam sofort wieder ein mulmiges Gefühl. Zu Recht – als der Typ ihn bemerkte, blieb er stehen. Und Tom musste sich dazu zwingen, weiterzufahren.

Als er vor seinem Gartentor anhielt und vom Fahrrad stieg, war der Marlboro-Mann auf gleicher Höhe mit ihm. Tom ahnte schon, dass er irgendwas vorhatte. Und dann kam es: Der Marlboro-Mann ließ seinen Rucksack elegant von der Schulter gleiten – seine Hand schnappte gerade noch rechtzeitig zu, bevor der Rucksack zu Boden fiel. Als hätte er die Bewegung vorm Spiegel einstudiert. Wahrscheinlich hatte er auch einen Straßenmülleimer in seinem Zimmer und übte jeden Abend Zielwerfen mit leeren Volvic-Flaschen!

Tom schob sein Fahrrad gegen das Gartentor und das Tor sprang auf. Aus den Augenwinkeln sah er, wie der Marlboro-Mann das blaue Fahrradschloss aus seinem Rucksack zog. Scheiße! Der Typ hängte es an die rote Metallfahne des Briefkastens, der am Torpfosten montiert war.

»Hast du vergessen«, sagte er noch, dann ging der Marlboro-Mann weiter, die Straße runter Richtung Tennisplatz.

Berger warf das Handy auf den Beifahrersitz und hielt in zweiter Reihe vor der Eisdiele, zum dritten Mal innerhalb der letzten Stunde. Den Motor ließ er laufen. Er hatte immer noch kein Glück. Es war nicht viel Betrieb. Ein paar Kinder, ein paar Erwachsene, aber keine Jugendlichen in Cosmos Alter. Was auch immer Patrick Reiter seiner Mutter erzählt hatte, den Ferienanfang feierte er woanders.

Wenigstens hatte einer der Lehrer angerufen. Cosmo war heute tatsächlich in der Schule gewesen. Er hatte ihn anscheinend nur knapp verpasst. Es brachte nichts, sich darüber zu ärgern.

Viel mehr hatte der Lehrer ihm nicht sagen können. Cosmo war ein unauffälliger Schüler – mit mittelmäßigen Noten, die besser sein könnten, wenn er gewollt hätte. Freunde hatte er keine, so wie es aussah, er war ein Einzelgänger.

Was die Suche nicht leichter machte. Es gab diese Typen – die neben der Masse herschwimmen oder gegen den Strom. Aber jeder hinterlässt Spuren. Man muss sie eben finden.

Berger schlug den Stadtplan auf und legte die Adressenliste daneben. Einer von den dreiundzwanzig Schülern aus seiner Klasse würde etwas über Cosmo wissen, das ihn weiterbrachte. Da war sich Berger sicher. Er legte den Gang ein, setzte den Blinker und fuhr wieder los.

10

Die Bank war zu unbequem, um darauf zu liegen, die Sitzfläche fiel nach hinten ab. Aber sie stand im Schatten, es war kühler hier am Fluss, und im Sitzen konnte man den Kopf nach hinten legen, auf die Lehne stützen und sich einlullen lassen von dem monotonen Rauschen des Wassers. Cosmo war unglaublich müde. Er hatte die Augen geschlossen und ganze zwei Autos gehört, seit er hier saß. Es war ruhig bis auf einen langweiligen Ballwechsel am Tennisplatz, der ab und zu unterbrochen wurde von einem metallischen Zittern und halbherzigen Flüchen, wenn ein Ball gegen den Drahtzaun krachte.

Cosmo hatte dieses Bild im Kopf – Nathalie, die sich vor dem Haus noch einmal umdrehte und sagte: *Wenn mir der Film nicht gefällt, musst du mich einladen.* Ihr Lächeln, ihre Haare, ihre Augen, ihre Bewegungen. Und dann war sie wieder weg.

Als wäre auf einmal sie der Traum gewesen – und nicht, was er davor erlebt hatte, der Selbstmordversuch seiner Mutter, die kurze Nacht im Heim. Nein, er hatte einen kleinen, schönen Traum gehabt und jetzt wachte er wieder auf.

War sie schon tot oder lag sie noch im Koma? Er solle sich das wie einen tiefen Schlaf vorstellen, hatte der Arzt gesagt.

Sie hätte keine Schmerzen, auf gar keinen Fall. Nein, sicher könne er das nicht sagen, ob sie jetzt träumte. Ob es einen Unterschied machte, wenn Cosmo neben ihr saß? Das ganz bestimmt! Ja, es gibt Menschen, die jahrelang im Koma liegen. Lass uns morgen darüber reden, dann kann ich dir mehr sagen.

Morgen. Also heute! Aber es wäre riskant, sie im Krankenhaus zu besuchen. Der Bulle war hinter ihm her. Oder war es Zufall, dass er ihn hier gesehen hatte? Das konnte Cosmo sich nicht vorstellen. Wie auch immer: Wohnung, Schule, Krankenhaus. Wenn Berger ihn suchte, dann an diesen Orten.

Was sollte er überhaupt im Krankenhaus? In ihrem Brief stand, dass seine Mutter sterben wollte. Nicht wörtlich vielleicht, aber sie war fertig mit der Welt, Koma hin oder her. Oder gab es so was wirklich – dass ein Mensch sein Leben komplett ändern konnte, wenn er wie durch ein Wunder dem Tod entwischt war?

Wenn seine Mutter starb, hatte er gar keine Familie mehr. Vor dieser Tatsache konnte er nicht weglaufen.

Vielleicht starb sie ja doch nicht! Wunder gab es. Selten vielleicht, aber es kam vor. Dann hätte er auch nicht mehr den Bullen am Hals! Cosmo musste an den alten Mann denken, Ramsauer, der in Neuaubing ihnen gegenüber gewohnt hatte. Ab und zu hatte Cosmo für ihn die Zeitung vom Kiosk geholt oder das kleine Stück Rasen in seinem Vorgarten gemäht. Die Ramsauers hatten kaum Gesellschaft. Über vierzig Jahre verheiratet, hatte der Alte einmal stolz erzählt. Und plötzlich war seine Frau weg. Von heute auf morgen, Hirnblutung, umgefallen, tot. Als Cosmo damals auf Drängen seines Vaters rüberging, um dem Alten sein Beileid auszusprechen, hatte der gefragt: »Wer macht denn jetzt die Einkäufe? Und die Wäsche? Und wer kocht?« Das waren die Fragen, die ihn beschäftigten.

Cosmo war froh gewesen, als er wieder draußen war.

Kurz darauf zog Ramsauer in ein Altersheim.

Und jetzt dachte Cosmo genauso – wünschte sich, dass seine Mutter überlebte, weil das weniger Probleme für ihn bedeutete. Scheiße! Koma. Er stellte sich das wie die Hölle vor. Gefangen im eigenen Körper – am Leben, aber wofür?

Cosmo versuchte, sich wieder auf Nathalie zu konzentrieren, Nathalie vor ihrem Haus – ihr Lächeln, ihre Haare, ihre Augen. Er hoffte, dass dieses Bild alles andere beiseiteschob, an das er nicht denken wollte – an seine Mutter, das Heim, den Bullen. Aber er bekam ihr Bild immer nur kurz und schleierhaft in seinen Kopf. Er versuchte, es festzuhalten, doch sofort verschwand es wieder und die anderen Gedanken kamen zurück. Also versuchte er, ihr Bild einfach *kommen zu lassen*, sich nicht darauf zu konzentrieren, vielleicht blieb es dann.

Plötzlich hörte er jemand sagen: »Wie kommst du darauf, dass das mein Schloss ist?«

Im ersten Augenblick dachte Cosmo, der Hund hätte das gesagt. Er stand direkt vor ihm, sein massiger Schädel nur Zentimeter von seinen Knien entfernt. Ein dicker Schleimfaden hing ihm seitlich aus dem Maul. Der Hund sah aus, als könnte er ihm mit einem Biss das Genick brechen. Dann sah er Tom Konrat, und Cosmo war selten so froh, jemanden zu sehen, wie jetzt.

»Na, ist es doch, oder?«

»Wie, steht da mein Name drauf?«, sagte Tom. »Oder hast du Fingerabdrücke gefunden?«

»Ich hab gesehen, wie du ihr Fahrrad abgesperrt hast.«

Tom lehnte mit der Schulter an einem der Altglascontainer, was nicht ganz so lässig aussah, wie es wohl aussehen sollte. Er wusste offenbar nicht, wohin mit den Händen – zumindest mit der rechten, in der linken hielt er das Fahrradschloss. Schließlich hakte er den rechten Daumen in einer Gürtelschlaufe ein und verlor fast das Gleichgewicht dabei.

»Hast du gesehen, ja?«, sagte er angriffslustig, dann leiser: »Scheiße!«

Cosmo bewegte nur einen Zeigefinger, um auf den Hund zu deuten, ansonsten rührte er sich nicht. »Ist das deiner?«

Tom nickte.

»Pfeifst du ihn vielleicht mal zurück?«

»Er hört nicht auf mich.«

»Was?«

»Auf meine Mutter hört er manchmal.«

»Hat er wenigstens was zu fressen gekriegt heute?«

»Ist schon 'ne Weile her«, sagte Tom.

Immerhin war es kein Pitbull. »Wie heißt er?«

»Fassbinder«, sagte Tom. »Und das Schlimmste, was dir passieren kann, ist, dass er einen Pups lässt.«

Cosmos Herz raste, und seine Hände zitterten, als hätte er einen Stromschlag bekommen – auch dann noch, als der Hund längst am Flussufer war und dort friedlich herumschnüffelte. Cosmo fischte Zigaretten und Streichhölzer aus seinem Rucksack und steckte sich eine an, dann legte er die Schachtel auf die Bank und inhalierte tief. Es war die erste Zigarette, die ihn wirklich beruhigte.

Nach einer Weile setzte Tom sich neben ihn, stützte die Ellbogen auf die Oberschenkel, das Schloss jetzt in beiden Händen, und sah zum Fluss.

»Fassbinder? Was ist denn das für ein Name?«, fragte Cosmo.

»Deutscher Regisseur und Kokser«, sagte Tom. »Ist schon lange tot.«

»Und dein Hund kokst auch oder warum heißt er so?«

»Hat mit meinem Vater zu tun. Hab aber keine Lust, darüber zu reden.« Tom warf das Schloss in den Fluss. Fassbinder machte einen Satz zur Seite, als das Wasser aufspritzte.

»Warum hast du das gemacht?«, fragte Cosmo. »Erst hab ich gedacht, es ist dein Fahrrad, aber dann – hat sie dir 'n Korb gegeben?«

Tom nahm sich eine Zigarette. Cosmo gab ihm die Streichhölzer. Tom paffte ein paarmal und verzog das Gesicht. Er kratzte sich einen Tabakkrümel von der Zunge.

»Hast du nichts anderes?«, sagte er.

Cosmo grinste.

»Echte Cowboys rauchen ohne Filter, was?« Tom schnippte die angerauchte Zigarette Richtung Fluss. »Der Marlboro-Mann!« Er lachte. »Hast du eigentlich auch 'nen richtigen Namen?«

»Ja. Cosmo.«

»Und wie kommst du an die Zigaretten, Cosmo?«

Cosmo zögerte – sollte er es abstreiten? Damit macht man sich erst recht verdächtig. Und falls der Filmstar daran dachte, ihn wegen der Zigaretten unter Druck zu setzen? Keine Chance, nicht mit ihm. Wie denn? »Rate mal!«, sagte er. Der Kniff war, die anderen die Wahrheit wissen zu lassen – ohne sie selber zuzugeben.

»Du klaust sie«, sagte Tom.

Klar, dachte Cosmo, aber das hast du gesagt – ich würde

das nicht mal zugeben, wenn sie mich dabei erwischen würden. »Sehr gut!«, sagte er – und er war irritiert, wie selbstbewusst er das sagte.

Das mit der Wahrheit – sie nicht zuzugeben – hatte er aus einem Film, vielmehr aus unzähligen Filmen, weil er sich jedes Mal darüber gewundert hatte: Warum sind die Bullen so scharf auf ein Geständnis? Oder die Richter? Oder die Staatsanwälte? Weil ein Fall noch so klar sein kann, ohne Geständnis hatte es die Gegenseite immer schwer. Und wer gesteht, verliert. Sofort. Was ihn irritierte, war der Stolz in seiner Stimme. Er gefiel sich in der Rolle des Diebes. Das musste er zugeben. Jetzt, da er darüber nachdachte.

Scheiß drauf. Auf irgendwas muss man ja stolz sein.

Tom holte ihn aus seinen Gedanken zurück: »Und von wem?«

»Willst du mit einsteigen?«, sagte Cosmo lachend.

»Wär keine gute Idee, bei meinem Glück. Wie ist sie denn so?«

»Wer?«

»Wer wohl? Ich wollte plötzlich auftauchen und ihr aus der Klemme helfen. Deswegen das Schloss und die Reifen. Du warst schneller!«

Cosmo sah, wie der Hund sich vorsichtig am Flussufer entlangtastete, als suchte er eine Stelle, wo er trinken konnte, ohne nass zu werden. »Wie lang hast du ihn schon?«

»Paar Jahre.«

»Und er hört nicht auf dich?«

»Vielleicht ist er nur schwerhörig, keine Ahnung.«

»Vielleicht liegt's ja an seinem Namen.«

»Vielleicht, ja.«

»Die gute alte Heldennummer, was? Hast gedacht, sie redet sonst nicht mit dir.«

»So ungefähr«, sagte Tom.

»Sie ist nett.«

»*Nett?*«

»Du wolltest wissen, wie sie ist.«

»Schon, aber *nett!* Lebst du in 'nem Puff oder was? Lässt die dich etwa kalt? Ich meine, vielleicht hab ich ja was an den Augen!«

»Gut, sie ist nett – und hübsch.«

»Sie ist *was?* Weißt du, was ich durchmache! Miss World wohnt nebenan und ich krieg kein Wort raus seitdem.«

»Dich hat's ja ganz schön erwischt«, sagte Cosmo.

»Ach, echt?«

»Aber die Nummer mit dem Fahrrad – ich meine, schaust du ab und zu mal fern?«

»Klar.«

»Nur Scheiß oder auch mal 'n Liebesfilm?«

»Kommt schon mal vor.«

»Und? Hast du schon mal einen gesehen, wo der Typ die Frau abschleppt, weil er ihr Fahrrad abgesperrt hat?«

Tom antwortete nicht.

»Ich auch nicht. Und weißt du, warum?«

»Weil das ein Scheißplan ist?«

»Na also.«

»Ach ja? Und wie ist das bei euch gelaufen? Richtig! Du hast das Schloss geknackt, Jackpot, Held des Tages. Von wegen Scheißplan! Da ist nur eines schiefgelaufen. Du!«

11

Das Geld lag auf der Frühstückstheke, die die Küche vom Wohnzimmer trennte, fünfzig Euro. Daneben das schnurlose Telefon, die Karten von *Pizza Prego* und *Thai Home* und eine DVD, *Ein Herz im Winter*, noch originalverpackt, aber mit abgekratztem Preisschild. Ein kleiner gelber Notizzettel klebte darauf: *Mit französischer Sprachfassung! Für deine Sammlung.* Ihre Mutter wusste, dass sie Frankreich vermisste, die Filme waren als Trost gedacht. Ein wenig halfen sie Nathalie sogar, obwohl nach jedem Film ihr Heimweh fast noch größer war als vorher. Sie hatte die drei glücklichsten Jahre ihres Lebens in Marseille verbracht. Bis ihr Vater vor einem Dreivierteljahr angekündigt hatte, dass sie wieder zurück nach Deutschland gehen würden. Man hatte ihm hier einen noch besseren Job angeboten. Und Nathalie war nicht gefragt worden, was sie davon hielt.

Trotzdem, der Film war eine nette Geste ihrer Mutter, die Nathalie freute, bis sie las, was auf dem zweiten Notizzettel stand: *Bin beim Fitness.*

Das war gelogen, und nicht mal gut gelogen. Sie hatten ihr eigenes Fitnessstudio im Keller: Stepmaster und Spinningrad mit Blick auf den Plasmafernseher, dazu chromglänzende

Kraftmaschinen plus Sauna und Whirlpool. Nathalie setzte sich auf den äußeren Barhocker und nahm eine Banane aus der Obstschale, die genauso makellos war wie die Äpfel und die dunklen Trauben. Vor allem in der Küche kam sie sich vor wie in der Designerecke eines Möbelhauses. Nur dass das Deko-Obst echt war. Die Küche war ein Witz. Sie benutzten gerade mal den Kühlschrank, für die Notration Antipasti und Parmaschinken und für den Weißwein natürlich. Wann ihre Mutter das letzte Mal *gekocht* hatte, daran konnte Nathalie sich nur vage erinnern, in diesem Haus jedenfalls noch nicht. Wenn ihr Vater abends nach Hause kam, zwischen zehn und elf Uhr, auch sonntags mit wenigen Ausnahmen, hatte er schon gegessen. Meistens mit Kunden – wobei *Kunden* ein sehr dehnbarer Begriff war. Ähnlich wie *Fitness*.

Nathalie steckte das Geld ein, legte ihr Zeugnis auf die Theke und warf die Bananenschale in den Müll. Diese Küche! Die Einzige, die sich länger hier aufhielt, war die Putzfrau. Die Nächte ausgenommen, war die Putzfrau überhaupt diejenige, die am meisten Zeit in diesem Haus verbrachte. Sie kam dreimal die Woche für jeweils sechs Stunden und damit schlug sie zumindest ihren Vater um Längen.

Nathalie legte sich auf das Rattansofa, nahm die *Vogue* vom Glastisch, dann das Stadtmagazin. Sie hatte das Zimmer im Dachgeschoss, das kleinste im Haus – mit Dachschrägen, Dachbalken, Holzfußboden, einem eigenen Balkon, dazu das eigene Bad. Das Zimmer hatte zwar den Nachteil, dass es an Tagen wie heute unerträglich heiß wurde, dafür hatte Nathalie hier ihre Abgeschiedenheit, ihre eigene kleine Welt. Sie fand die Kinoseiten und eine Vorankündigung von *Zusammen ist man weniger allein* mit Audrey Tautou, aber nichts im aktuellen Programm, das sie sehen wollte. Die Idee mit dem Kino kam ihr auf einmal überhaupt unglaublich blöd vor.

Seit der Party hatte sie das Thema Jungs ausgeblendet, sie wollte nicht mal an Armand denken und der war ihr Freund gewesen in Frankreich. Wenn man es genau nahm, waren sie immer noch zusammen – weil bisher keiner von ihnen mit dem anderen Schluss gemacht hatte. Gott, wie hatte er ihr gefehlt anfangs! Aber wie hieß es so schön? Aus den Augen, aus dem Sinn. Da war leider was dran. Wahrscheinlich ging es ihm genauso.

Armand. Ihre Freundinnen hatten sie um ihn beneidet. Aber ihre Freundinnen vermisste Nathalie viel mehr, Christine am meisten. Mit ihr hätte sie über die Party reden können und sie *musste* mit jemandem darüber reden. E-Mails oder Briefe funktionierten nicht, auch am Telefon fiel es ihr schwer. Sie brauchte jemanden, den sie anschauen konnte, der bei ihr war, der ihr half. Aber Christine war in Marseille, und in München hatte Nathalie nur – wen, Anya? Wenn sie ihr davon erzählte, wusste es am nächsten Tag die ganze Welt. Vielleicht auch erst am übernächsten Tag.

Mit Christine wäre sie ans Meer gefahren, hinten auf Christines Vespa, im Rucksack eine Flasche Rotwein, und Christine hätte ihr zugehört, hätte sie in den Arm genommen und schließlich alle Männer dieser Welt verflucht, bis Nathalie wieder gelacht hätte, wenigstens ein bisschen. Dann hätte Christine ihren Bruder gebeten, den Typen fertigzumachen. Und mit Christine wäre ihr so etwas wie auf dieser Party gar nicht erst passiert. Oh Gott, zum Glück war sie früh genug aufgewacht!

Nathalie ging auf den Balkon und räumte das Glas vom Vorabend weg und die Kerzen, die schon weich geworden waren in der Sonne. Das war ihre Routine, bevor sie ins Bett ging: ein Glas Wein auf dem Balkon, Kerzenlicht, die passende Musik. Augen zu und sie war wieder in Frankreich, wenigstens im Traum.

Nathalie überlegte, ob sie zum Baden fahren sollte, sie musste etwas unternehmen. Oder in die Stadt? In Gräfelfing war zu wenig los, um sich abzulenken.

Eins musste sie zugeben: Cosmo hatte sie abgelenkt.

Berger parkte hinter dem silbernen Porsche Cayenne. Vielleicht war es nur Schulhofgeschwätz. Nathalie Hirsch stand nicht auf seiner Liste. Eine Klassenkameradin von Cosmo hatte sie erwähnt. Das Mädchen redete wie ein Wasserfall: »Wir standen in der Cafeteria rum und haben uns gefragt, mit wem von den Jungs hier wir am ehesten ins Kino gehen würden, nur zum Spaß natürlich. Und Nathalie sagte, der da, und deutete auf Cosmo, der sich gerade was kaufte. Ich glaub, wir haben uns alle gefragt: Cosmo? Spinnt die?«

»Wieso?«, hakte Berger nach.

»Na, wie der schon aussieht! Die Haare – als wär der noch nie beim Friseur gewesen, ich mein wirklich, nicht dass die lang sind, oder so. Die sehen aus, als würd er sich die selber schneiden. Ich mein, es sieht nicht wirklich scheiße aus, wenn Johnny Depp so rumlaufen würde, okay, aber – und seine Klamotten erst! Der läuft immer in den gleichen Sachen rum, Jeans, T-Shirt, Turnschuhe. Im Winter vielleicht mal ein Hemd, so ein dickes kariertes, wie ein Bauarbeiter, echt. Also er stinkt nicht oder so. Vielleicht hat er die Jeans auch fünfmal im Schrank hängen und die T-Shirts auch, aber, ich weiß nicht, Nathalie ist ja irgendwie auch ein bisschen komisch, anders natürlich, die haben Geld, ich mein richtig, und sie sieht, na ja, toll aus, aber sie gibt einem immer das Gefühl, sie langweilt sich gerade, wenn man mit ihr spricht. Nicht, dass sie unfreundlich ist, aber – eigentlich will sie mit niemandem was zu tun haben. Das merkt man richtig.«

»Und du meinst, die beiden geben ein gutes Paar ab?«

»Eigentlich überhaupt nicht, aber irgendwie doch, verstehen Sie? So 'ne Kate Moss/Pete Doherty-Nummer, sie schön und reich, er mehr so der Aso, und beiden ist irgendwie alles scheißegal. Kommen nicht mal zu den Schulfesten oder zum Theaterabend. Also ich glaub ja, dass Cosmo kifft. Wundern würd's mich jedenfalls nicht. Kiffern ist doch auch alles egal. Und ich hab mal gesehen, wie ihn an der S-Bahn drei Typen angemacht haben, so Hiphop-Freaks, die haben ihn fast angespuckt – Du Hurensohn, ich fick deine Mutter!, und so. Und Cosmo hat sich das nur angehört. Hat ihn anscheinend gar nicht gejuckt. Und dann haut der eine ihm voll eine rein, genau auf den Kopf.« Das Mädchen zeigte auf ihre Stirn. »Und wissen Sie, was? Cosmo ist einfach stehen geblieben. Als hätt's ihm gar nicht wehgetan. Ich hab mal gelesen, dass Kiffen das Schmerzempfinden senkt.«

Es gibt zwei Arten von Außenseitern, dachte Berger. Die, die dazu gemacht werden, und jene, die nichts anderes sein wollen. Die einen werden verachtet, die anderen verleumdet. »Was ist dann passiert?«, fragte er.

»Wie, mit den Typen? Die sind gegangen. Der eine hat sich die Hand gehalten und ziemlich gejammert. Also vielleicht kifft er auch nicht, aber er ist irgendwie unheimlich, Cosmo mein ich. Manche Mädchen stehen auf so was. Ich kann Ihnen die Adresse geben, wenn Sie möchten. Von Nathalie.«

Berger klingelte nochmals, ohne Erfolg. Dann stieß er mit den Fingern leicht gegen das Gartentor. Es war nur angelehnt. Er fragte sich, ob die Haustür vielleicht auch offen war. Einen Augenblick lang überlegte er, das Grundstück zu betreten. Dann stieg er wieder in seinen Wagen.

Tom und Cosmo hockten auf der Bordsteinkante zwischen zwei geparkten Autos; die Tische mit den Sonnenschirmen waren alle besetzt. Die Schlange vor der Eisdiele ging bis zum Gehsteig. Tom hatte gezahlt. »Du hast vielleicht ein beschissenes Glück! *Ich* wollte mit ihr ins Kino gehen!«

»Willst du mitkommen?«, sagte Cosmo. »Ich frag sie.«

»Willst du nicht mit ihr alleine sein?«

»Was, glaubst du, geht da ab im Kino? Sie hat bestimmt einen Freund.« Cosmo warf seinen leeren Becher Richtung Mülleimer.

Wieder ein Volltreffer, unfassbar. »Hat sie das gesagt? Nein! Sie hat's offengelassen.« Er hielt Fassbinder seine abgelutschte Waffel hin und sie war sofort weg. Dann wartete Fassbinder hechelnd darauf, dass er noch eine Waffel aus dem Ärmel zauberte. »Um dich heißzumachen. Wär mir aufgefallen, wenn sie einen Freund hätte, glaub mir! Und selbst wenn. Dann ist er keine große Nummer, wenn sie mit dir ins Kino geht.«

»Willst du jetzt mit oder nicht?«, fragte Cosmo.

»Für wie arm hältst du mich? Ich brauch kein Mitleid, okay!«

»Bei dir hängt echt was schief, Mann, aber bitte, wenn du nicht willst!«

Der Streifenwagen hielt in zweiter Reihe, die silber-grüne Frontpartie schob sich genau vor die Lücke, wo Cosmo und

Tom zwischen den beiden Autos hockten. Cosmos Herz begann zu schlagen, als wollte es ihm die Rippen brechen. Ganz anders als an der Ampel, wo er Berger gesehen hatte. Vielleicht war das ja doch eine Sinnestäuschung gewesen. Oder eine Warnung.

»Was ist denn mit dir los?«, fragte Tom neben ihm.

»Was soll los sein?« Cosmo war froh, dass seine Stimme noch normal klang. Der Typ am Steuer stieg aus, ohne seine Mütze aufzusetzen. Jung, mindestens zehn Jahre jünger als Berger – schwarze Gelfrisur, spitze Koteletten, ein Ohrring, der in der Sonne blitzte. Wie die Schläger an der S-Bahn, nur in Uniform.

»Was schaust du so?«, fragte Tom. »Kennst du den?«

Cosmo musste sich dazu zwingen, nicht den Kopf einzuziehen oder sich umzudrehen, als der Bulle an ihnen vorbeiging und sich ans Ende der Schlange vor der Eisdiele stellte.

»Bist du mal erwischt worden, haben die dich im Computer?«, fragte Tom leise. »Wegen der Zigaretten?«

»Hältst du mich für 'n Anfänger?«

»Nichts liegt mir ferner!« Tom gab sich übertrieben beeindruckt. Dann grinste er etwas schief. »Schau mal, wir sind umzingelt.«

Eine Polizistin stieg aus dem Streifenwagen und blieb in der offenen Beifahrertür stehen. Sie trug eine verspiegelte Sonnenbrille, sodass man nicht erkennen konnte, ob sie zu ihnen rübersah.

»Jetzt versteh ich«, sagte Tom. »Du machst hier einen auf Outlaw, das Ganze ist 'ne Nummer!«

Cosmo musste lachen. Sein Herz schlug wieder einigermaßen normal. »Oh Mann, dich gibt's echt nur einmal!«

»Und die Nummer heißt: Der Marlboro-Mann auf der Flucht! Mann, hast du ein Glück, ich glaub, die holen sich hier nur ein Eis.«

Die Polizistin lächelte ihren Kollegen an, als er zurückkam. Er reichte ihr eine vollgepackte Plastiktüte und beide setzten sich wieder in den Wagen.

»Wow, die haben ihr Eis aber schnell bekommen. Glaubst du, der hat sich vorgedrängelt?«

»Vielleicht hat er vorbestellt?«, sagte Cosmo. Der Motor sprang an und der Streifenwagen fuhr davon.

»Oder das war so 'ne Schutzgeld-Nummer.«

»Ganz bestimmt!«

Tom war ein wenig enttäuscht, weil die Polizisten Cosmo nicht mal kontrolliert hatten. Aber das passte ja zu dem ganzen Tag: Wenn was schiefging, dann ihm. Durchgefallen, Traumfrau weg – und es war gerade mal Mittag. »Sie hätte sowieso was dagegen«, sagte er.

»Wer?«, fragte Cosmo.

»Nathalie. Die Sache mit dem Kino.« Fassbinder hatte sich vor Tom niedergelassen und sah ihn mit traurigen Augen an. Er wollte noch eine Waffel – fehlte nur noch, dass der Hund zu weinen anfing. Zuzutrauen war es ihm.

»Das werden wir gleich rausfinden«, sagte Cosmo plötzlich.

Auf der anderen Straßenseite war ein Drogeriemarkt, daneben eine Einfahrt, ein Schuhgeschäft – und am Schaufenster des Friseurs an der Straßenecke lief gerade Nathalie vorbei, unterwegs Richtung Bahnhof. Tom fühlte sich, als hätte er in eine Steckdose gelangt. Sein erster Impuls war, unter den Wagen links von ihm zu kriechen, immerhin ein Jeep, also genügend Bodenfreiheit.

»Nathalie!«, rief Cosmo.

Kurz hoffte Tom, dass sie vielleicht nur winken und dann weitergehen würde. Aber sie blieb stehen.

»Ich kauf mir noch 'n Eis.«

»Feigling«, sagte Cosmo.

»Weil ich Lust auf ein Eis hab?« Er stand auf.

»Frag sie wenigstens, ob sie auch eins mag!«

Nathalie ging durch eine Parklücke auf die Straße. War das Zufall, Schicksal? Sie hatte sich schon ein paar Ausreden zurechtgelegt, wie sie Cosmo absagen könnte, alle mehr oder weniger glaubwürdig. Sie hatte sogar daran gedacht, morgen einfach nicht an die Tür zu gehen, wenn er klingelte. Andererseits – Kino, was hieß das schon? Und Cosmo war nett. Er war nicht kindisch, anscheinend auch nicht geil bis zum Überlaufen, auch nicht so wahnsinnig schüchtern, dass es nervte – wie etwa ihr Nachbar, der sich gerade vor der Eisdiele anstellte. Wobei sie sich bei dem nicht ganz sicher war – vielleicht war er auch nur wahnsinnig arrogant.

Schicksal, Zufall, was auch immer – die Ausreden waren plötzlich nicht mehr abrufbar, als sie vor Cosmo stehen blieb.

»Ganz schön klein die Welt, was?«, sagte er.

»Das Kaff hier auf jeden Fall.«

»Magst du 'n Eis?«

»Meine S-Bahn kommt gleich.«

»Willst du mir immer noch weismachen, dass du *S*-Bahn fährst?«

Natürlich war diese Frage Blödsinn. Aber Cosmo fragte sich, ob er Nathalie auch in der S-Bahn angesprochen hätte. Wenn er ihr *nicht* an den Fahrradständern begegnet wäre.

»Du kannst ja mitkommen«, sagte sie. »Dann siehst du's mit eigenen Augen.«

»Wohin geht's denn?«

Wenn ihm in der S-Bahn oder am Bahnsteig ein Mädchen auffiel, fragte er sich immer, ob er sich vorstellen könnte, mit ihr zusammen zu sein. Sie musste nicht unbedingt hübsch sein, um ihm aufzufallen, eine Geste, ein Gesichtsausdruck reichte – wie sie ihre Jacke zuzog oder aus dem Fenster sah.

»In die Stadt«, sagte Nathalie.

Er hatte immer auf ein Zeichen gewartet, ein Bauchgefühl, das ihm sagte: *Jetzt! Sonst siehst du sie nie wieder!* Aber er hatte nie den Drang gespürt, eines dieser Mädchen anzusprechen.

»Und was geht ab in der Stadt?«

»Weiß noch nicht, irgendwas.«

Aber Nathalie – sie hatte er ansprechen *müssen*.

»Wie wär's mit Baden?«, sagte Cosmo. »Ist ganz schön heiß heute.«

»Hab ich auch schon dran gedacht.«

Das Komische daran war: Er kannte Nathalie schon länger, zumindest vom Sehen, doch erst an den Fahrradständern hatte er diesen Drang gespürt. *Jetzt!* Und er fragte sich, ob das auch passiert wäre ohne Tom und seinen dämlichen Plan. Eben wenn er sie zufällig in der S-Bahn getroffen hätte.

Tom war inzwischen Dritter in der Schlange vor der Eisdiele und zählte zum etwa hundertsten Mal sein Geld. Er schaute nie direkt zu den beiden rüber, nur ab und zu ein Seitenblick. Es sah so leicht aus! Cosmo redete einfach mit ihr. Als kümmerte es ihn gar nicht, was Nathalie von ihm hielt. Als könnte er bei ihr nur gewinnen.

Cosmo hatte recht gehabt, sein Plan war scheiße. Selbst wenn er funktioniert hätte – wenn *er* jetzt an Cosmos Stelle wäre: Er würde das Gefühl nie loswerden, dass er vor Nathalie immer kurz davor war, aufzufliegen.

Das musste es sein: *Er* hatte immer etwas zu verlieren gehabt. Seine Träume, wenn Nathalie ihm einen Korb gegeben hätte.

Tom fragte sich, wann die beiden endlich miteinander verschwanden. Wenn Nathalie ihm das vorschlagen würde – ihm an Cosmos Stelle –, er würde sich wahrscheinlich nicht mal mehr von Cosmo verabschieden.

Inzwischen war Tom Zweiter in der Schlange. Vielleicht sollte er einfach gehen? Es war das, was faire Verlierer tun. Dem Gewinner nicht mehr im Weg rumstehen.

Jetzt lachten sie auch noch!

»Was ist daran so komisch?«, fragte Nathalie.

»Du meinst wirklich, er hat was gegen dich?«

»Wir haben noch nie miteinander geredet, kein einziges Mal. Ich meine – wir sind Nachbarn! Er sieht immer gleich weg!«

Cosmo sah, wie Tom sein Eis bezahlte und noch eine Extrawaffel bekam. Fassbinder sprang sofort an ihm hoch. Tom machte im Gehen eine 360-Grad-Drehung, um ihn abzuschütteln. Erfolglos.

»Tom!«, rief Cosmo. »Wir gehen baden!«

12

Der Tag war eine einzige Katastrophe, dachte Tom. Er stand mit Cosmo am offenen Gartentor; Nathalie war im Haus verschwunden. »Danke, das hab ich jetzt echt noch gebraucht!«

»Du bist nicht drauf angesprungen«, sagte Cosmo. Amüsiert! Für ihn war das anscheinend nur ein Spiel. Das ganze Leben wahrscheinlich.

»Was hätt ich denn sagen sollen? Nachdem du mich vorgestellt hast: Das ist Tom. Er war das mit deinem Fahrrad!«

»Warum hast du's nicht einfach zugegeben?« Cosmo lehnte sich an den Torpfosten und zündete sich eine Zigarette an.

Tom hatte kein Wort rausgebracht vor der Eisdiele. Und dann hatte Cosmo gesagt: »Eigentlich war's meine Idee.«

Nathalie hatte nur gelacht. Und Cosmo: »Nein ehrlich. Ich hab immer auf die passende Gelegenheit gewartet. Dich mal anzusprechen. Hat sich nie ergeben.«

Und Nathalie: »Du spinnst doch!« Aber mit einem Lachen.

»Sie hat's sowieso nicht geglaubt«, sagte Cosmo jetzt. »Sie glaubt, ein paar Kids haben ihr einen Streich gespielt. Die Sache ist gegessen. Und ihr redet endlich miteinander!«

Am liebsten hätte Tom ihm eine reingehauen. Aber bei dem Glück, das er hatte, würde er sich wahrscheinlich nur die Hand dabei brechen. »*Ihr* redet miteinander! Ich steh nur daneben.«

»Weil du deinen Mund nicht aufkriegst.«

»Was soll ich denn sagen? Mir fällt seit einem halben Jahr nichts ein! Außerdem hält sie mich für ein arrogantes Arschloch!«

»Jetzt nicht mehr.«

»Jetzt nicht mehr, das stimmt! *Danke* übrigens!« Tom spürte wieder diese Hitze in ihm hochkommen. Wie vor der Eisdiele, als Cosmo gesagt hatte: »Er ist nur etwas schüchtern.« Was für ein Kommentar – wie man über ein Kind redet! Und er brachte immer noch kein Wort raus!

»Schüchtern ist besser als arrogant«, sagte Cosmo jetzt.

Tom hätte seine Antwort am liebsten geschrien, aber er wollte nicht, dass Nathalie im Haus ihn hörte: »Schüchtern ist scheiße! Und du hast mir die Tour versaut! Das ist auch scheiße!«

»Welche Tour? Die Ich-sag-jetzt-besser-mal-nichts-und-träum-lieber-von-ihr-Tour? Und wer sagt denn, dass du keine Chance mehr bei ihr hast?«

»Ich sag das! Schon die ganze Zeit! Hörst du schlecht?«

»Wieso denn, hast du uns vielleicht knutschend in die Büsche springen sehen?«

»Du weißt genau, was ich meine!«

»Machst du das immer so? Dir so 'n Scheiß einreden? Dass du schon verloren hast, bevor's überhaupt losgeht?«

Oh Mann, der Spruch hätte auch von seinem Vater kommen können, dachte Tom. Als der sich noch für ihn interessiert hatte. »Was?!«

»Damit kann man sich's ja auch richtig schön machen!«, sagte Cosmo. »Bisschen heulen, bisschen jammern, zum Glück ist die Welt so ungerecht! Und schuld sind auch noch die anderen, super!«

»Was redst'n du für Scheiß? Glaubst du, mit *Positiv-Denken* wird alles wieder gut? Hab ich schon probiert, klappt überhaupt nicht! Hast du vielleicht noch ein paar Lebensweisheiten auf Lager? Damit ich wenigstens mal wieder so richtig schön kotzen kann!«

»Du hast doch viel mehr Chancen bei ihr als ich!«

»Oh, wieder die Outlaw-Nummer! Oder kommst du mir jetzt mit so 'nem Scheiß wie Ich-hab-Krebs-und-nur-noch-einen-Monat-zu-leben?«

Tom sah zu, wie Cosmo in die Hocke ging und sich mit dem Rücken gegen den Zaun neben dem Gartentor lehnte.

»Mann, und ich hab schon gedacht, *ich* häng zu viel vor der Glotze rum!« Cosmo zog an seiner Zigarette und spuckte einen Tabakkrümel aus.

Nathalie war immer noch nicht zu sehen. Tom stützte sich auf die Steinsäule, in der das Gartentor verankert war, aber die Säule war so aufgeheizt von der Sonne, dass er die Arme wieder zurückzog. »Gib wenigstens zu, dass du dir Hoffnungen machst!«

»Jeder, der nix von ihr will, ist entweder 'n Vollidiot oder schwul. Trotzdem – Hoffnungen mach ich mir nicht. Und jetzt entspann dich mal, wir gehen baden«, sagte Cosmo und grinste. »Da siehst du sie wenigstens mal im Bikini. Wenn du Glück hast, sogar oben ohne.«

Immerhin einer scheint hier seinen Spaß zu haben, dachte Tom und drehte sich wieder zur Straße um. Dann hörte er die Haustür ins Schloss fallen, sah, wie Cosmo seine Zigarette wegwarf, und spürte, dass Nathalie auf sie zukam.

13

Zwei hatten ihren Spaß! Tom schaute zu. Sie waren zum Starnberger See gefahren, ans Ostufer, weil hier weniger los war, der Wald grenzte direkt ans Wasser. Es gab keine Holzstege, keine Liegewiesen, nur einen schmalen Uferstreifen aus weiß gewaschenen Steinen, die einen fast blendeten in der Sonne.

Tom schaute zu, weil er sich vor Nathalie nicht noch lächerlicher machen wollte, er war kein guter Schwimmer. Also hatte er angeboten, auf die Fahrräder aufzupassen. Nathalie hatte Cosmo ihr altes Hollandrad geliehen.

Tom schüttelte deprimiert den Kopf, als er Cosmo mit Nathalie im Wasser sah. Auch Cosmo war kein guter Schwimmer. Er blieb etwa auf Brusthöhe in Ufernähe und schwamm immer nur ein paar Züge, langsam, und parallel zum Ufer, bevor er wieder stehen blieb und eine Pause einlegte. Und machte er sich damit etwa lächerlich? Scheiße, nein! Als Nathalie merkte, dass er nicht mitkam, kraulte sie zu ihm zurück und blieb bei ihm. So leicht ging das. Und er, Tom Konrat, hatte sich mal wieder für etwas geschämt, das völlig unwichtig war, einfach unglaublich.

Vater weg, Traumfrau weg – na, immerhin gab es jetzt klare Verhältnisse. Es war auch erleichternd, sich bei Nathalie keine Hoffnungen mehr zu machen. Die Hoffnungen, die er sich gemacht hatte, hatten ihn immer mehr gequält, je länger sie unerfüllt blieben.

Klare Verhältnisse, er war im Moment nicht allein, und es war besser, hier zu sein als zu Hause. Wo seine Mutter wahrscheinlich immer noch am Küchentisch über seinem Zeugnis saß und sich fragte, was sie nur falsch gemacht hatte. Seine Mutter, die so verständnisvoll war, dass es ihm schon wehtat. Ganz anders als sein Vater. Der ihm zwar auch wehtat, nur eben auf seine Art. Aber das war jetzt egal. Hier am See hatte er eine Auszeit, wenigstens eine kurze. Inzwischen ging sogar ein Wind, und wenn er die Augen schloss und sich auf das Klatschen der Wellen konzentrierte, konnte er sich vorstellen, *irgendwo* zu sein, am Meer, ganz woanders. Nicht nur eine Fahrradstunde von zu Hause entfernt.

Er dachte sich nichts dabei, als er Cosmos Rucksack nahm und die Zigaretten darin suchte. Er wunderte sich erst, als er einen Gürtel in der Hand hielt, der sich seltsam dick anfühlte und einen Reißverschluss an der Innenseite hatte.

Die Entfernung war schwer zu schätzen im Wasser, dreißig Meter, vielleicht vierzig – Nathalie hatte nicht lang gebraucht. Cosmo wusste, dass er es auch schaffen konnte, wenn er nicht in Panik geriet.

Nathalie hielt sich an dem Seil fest, mit dem das Boot an der Boje festgemacht war. Es war wirklich ein schönes Boot: die Kajüte aus dunkelbraunem Holz, das in der Sonne glänzte wie frisch poliert; die blinkende Reling; und auf dem blendend weißen Rumpf spiegelte sich das Wasser – das Wasser, das im Licht mal grün, mal grau, mal blau war, fast wie Nathalies

Augen, und darüber strahlend der Himmel, in dem sich langsam fünf weiße Kondensstreifen auflösten, die ein paar Kampfjets hinterlassen hatten.

Es musste einfach gehen!, dachte Cosmo. Er stand genau bis zum Kinn im Wasser, als er sich vom Boden abstieß. Es war ihm egal, dass er mehr wie ein Hund schwamm. Wie ein Hund, der keine andere Wahl hatte, als zu schwimmen. Der sich im Wasser zwar fortbewegen konnte, ohne unterzugehen, der aber trotzdem lieber an Land geblieben wäre, wo er eine würdevollere Figur abgab. Ein Hund hatte wenigstens keine Angst vor der Tiefe. Weil er nicht wusste, wie tief das Wasser unter ihm war. Cosmo hatte absolut keine Ahnung, warum er schon immer Angst gehabt hatte vor dieser Tiefe, und davor, im Wasser unterzugehen, keine Luft mehr zu kriegen – eine Angst, die mit etwas Fantasie sogar schon in einer Badewanne zur Panik werden konnte.

Cosmo wusste nicht, ob es für diese Angst einen realen Grund gab, an den er sich nur nicht mehr erinnern konnte. Es gab so vieles in seinem Leben, an das er sich nicht mehr erinnern konnte – und es gab nur sehr wenig, an das er sich wirklich gern erinnerte.

Das Spiel gegen Pasing vielleicht, als sie zur Halbzeit null zu drei zurücklagen. In der zweiten Hälfte rannte er die Außenbahn rauf und runter, als wollte er dort im Alleingang einen Trampelpfad anlegen. Er rettete dreimal auf der Linie und kurz vor Schluss schoss er das Siegtor zum vier zu drei. Es war das Spiel seines Lebens. Daran erinnerte er sich gerne, okay. Aber wenn er an zu Hause dachte? Vielleicht als er noch zur Grundschule ging und sie noch in Neuaubing wohnten. Wie sie im Sommer auf der kleinen Terrasse Mensch-ärgere-

Dich-nicht spielten, oder Mau-Mau, zu dritt nach dem Abendessen, bevor er ins Bett musste. Damals hatte für ihn das Leben noch so ausgesehen, als würde es immer so weitergehen, im Guten.

Sein erster Kinobesuch natürlich, *Toy Story 2*. Gigantisch. Sein Vater sagte danach, er hätte ihn noch nie zuvor anderthalb Stunden am Stück so still sitzen sehen – so gebannt und sprachlos, sogar bei den Lachern. Es hatte also auch gute Momente gegeben. Vielleicht sogar mehr, als er dachte. Für einen Augenblick vergaß Cosmo darüber seine Angst, und das Wasser, in dem er sich bewegte, war einfach bloß Wasser, nichts Feindliches.

Als die Angst wieder in ihm hochkam, sagte er sich, dass sie sowieso nur in seinem Kopf stattfand. Und dass er sie kontrollieren konnte. Wie auf dem Mauervorsprung, neun Stockwerke über dem Boden. Er musste nur genügend Luft in den Lungen halten und dabei den Kopf weit in den Nacken drücken, sodass sein Kinn über Wasser blieb. Und er musste den Mund zulassen, damit er kein Wasser schluckte, falls eine Welle ihn erwischte, denn Wasserschlucken löste Panik aus. Und er musste nur die Arme bewegen, ganz einfach, und gleichzeitig die Beine, aber nicht zu schnell, damit er nicht außer Atem geriet, denn er musste langsam einatmen und langsam ausatmen, denn zu schnelles Atmen konnte ebenfalls Panik auslösen.

Diese Angst vor der Panik blieb bei ihm, bis Nathalie und die Boje direkt vor ihm waren und er das Seil greifen konnte. Dann verwandelte die Angst sich in ein ganz sonderbares Gefühl aus Glück, Stolz und Erleichterung, und er konnte nicht abschätzen, wie lange sie sich anschauten, Nathalie und er, bis Nathalie »Hallo!« sagte, mehr nicht, und lächelte und er loslachen musste. In diesem Augenblick wusste er, dass er nur ihretwegen hier war, am See, dass er nie alleine hierhergefahren wäre und dass ihm wichtiger war, dass sie eine gute Zeit dabei hatte, als dass er selber eine gute Zeit dabei hatte. Und Nathalie wusste das auch, so wie sie ihn ansah.

»Wollen wir's uns mal anschauen?«, sagte er, als er wieder normal atmen konnte.

»Was?«

»Das Boot. Wenn wir schon mal hier sind.«

»Und wenn jemand kommt?«

»Dann verschwinden wir eben wieder.« Cosmo ließ das Seil los. Er kletterte an Deck und streckte Nathalie die Hand entgegen.

»Die kommen sicher gleich wieder«, sagte Nathalie. »Die haben nicht mal die Leiter hochgezogen.« Sie hatte das Seil losgelassen und hielt sich an der untersten Sprosse der Leiter fest.

Cosmo konnte am Ufer ein kleines Ruderboot erkennen, das an einem Baum angebunden war. Es lag ein Stück abseits der Bucht, wo sie ins Wasser gestiegen waren. Cosmo fand es erstaunlich, wie nah das Ufer von hier aus wirkte. Eine lächerliche Strecke und ihm war es vorgekommen wie ein halber Ozean. »Wenn sie zurückrudern, merken wir das früh genug.«

Nathalie nahm seine Hand und er half ihr aufs Boot. Als sie neben ihm stand, kämmte sie sich mit den Fingern die nassen Haare aus dem Gesicht. Sie hatten beide eine Gänsehaut im Wind. Wieder fiel Cosmo auf, dass Nathalie zwar nicht blass, aber auch nicht braun gebrannt war wie andere Mädchen an der Schule, die sogar im Winter aussahen, als würden sie jeden Nachmittag am Strand verbringen.

Sie setzten sich mit dem Rücken gegen die Kajütenwand, sodass sie vom Ufer aus nicht zu sehen waren.

»Okay, was ist mein Lieblingsfilm?«, sagte Nathalie.

Cosmo überlegte einen Augenblick. »Du hast keinen«, sagte er dann. »Weil es zu viele gibt, die dir gefallen, und keiner ist wirklich besser als die anderen, sondern einfach nur anders.«

»Nicht schlecht! Aber sagen wir mal – nur so zum Spaß –, ich hätte bloß einen. Wenn du den errätst, hast du gewonnen.«

Das Wasser auf ihrer Haut verdampfte schon in der Sonne. Sie saßen dicht nebeneinander, aber ohne sich zu berühren.

»Und was hab ich dann gewonnen?«

»Erfährst du, wenn's so weit ist.«

»Gibst du mir 'n Tipp?«

»Nein, das wär zu einfach.«

»Ich schätz mal, es ist kein Actionfilm.«

Sie lächelte. »Na ja – kommt drauf an, was man darunter versteht.«

»*Titanic!*«

»Sehr gut.«

»Und, was hab ich gewonnen?«

»Das Boot hier! Das wär doch was, oder? So ein Boot.«

»Kannst du segeln?«

»Ein bisschen. Nicht wirklich gut«, sagte Nathalie. »Was würdest du damit machen, wenn's dir gehören würde?«

»Erst mal segeln lernen, glaub ich.«

Nathalie hielt sich die Hand vors Gesicht gegen die Sonne und musste trotzdem blinzeln, als sie Cosmo ansah. »Du meinst, erst mal schwimmen lernen.«

Cosmo lachte. »Wenn ich ein Boot hab, muss ich nicht mehr schwimmen, oder?« Er sah sie an und sie nahm die Hand runter und schloss die Augen. »Ich weiß nicht. Was würdest *du* machen?«

»Wie, du weißt nicht?«, sagte Nathalie. »Du hast gerade ein Boot gewonnen und weißt nicht, was du damit anfangen sollst?«

»Na ja, ist mein erstes Boot. Muss ich erst mal drüber nachdenken.«

»Hast du noch nie davon geträumt, einfach wegzugehen, irgendwohin, einfach loszufahren? Dir alles ansehen und bleiben, wo's dir gefällt. Und so lang's dir gefällt. Und wenn es dir nicht mehr gefällt, holst du den Anker hoch und fährst einfach irgendwo anders hin.«

»Ob ich davon geträumt hab? Klar. Aber ich war immer im Auto unterwegs.«

Nathalie öffnete wieder die Augen, und ihr Blick traf ihn mitten ins Herz, so sehr wollte Cosmo sie küssen. »Im Auto!« Sie lachte. »Und wohin bist du gefahren?«

»Bin noch nicht weit gekommen.«

»Wieso, hattest du 'n Motorschaden?«

Es tat ihm fast weh, ihr in die Augen zu sehen. »Motorschaden! Du bist gut, echt.« Wie lange würde er es noch aushalten, sie *nicht* zu küssen? »Nein, mein Traum fängt immer so an. Ich hab 'ne Stange Geld, keine Ahnung, woher, ich hab's einfach. Und ich bin bei einem Autohändler, irgendwo draußen auf dem Land, könnte hier irgendwo sein. Es ist jedenfalls nicht in der Stadt.«

Cosmo schloss die Augen und erzählte weiter: »Wir sind allein auf seinem Hof, der Autohändler und ich. Es gibt nicht viel Auswahl. Vielleicht zehn Autos, alles alte Modelle, aber alle blitzsauber und gut in Schuss. Es ist so ein Tag wie heute, genauso heiß und hell, wo man sich nicht vorstellen kann, dass jemals wieder schlechtes Wetter wird. Der Autohändler ist mehr so 'n kleiner Typ, mit Bierbauch und unrasiert, ganz sympathisch, er redet nicht viel. Er lässt mich in Ruhe aussuchen. Ich hab zwei Autos im Visier, eins ist silbermetallic, eins leuchtend rot, das eine ein Viertürer, das andere ein Coupé. Mit so plüschigen Sitzen in Dunkelblau. Das Coupé ist teurer, aber er geht mit dem Preis runter und ich geb ihm das Geld und er mir die Schlüssel. Dann geht er zurück in sein Büro. Sein Büro ist ein alter Wohnwagen. Er lässt die Tür auf, kommt aber nicht wieder raus. Die Fahrertür von dem Coupé knarzt ein bisschen, als ich sie aufmache. Ich werf meine Tasche auf den Beifahrersitz und setz mich ans Steuer. Ich steck den Schlüssel nicht sofort ins Zündschloss. Es ist ein besonderer Augenblick. Ich weiß, dass ich wegfahren werde. Ich hab genug Geld für ein paar Wochen und ich kann überallhin. Und ich freu mich. Es ist so eine Freude, die man nur im Bauch spürt, endlich frei. Und mein Herz schlägt ein bisschen schneller. Die Fahrertür ist immer noch offen, ich hab ein Bein noch draußen. Dann beug ich mich rüber und mach das Handschuhfach auf. Einfach nur um zu probieren, ob es auch aufgeht. Und da drin ist eine Sonnenbrille, und sie passt mir, als hätt sie schon immer mir gehört. Dann klapp ich das Handschuhfach wieder zu, klemm meine Zigaretten unter die Sonnenblende, zieh die Fahrertür zu. Und lass den Motor an. Endlich. Und ich weiß noch nicht, wohin ich fahr.«

»Und dann?«

»Dann ist der Traum vorbei.«

»Keine Angst, dass dir langweilig wird?«

»Langweilig?«

»Wenn du allein wegfährst«, sagte Nathalie.

Plötzlich hörten sie Stimmen und dazu das nicht ganz gleichmäßige Geräusch, das Ruder im Wasser machen – und sie standen fast gleichzeitig auf. Sie hielten sich an der Reling fest, ließen sich langsam runter und glitten fast lautlos ins Wasser.

Die Kälte war ein angenehmer Schock, nachdem die Sonne sie wieder aufgeheizt hatte. Sogar ihre Badesachen waren in der kurzen Zeit wieder trocken geworden. Sie stießen sich mit den Füßen vom Rumpf des Segelbootes ab, dann schwammen sie einen Bogen um das Boot und die Boje, sodass es für die Leute im Ruderboot aussehen musste, als wären sie von der Mitte des Sees herangeschwommen.

Mit Nathalie neben sich spürte Cosmo weder Panik noch Angst vor der Panik. Nathalie schwamm langsam und blieb bei ihm und warf ihm ab und zu einen Blick zu, wie um sich zu vergewissern, dass er noch da war. Ihm fiel auch das Atmen leichter, da sie jetzt mit der Strömung schwammen. Sie brauchten nicht lange, bis sie am Grund die Steine sehen und schließlich wieder stehen konnten.

»Ich weiß, wohin du fährst«, sagte Nathalie, als sie aus dem Wasser stiegen. Tom war eingeschlafen. Er lag mit dem Kopf auf Cosmos Rucksack. Nathalie nahm ihr Handtuch und trocknete sich ab. »Du kaufst dir dein Auto und fährst nach Marseille.«

»Nach Marseille?«, fragte Cosmo. Er war froh, dass Tom

schlief, aber er rechnete jeden Augenblick damit, dass er aufwachte. »Und was mach ich da?«

»Mich besuchen.« Nathalie breitete ihr Handtuch auf den Steinen aus. »Setz dich«, sagte sie und deutete neben sich. »Wenn ich mit der Schule fertig bin, geh ich wieder zurück. Das ist *mein* Traum. Es ist die schönste Stadt, die ich kenne. Ich wär am liebsten geblieben, aber meine Eltern wollten wieder zurück nach Deutschland.«

»Wo find ich dich denn in Marseille?«

»Ich weiß noch nicht, wo ich wohnen werde. Aber es gibt einen Park am Alten Hafen. Der *Parc du Pharo*, da war ich oft. Das wär doch was! Wir haben uns Jahre nicht gesehen, ich sitz auf einer Parkbank, schau mir das Meer an.«

»Und auf einmal setz ich mich neben dich.«

»Kannst du dir das vorstellen?«

»Wär auf jeden Fall ein Grund, nach Marseille zu fahren.«

»Was würdest du sagen?«

»Auf der Parkbank? Wie lang haben wir uns nicht gesehen?«

»Das würdest du sagen?«

»Nein, ich meine, wie lang haben wir uns da nicht gesehen?«

»Weiß nicht. Sagen wir, fünf Jahre.«

»Fünf Jahre? Ist 'ne lange Zeit. Ob du dich in fünf Jahren noch an heute erinnerst?«

»Was würdest du denn sagen, damit ich mich erinnere?«

Cosmo überlegte einen Augenblick.

»Hast du dein Fahrrad noch?«

14

Cosmo folgte Tom zu einer alten Garage, die hinter dem Haus stand. Nur von den Straßenlaternen kam Licht. Die Einfahrt war zugewachsen mit Unkraut; an manchen Stellen waren Wurzeln durch die Steinplatten gebrochen. Dichte Sträucher wuchsen am Zaun zum Nachbargrundstück.

»Erst spannt er mir die Frau aus«, sagte Tom, »dann will er auch noch hier pennen! Du traust dich was, echt!«

»Deine Frau? Heut Mittag war sie noch deine *Traum*frau. Muss kurz eingenickt sein, als ihr geheiratet habt.«

»Sehr witzig. Kannst dir auch gerne ein Hotel nehmen!«

»Zu teuer«, sagte Cosmo.

»Zu teuer? Du hast doch sicher Geld wie Heu.«

Sie fanden eine verstaubte Matratze hinter einem alten Kleiderschrank in der Garage. Es war mehr ein Schuppen, kurz vorm Zusammenbrechen. Das ganze Anwesen hatte etwas von einer verfallenen Burg, dachte Cosmo, aber gerade das machte es irgendwie wohnlich. »Wie kommst du darauf?«, fragte er.

»Keine Ahnung, nur so ein Gefühl.«

Fassbinder trampelte ihnen auf den Füßen herum, und sie mussten aufpassen, dass sie nicht über ihn stolperten, als sie die Matratze zurück zum Hauseingang trugen.

»So ein Gefühl, hast du das öfter?« Sie stellten die Matratze vor der Haustür auf. »Oder nur wenn du fremde Taschen durchwühlst?« Cosmo faltete seine Jacke zu einem Bündel und klopfte damit ein paarmal gegen die Matratze.

»Ich hab nur Zigaretten gesucht«, sagte Tom.

»Ich dachte, meine Zigaretten schmecken dir nicht.« Er holte die Schachtel aus seinem Rucksack und hielt sie Tom hin.

»Tun sie auch nicht.« Tom fingerte eine Zigarette aus der Schachtel und ließ sich Feuer geben. »Mir war langweilig.«

»Stecken immer in der Seitentasche«, sagte Cosmo und verstaute die Schachtel wieder in seinem Rucksack.

»Nächstes Mal weiß ich's.«

Sie hockten sich auf die Bank, die neben der Haustür stand. Fassbinder beschnüffelte noch kurz die Matratze, dann ließ er sich vor ihnen auf den Steinplatten nieder. Toms Mutter schlief anscheinend schon. Es war kurz vor Mitternacht gewesen, als sie sich von Nathalie verabschiedet hatten.

»Hättest ruhig vorher fragen können.«

»Ich wollt euch nicht beim Fummeln stören, ihr wart ziemlich lang im Wasser!« Tom aschte in den Blumentopf, der neben der Bank stand, und lehnte sich zurück.

»Wir waren nur schwimmen.«

»Na klar.«

»Ist wirklich nett von dir, dass ich hier pennen kann.«

»Mehr wollt ich ja nicht hören.«

Das Haus, ein altes Holzhaus, passte irgendwie nicht in diese reiche Gegend. Die Holzbalken waren fast schwarz, angegriffen vom Wetter. »Willst du wissen, warum ich nicht ins Hotel geh?«

»Du magst keine Hotels.«

»Weil man seinen Ausweis vorzeigen muss.«

»Und warum pennst du nicht zu Hause? Hast du deinen Eltern das Geld geklaut?«

»Würdest du deine Eltern beklauen?«

»Meine Mutter nicht«, sagte Tom. »Na ja, nur im Notfall. Meinen Vater vielleicht.« Tom schnippte seine Zigarette halb geraucht in den Garten. »Du hast es also nicht geklaut? Sagst du mir jetzt, woher du's hast, oder hast du irgendein Schweigegelübde abgelegt? Ich werd dich schon nicht bei den Bullen verpfeifen.«

»Ist 'ne längere Geschichte, ich bin schweinemüde.«

»Ich nicht. Ist doch erst Mitternacht.«

»Wie lang wohnt ihr schon in dem Haus?«

»Seit ich zur Schule gehe.«

»Gefällt mir.«

»Was wird das, 'n Ablenkungsmanöver?«

Das Display ihres Telefons zeigte drei Nachrichten an. Nathalie drückte auf Löschen, ohne sie abzuhören, dann ging sie ins Bad. Sie öffnete das Fenster, bevor sie in die Duschkabine stieg. Dann ließ sie das Wasser laufen, bis es nicht mehr kalt war, aber auch noch nicht lauwarm – bis es ungefähr die Temperatur hatte wie das Wasser im See.

Sie waren bis zum Sonnenuntergang in der Bucht geblieben. Auf dem Rückweg machten sie bei der Brauerei halt. Der Biergarten war voll. Dort passierte es. Nathalie hielt den Tisch frei. Cosmo hatte sie nicht gefragt, was sie trinken wollten. Er kam mit drei Apfelschorle zurück, stellte die Krüge in die Tischmitte und setzte sich ihr gegenüber. Tom stand noch in der Schlange vorm Brotzeitstand. Es fing wie ein Spiel an. Sie warteten auf Tom, aber sie warteten nicht darauf, dass er zurückkam. Es war mehr, als würden sie darauf warten, dass er nicht zurückkam. Cosmo sah sie direkt an, sein Blick offen, neugierig, wie kurz vor einem Lächeln, das aber nicht kam.

»Was?«

»Nichts«, sagte er, ohne wegzusehen.

Sie hielt seinen Blick fest und sie sahen sich einfach an. Wie lange, konnte sie nicht sagen. Nach einer Weile fühlte sie sich wie in einer Achterbahn, kurz bevor es losgeht, und obwohl sie nichts sagten, war es, als würden sie miteinander reden. Es war eine sonderbare Stimmung. Sie fühlte sich sicher unter Cosmos Blick und zugleich sehr verletzlich. Cosmo sah ganz entspannt aus, obwohl er schief auf seinem Stuhl saß, zurückgelehnt, das linke Bein angezogen, Fuß auf der Sitzfläche, Arm auf dem Knie. Am unteren Rand ihres Blickfelds konnte sie sehen, dass Cosmo mit der rechten Hand mit dem Krug vor sich spielte, ihn langsam drehte auf dem Tisch, dann losließ. Nun lag seine Hand nur ein, zwei Zentimeter vor ihren Händen.

Sie wartete darauf, dass Cosmo seine Hand auf ihre Hand legte. Sie wollte diese Berührung, obwohl sie auch Angst davor hatte. Das Wort »Angst« traf es nicht ganz, es war wie als Kind beim Fangenspielen: wenn sie weglief, sich nicht traute, sich umzudrehen, ihren Verfolger aber dicht hinter sich wusste und wusste, dass er schneller war als sie und sie gleich haben würde. Der Moment, bevor sie losschrie, weil sie es kaum mehr aushielt, diese Ungewissheit, *wann* sie endlich gefangen wurde. Diese Ungewissheit, die Angst war, aber auch Vorfreude.

Und dann war auf einmal alles in Traurigkeit getaucht. All die Leute um sie herum, die redeten, lachten, einander laut überstimmten an den Tischen, der ganze Lärm, der von ihnen ausging – alles war plötzlich wie weggetragen von einer unsichtbaren Welle, nur noch dumpf im Hintergrund zu hören, ein Kulissengeräusch. Es gab nur noch ihren Tisch, Cosmo und sie, in einem Freiraum, mittendrin und doch für sich, sie saßen einander gegenüber und sagten nichts, obwohl es so viel zu sagen gab. So vieles – das man aber nicht aussprechen konnte, weil es nicht die richtigen Worte dafür gab. Die Worte, die es gab, waren einfach zu klein. Sie war kurz davor, Cosmos Hand zu greifen und zu drücken und nicht mehr loszulassen, als das Licht ausging: Die kleinen bunten Glühbirnen, die in Girlanden an den Kastanien hingen, blinkten dreimal kurz, wie ein abbrechender Morsecode, das Zeichen für die letzte Runde.

Dann war Sperrstunde – aus.

Cosmos Fastlächeln hatte auf einmal mehr nachdenklich als neugierig gewirkt, und auch irgendwie traurig, so wie Nathalie es war und auch wieder nicht war. Eine Traurigkeit wie ein Einverständnis, als bedauerten sie beide, dass man Zeit nicht anhalten konnte und der Tag vorbei war – und als gäbe es aus irgendeinem Grund kein Morgen, nicht für sie.

Später im Bett stellte sie sich vor, dass Cosmo neben ihr lag, einfach neben ihr lag. Sie drehte sich auf die Seite, nur halb bedeckt von dem dünnen Leintuch, das sie Anfang der Woche gegen die Wolldecke getauscht hatte, und schloss die Augen.

Cosmo schlief schon, auf dem Rücken, eine Hand unter dem Kopf, und er atmete gleichmäßig – ein beruhigendes Geräusch, wie die Geräusche im Garten, die durch die offene Balkontür drangen. Nathalie glitt in einen angenehmen Halbschlaf, ganz klar im Kopf und doch weit weg. Etwas war passiert, und sie wollte es nicht hinterfragen, ergründen, benennen, sondern einfach weiter mit sich geschehen lassen. Sie wollte nicht Beobachter sein in ihrem eigenen Leben, wie mit Armand vor einem Jahr. Als immer wieder der Gedanke in ihr aufgetaucht war, so ist es, wenn man glücklich ist. So muss es doch sein.

Tom wusste nicht, was er von der Geschichte halten sollte. »Du hast diesem Typen das Geld geklaut?«, fragte er. »Demselben Typen, der dir vor zwei Jahren den Arsch versohlt hat – hab ich das richtig verstanden?«

Viel zu nüchtern hatte es Cosmo erzählt, als wäre es gar nicht ihm selbst passiert.

»Kurz bevor du abgehauen bist?«, fragte Tom weiter. »Aus dem Heim! In das dich die Bullen gesteckt haben, nachdem sich deine Mutter umgebracht hat? Verarschst du mich?«

»Fast umgebracht«, sagte Cosmo.

»Gut, *fast* umgebracht!«

»Und es war nur *ein* Bulle.«

Als würde Cosmo aus der Zeitung vorlesen, *Süddeutsche*, Münchner Teil, irgendeine Schicksalsmeldung, irgendein Unglück, irgendwo, aber weit weg und nur schwer vorstellbar, dass einem selbst so etwas passieren könnte.

Tom schüttelte den Kopf. »Wenn das stimmt«, sagte er, »ist das 'ne ganz schön beschissene Lage, in der du steckst! Bist aber ziemlich entspannt dafür.«

»Nur müde.« Cosmo nahm sich noch eine Zigarette. »Ich könnt'ne Woche schlafen und wär immer noch müde.«

»Hast du Nathalie davon erzählt?«

Cosmo steckte sein Feuerzeug weg. Er versuchte sich vorzustellen, mit Nathalie darüber zu reden. Er konnte es nicht.

»Hättest du das gemacht?«

»Weiß nicht«, sagte Tom.

Wär interessant, wie sie reagieren würde, dachte Cosmo. Wahrscheinlich etwas verhalten.

»Wie ist das so im Heim?«, fragte Tom. »Wie man sich's vorstellt?«

»Kann ich nicht sagen, war ja nicht lang da. Und ich geh auf keinen Fall zurück.«

Worüber er reden *wollte*, war nicht die Situation, in der er sich befand, sondern das, was *in ihm* vorging. Es irritierte ihn, dass er sich anscheinend wünschte, seine Mutter würde sterben, endlich. Warum sonst hatte er immer wieder diese Bilder im Kopf? Bilder von ihrer Beisetzung. Die er sich ziemlich einsam vorstellte. Bloß er war da und ein gesichtsloser Friedhofsangestellter, den er nur von hinten sah. Oder wie sie die Geräte ausschalten würden im Krankenhaus, nachdem ihr Herz aufgegeben hatte. – Ihr Herz, das ja noch schlug! – Und schließlich, wie man ihm sagen würde, dass sie gestorben war. – Aber sie lebte ja noch! – In seinem Kopf war es nicht der Arzt, der ihm das sagte, sondern eine der Krankenschwestern, die Bosnierin, die ihm über die Schulter gestrichen hatte bei der Einlieferung.

Wünschte er sich wirklich ihren Tod? Warum? Damit er seine Mutter endlich hinter sich lassen konnte? Weil sie sowieso schon lange nicht mehr für ihn da war? Aber wer wünscht sich denn so was? Das konnte einfach nicht sein! Allein schaffte er es nicht, sich darüber klar zu werden. Aber mit Tom konnte er nicht darüber reden, das ging nicht, er kannte ihn ja eigentlich erst seit heute.

Vielleicht mit Nathalie. Morgen, wenn sich eine Gelegenheit bot. Vor dem Kino, nach dem Kino. Eher danach. Aber Nathalie kannte er auch nicht viel länger als Tom. Und vielleicht waren das sowieso eher Gedanken, die man besser für sich behält. Wie der Gedanke daran, Kevin zu töten, als er dessen Messer fand. Auch da hatte er schlagartig ein Bild im Kopf gehabt. So brutal, dass er selber darüber erschrocken war.

Es war riskant, mit Nathalie darüber zu reden. Aber vielleicht würde es ihm helfen.

Noch wahrscheinlicher würde sie sofort davonrennen.

Tom holte ihn aus seinen Gedanken zurück. »Und wo willst du sonst hin?«, fragte er. »Wenn nicht ins Heim.«

Cosmo war froh, Toms Stimme zu hören, wie einen Weckruf, der ihn aus einem Albtraum riss. »Wenn ich's mir aussuchen könnte«, sagte er, »wieder nach Hause, einfach weitermachen. Wär nicht viel anders, meine Mutter war sowieso nie da, nur ab und zu mal. Aber das geht nicht.«

»Und abhauen?«

»Abhauen ist einfach, mach ich ja grad. Aber wohin? Das ist die Preisfrage.«

Tom stand auf und streckte sich. Fassbinder hob den Kopf und ließ ihn grunzend wieder auf die Steinplatten sinken.

»Wie viel Geld ist in dem Gürtel?«

»Vierzehnhundert.«

»Das reicht 'ne Weile«, sagte Tom. »Hast du noch mehr?«

»Zu Hause noch dreihundert, knapp. Und ein paar Stangen Zigaretten.«

Tom grinste. »Jetzt brauchst du nur noch einen Plan.«

»Plan wär gut.«

»Hast Glück gehabt.«

»Ach ja?« Cosmo schnürte seinen Rucksack zu.

»Bist genau an der richtigen Adresse.« Tom ging die drei Stufen runter und dann vor bis zum Gartentor.

Cosmo warf sich den Rucksack über die Schulter. »Wollen wir die Matratze noch reinstellen?«

»Ich glaub nicht, dass es heut Nacht regnet.«

»Und wenn dein Hund dagegenpinkelt?«

»Das darf dich natürlich nicht stören.« Tom öffnete völlig selbstverständlich die Fahrertür. Der Volvo stand auf der anderen Straßenseite, ein alter Kombi, ein Panzer von einem Wagen, silberglänzend unter der Laterne.

»Was wird das denn?« Cosmo blieb am Gartentor stehen.

»Was?«, sagte Tom.

»Du kannst doch nicht einfach. Wem gehört der?«

»Meinem Vater.« Tom grinste. »Hat er freundlicherweise dagelassen. Er dreht gerade irgendwo in Asien einen Werbespot.«

»Du kannst doch nicht einfach das Auto von deinem Vater nehmen!« Cosmo hatte keine Ahnung, ob das ein Witz sein sollte oder ein Bluff.

»Warum nicht?«, fragte Tom. »Meine Mutter fährt doch auch damit.«

»*Warum nicht?*« Cosmo fielen zehn Gründe auf einmal ein. Die so offensichtlich waren, dass er sich schon blöd vorkam, sie überhaupt anzusprechen.

Und genau so sah Tom ihn an – als wär er ein bisschen langsam unter der Kappe.

»Hast du 'n Führerschein?«, fragte Cosmo.

»Mann, ich bin fünfzehn.«

»Da hast du dein *Warum nicht!*«

»Hast du etwa Schiss?« Tom setzte sich lachend hinters Steuer. »Weil das Ding keine Airbags hat?«

15

Sieben Minuten nach Mitternacht, Berger konnte die Uhr über dem Eingang von seinem Schreibtisch aus sehen. Zwei Tische weiter hackte Schmidtburg einen Bericht in einen der drei alten Computer. Ein junges Paar hatte eine Handtasche vorbeigebracht, auf der Straße gefunden.

Polizeiarbeit.

Als er das Mädchen, Nathalie Hirsch, nicht zu Hause angetroffen hatte, hatte Berger die Suche nach Cosmo abgebrochen. In der Dienststelle übergab er die Autoschlüssel und Schmidtburg fiel der neue Reifen sofort auf. »Willkommen im Revier!«, sagte er mit einem Augenzwinkern, nachdem Berger so sachlich wie möglich erzählt hatte, was im Jugendheim passiert war.

Kurz darauf war der Anruf gekommen. Und Berger war nicht nach Hause gefahren, sondern zum Krankenhaus.

Jetzt schaltete er den Computer aus und legte die Bluse zurück in den Karton. Auf die Bluse legte er die Halskette mit dem Mondanhänger und daneben die billige Armbanduhr. Den Karton hatten sie ihm im Krankenhaus mitgegeben – das Logo einer Pharmafirma darauf, Hexal! Berger hatte den Krankenpfleger gefragt, ob das ein Witz sein sollte, ein Medikamentenkarton? Ob er wüsste, was die Frau getan habe? Der Pfleger hatte ihn nur angesehen. Er machte bloß seinen Job.

Berger hatte keine Ahnung, wie er dem Jungen beibringen sollte, was er über seine Eltern herausgefunden hatte. Falls er es ihm überhaupt sagen würde. Auch das hatte er noch nicht entschieden.

Schmidtburg nahm seine leere Kaffeetasse, stand auf und streckte sich. »Nimm dir das nicht so zu Herzen!«, sagte er im Vorbeigehen. »Du hast eigentlich Urlaub, schon vergessen?«

Berger nickte, aber mehr aus Höflichkeit. Dann klemmte er sich den Karton unter den Arm und nahm den Wohnungsschlüssel aus der oberen Schreibtischschublade.

Cosmo beobachtete Tom, der so entspannt auf dem Fahrersitz saß, als wäre es das Natürlichste auf der Welt, dass sie gerade im Auto durch die Nacht fuhren. Es war nicht viel los auf den Straßen. Gelegentlich hatten sie ein rot leuchtendes Rücklicht vor sich und ab und zu kam ihnen ein Paar Scheinwerfer entgegen.

Tom war sogar angeschnallt. Das Lenkrad hielt er locker mit beiden Händen. »Fahren sowieso keine S-Bahnen mehr«, sagte er.

Sie fuhren über Neuaubing zum Westkreuz, machten also einen großen Bogen um das Pasinger Polizeirevier und das Krankenhaus, in dem Cosmos Mutter lag.

»Die nächste rechts«, sagte Cosmo. Er hatte ein mulmiges Gefühl im Bauch. »Weiß dein Vater das? Dass du dir ab und zu seine Karre ausleihst?«

Tom setzte routiniert den Blinker, wurde langsamer und an der Kreuzung bog er ab. »Ich glaub, das hätt ich gemerkt, wenn er's wüsste. Vielleicht auch nicht. Wahrscheinlich wär's ihm sowieso egal.«

»Ich dachte, das Auto ist was Besonderes für ihn. Weil's sein erstes war.«

»Stimmt. Wär eigentlich keine dreitausend mehr wert. Wenn er nicht halb Schweden abgegrast hätte auf der Suche nach den passenden Ersatzteilen.«

Cosmo strich mit den Fingern über die Plastikverkleidung an der Beifahrertür. »Sieht fast aus wie neu und ist doch aus einer anderen Zeit«, sagte er nachdenklich. »Klingt irgendwie sympathisch, find ich, dass dein Vater sich von dem Wagen nicht trennen wollte.«

»Ja, mir kommen auch gleich die Tränen vor Rührung!« Tom atmete zischend aus. »Denk mal drüber nach! Als wär die Karre hier ein Mensch, den man nicht sterben lassen will, weil man ja so viel mit ihm durchgemacht hat.« Er stieß ein verächtliches Lachen aus. »Dabei ist das doch nur ein Auto!«

»Nimmst du's dir deswegen? Weil dein Alter die Karre mehr liebt als dich?«

Tom antwortete nicht, er schien sich jetzt ganz auf die Straße zu konzentrieren.

»An der Ampel rechts«, sagte Cosmo.

»Väter sind Ärsche«, sagte Tom. »Deiner ja auch, oder? Hast du doch gesagt, dass er einfach abgehauen ist vor vier Jahren, ohne ein Wort.«

»Vielleicht gab es ja einen Grund dafür. Er musste weg und *konnte* sich nicht melden.«

»Klar«, sagte Tom. »Und er wär nichts lieber als wieder mit dir zusammen. Aber was ganz, ganz Schlimmes ist passiert, deswegen musste er zur Fremdenlegion und seitdem liegt er im Kreuzfeuer irgendwo in Afrika. Aber unter seinem Stahlhelm klemmt ein Babyfoto von dir! So was in der Art denkst du doch, gib's zu! Musst dich nicht schämen für, so weit war ich auch mal. Nur hab ich mir gedacht, scheiße, kann doch nicht sein, dass mein Vater so 'n Arsch ist! Also ist er vielleicht gar nicht mein Vater? Mein *richtiger* Vater weiß gar nichts von mir! Hatte 'ne heiße Nacht mit meiner Mutter, und am nächsten Morgen ist meine Mutter zurück zu dem Kerl, der jetzt mein Vater ist.«

»Klingt wie 'n schlechter Film.«

»Stimmt«, sagte Tom. »Mein Vater ist leider mein Vater, da gibt's nichts zu rütteln. Wir haben die gleichen Ohren.«

»Deswegen bist du so sauer. Wär ich auch bei den Ohren.«

»Ich mein's ernst. Du solltest dich damit abfinden, dass dein Vater ein Arsch ist. Macht alles einfacher. Was hat er denn für Musik gehört, Bruce Springsteen? Da steht mein Alter drauf. Von dem gibt es so ein Lied, *Hungry Hearts*, da geht es genau darum: um einen Kerl, der einfach ins Auto steigt und abhaut. Und seine Frau und Kinder lässt er zurück.«

»Ich kann mich nicht erinnern, was für Musik er gehört hat. Ich glaub, gar keine. Er hatte keine Plattensammlung oder so. Wo hast du eigentlich Autofahren gelernt?«

»Es wird einem irgendwann langweilig, wenn man nachts nicht schlafen kann.«

»Dir einfach mal den Schlüssel geschnappt – so schwer kann das doch nicht sein, das probier ich jetzt auch mal?«

»So in etwa«, sagte Tom.

»Da vorne.« Cosmo deutete auf die Hochhäuser auf der anderen Straßenseite.

Berger kam mit einem Snickers und einem Päckchen Kaugummi aus der Tankstelle, trat gegen den neuen Hinterreifen und setzte sich wieder ans Steuer. Er hatte Schmidtburg gesagt, dass er den Wagen zurückbringen würde, sobald er den Jungen gefunden hatte, Urlaub hin oder her. Seit Berger aus dem Krankenhaus gekommen war, war sein Ärger auf Cosmo verflogen. Seine eigene Blamage war nichts dagegen, die eigene Mutter zu verlieren.

Vielleicht würde seine Blamage sogar etwas Gutes haben, wenn er Cosmo wiederfand: Als Neuling im Heim stand er ganz unten in der Hackordnung, aber er hatte Kevin – den jeder fürchtete, wenn nicht gar hasste – sein Geld abgeknöpft und ihm in die Stiefel gepinkelt. Und er hatte einen Bullen verarscht! Die Jungs würden Cosmo bei seiner Rückkehr vielleicht nicht wie einen Helden empfangen, aber ihm anerkennend zunicken auf jeden Fall.

Berger ließ die Snickers-Verpackung im Handschuhfach verschwinden, schob sich einen Kaugummi in den Mund und fuhr los. Der Hexal-Karton lag auf dem Beifahrersitz.

An der Tankstellenausfahrt hielt Berger wieder an. Die Straße war frei, er musste rechts abbiegen, trotzdem fuhr er nicht weiter. Es war kurz vor eins, und eigentlich hätte er Urlaub – die nächsten vier Tage noch. Warum also fuhr er nicht einfach nach Hause und legte sich ins Bett? Alles, was er tun musste, war abwarten. Die meisten Ausreißer tauchten irgendwann von selber wieder auf. Warum fuhr er ausgerechnet jetzt in die Wohnung? Um den Karton abzuliefern? Es war unwahrscheinlich, den Jungen dort anzutreffen. Wenn es regnen würde, dann vielleicht, aber in einer warmen Nacht wie dieser? Da würde er ihn eher im Stadtpark finden oder in der Kiesgrube.

Tom sperrte den Volvo ab. »Guter Parkplatz, was?« Er stand neben der Feuerwehreinfahrt, mit der Schnauze genau an der Grenze zum Halteverbot. Er hatte Glück gehabt. Fahren war für ihn kein Problem, Ein- und Ausparken schon. Tom ging um den Wagen und prüfte alle Türen, auch die Kofferraumklappe.

»Was machst du?«, fragte Cosmo.

Tom grinste. »Wir sind immerhin im Getto, oder? Hab's mir zwar anders vorgestellt.« Er war zum ersten Mal am Westkreuz, die Zwischenstopps in der S-Bahn nicht mitgerechnet. »Aber man weiß ja nie.« Er kannte eigentlich nur den Ruf, den die Gegend an der Schule hatte. Jeder aus dem Westkreuz oder Neuaubing war in Gräfelfing erst mal Außenseiter. Außer die Mädchen natürlich. Wenn sie hübsch waren.

»Wie hast du's dir denn vorgestellt?«, fragte Cosmo. »Brennende Mülltonnen, Schießereien, heulende Polizeiwagen?«

Tom war tatsächlich ein wenig enttäuscht. Im Treppenhaus blieb er vor einer der zifferlosen Glastüren stehen. Im Flur dahinter konnte er nur das rote Flackern eines Lichtschalters erkennen. »Welcher Stock sind wir?«

»Achter.« Cosmo ging voraus. »Einer noch.«

»Zählst du mit?«

»Hab ich im Gefühl.«

»Wer hatte denn die Idee, hier die Nummern abzukratzen?«

»Keine Ahnung, irgend 'n Komiker.«

»Richtiges Talent, was?« Er holte Cosmo wieder ein.

Cosmo stieß die Glastür im neunten Stock auf, drückte den Lichtschalter und in dem schlauchförmigen Flur gingen müde flackernd die Neonröhren an. Die Wohnung befand sich am

Ende des Flurs. Erst als sie schon vor der Tür standen, leuchteten vier der Neonröhren gleichmäßig.

»Da ist kein Name an der Klingel.«

»Hatten wir nie«, sagte Cosmo. Er sperrte die Tür auf und von innen wieder ab. Den Schlüssel ließ er stecken. »Wegen dem Bullen.«

»Der liegt im Bett und schnarcht, der hat längst Feierabend«, sagte Tom.

»Sicher ist sicher.«

Tom grinste. »Ich will dich ja nicht kränken – aber auch wenn der noch nicht schläft, hat er wahrscheinlich Besseres zu tun, als dir hinterherzueiern.«

»Im Gegensatz zu dir, was?«

»Aber hallo«, sagte Tom. »Wo schläfst du heut Nacht, hm? Ich bin einer von den Guten!« Dann ging er ins Wohnzimmer.

Cosmo kniff ein Auge zu und schaute durch den Türspion. Das Licht im Flur war wieder ausgegangen. Dann warf er einen Blick auf das Vorhängeschloss, das von zwei rostigen Schrauben nur noch locker an der Wand gehalten wurde.

»Oh Mann!«, kam es aus dem Wohnzimmer. »Das war ja 'ne Party! Nicht, dass ich ein Heiliger bin«, rief Tom. »Aber das hier? Weiß nicht, ob ich das jemals so hingekriegt hätte!«

Cosmo ging hinüber. »Wieso denn? Sie hat sogar noch aufgeräumt.«

»Aufgeräumt?«, sagte Tom. »Geh mal zum Augenarzt! Bin ja mal gespannt auf *dein* Zimmer.«

Cosmo ließ Tom vorausgehen. Er hatte ein seltsames Gefühl. Hier hatte er die letzten vier Jahre gewohnt. Nun kam er sich vor wie ein Geist, der Abschied nimmt. Was er Tom gesagt hatte – dass er am liebsten weitermachen würde wie bisher –, es stimmte nicht. *Dieses* Leben war vorbei, unwiederbringlich, und er hatte keine Ahnung, was jetzt kommen würde.

»Mann!«, rief Tom in dem Zimmer, das bis gestern noch das von Cosmo gewesen war. »Bist ja 'n richtiger Spießer, total ordentlich!«

Berger zählte zwar mit, aber nach ein paar Stockwerken kam er durcheinander. War er jetzt schon im sechsten Stock oder erst im fünften? Er setzte sich auf eine Treppenstufe, stellte den Hexal-Karton neben sich und dachte, na prima!

Wenn er gestern nach dem Basketballturnier gleich zurück zum Revier gefahren wäre, dann hätte nicht er, sondern jemand anderes den Funkspruch aus der Leitstelle bekommen. Und nicht er, sondern jemand anderes wäre zu Cosmo ins Krankenhaus gefahren. Als der Funkspruch kam, war er gerade dabei gewesen, die übrig gebliebenen T-Shirts mit dem Aufdruck *Stark im Leben ohne Alkohol und Drogen* in den Kofferraum zu werfen. Die Jungs hatten sich kaputtgelacht über die T-Shirts, doch jeder hatte sich eins geschnappt.

Das Krankenhaus liegt auf dem Weg, hatte er sich gesagt. Zwar hatte er schon Feierabend, aber es klang nach einer Routinesache. Danach hätte er den Wagen abgeliefert, sich von den Kollegen verabschiedet und heute Morgen – hätte er *was* getan? Vielleicht lag es daran. Er hatte in den letzten Monaten – nach der Sache mit dem Junkie und seiner Verwundung – reichlich Freizeit gehabt. Und sich oft genug darüber den Kopf zerbrochen, ob er nicht einfach alles hinschmeißen sollte. Was er brauchte, war eine Bestätigung – dass sein Job noch einen Sinn hatte.

Aber was kümmerte ihn ausgerechnet dieser Junge? Es gab härtere Fälle, Kevin zum Beispiel. Mutter schafft zu Hause an, erwischt einmal den Falschen, und der nimmt sich dann auch noch den Jungen vor. Ist es ein Wunder, dass Kevin danach austickt und seitdem Anzeigen sammelt wie andere Jungs Fußballbilder?

Doch Kevins Geschichte kannte Berger nur aus der Erzählung seines Vorgängers, der sich an dem Jungen abgearbeitet hatte. Für Berger selber war Kevin im Prinzip nur eine Akte.

Über Cosmo dagegen war noch keine Akte angelegt worden, keine eigene jedenfalls. Zufall oder Schicksal, dass er Cosmo gestern kennengelernt hatte – er hätte ihn auf jeden Fall kennengelernt. Irgendwann. Nach einer Straftat.

Berger stand wieder auf und klemmte sich den Hexal-Karton unter den Arm. Er war im sechsten Stock, da war er sich ziemlich sicher.

Cosmo schnürte seinen Rucksack zu. Er wartete darauf, dass Tom ihn fragte, woher er das Plakat hatte. Es war etwa doppelt so groß wie ein Kinoplakat, mit Reißzwecken an der Wand befestigt: ein Cowboy mit Lasso, der eine Horde Wildpferde durch eine Flusslandschaft jagte, das aufspritzende Wasser glitzernd im Gegenlicht.

Tom betrachtete es lange, dann sagte er gedehnt: »Come to *Mahh-boro* Country!« Er grinste. »Wär das was für dich, so ein Leben als Cowboy?«

»In der Werbung sieht's ganz gut aus«, sagte Cosmo.

Dann hörten sie die Klingel. Sie kam ihm lauter vor als sonst. Tom starrte ihn an wie schockgefroren.

Cosmo machte das Licht aus.

»Scheiße!«, zischte Tom.

Es gab nur zwei Wege aus der Wohnung.

Durch die Tür.

Oder über den Balkon.

Berger nahm den Finger von der Klingel und drückte wieder auf den Lichtschalter. Die Neonröhren flackerten auf, aber nur drei von ihnen blieben an. Eine vierte ging immer wieder aus. Und an. Aus. An. Vielleicht war er doch nicht im richtigen Stockwerk. Das fehlende Namensschild irritierte ihn. Auch die beiden Nachbarwohnungen hatten keine Namensschilder an den Klingeln. Er versuchte noch mal, den Schlüssel nach links zu drehen, aber er ließ sich nicht bewegen.

Berger klingelte wieder. Dann klopfte er gegen die Tür. »Cosmo?«

Keine Antwort. Er überlegte, ob er bei den Nachbarn klingeln sollte? Vielleicht konnte er von einem der Balkone aus in die Wohnung sehen. Aber er wusste ja, dass jemand in der Wohnung war! Sonst würde innen kein Schlüssel im Schloss stecken. Berger drückte wieder auf die Klingel und diesmal ließ er den Finger drauf. Der Klingelton war schrill genug, um das ganze Stockwerk aufzuwecken.

Schließlich hörte er in der Wohnung eine Zimmertür, die gegen eine Wand krachte, und eine Stimme, genervt: »Ja-ja-ja!« Jedes Ja ein bisschen lauter.

Dann wurde das Vorhängeschloss eingehängt. Aber die Tür blieb zu.

Er wartete. Er schaute direkt auf den Türspion.

»Was wollen Sie?«, drang es nach einer Weile durch die Tür.

Berger hielt seinen Polizeiausweis auf Höhe des Türspions. So viel war klar: Es war nicht Cosmos Stimme.

Die Tür ging einen Spalt auf und die Kette spannte sich. Der Junge hatte ein T-Shirt an und Shorts, seine Haare waren zerzaust und sein Blick misstrauisch. »Meine Eltern sind nicht da«, sagte er nach einer Weile.

Berger sah den Jungen zum ersten Mal.

Der Junge deutete auf seinen Ausweis. »Ist der echt?«

»In welchem Stock sind wir hier?«

Der Junge sah ihn verwundert an. »Welcher Stock?«

Berger wartete.

»Achter«, sagte der Junge.

Der Bulle war nur noch ein paar Schritte von der Glastür entfernt, die zum Treppenhaus führte. »Und?«, flüsterte Tom. Er zog sein Hemd über, dann ging er in die Knie und band seine Schnürsenkel zu.

Das Licht im Flur ging wieder aus. Cosmo reckte einen Daumen, ohne sein Auge vom Türspion zu nehmen. Dann ging das Licht im Treppenhaus an, und er konnte sehen, dass der Bulle in den zehnten Stock hochging.

»Jetzt!« Er zog leise die Tür auf, ließ Tom vorausgehen, dann nahm er seinen Rucksack und folgte ihm. Die Wohnungstür ließ er auf und den Schlüssel stecken. Er brauchte ihn nicht mehr.

Sie gingen zügig, aber vorsichtig zur Glastür, darauf bedacht, dass ihre Schuhsohlen auf dem Linoleum nicht quietschten. Cosmo zerdrückte eine leere Zigarettenschachtel und klemmte sie unter die Tür, damit sie nicht scheppernd hinter ihnen zufiel. Dann folgte er Tom die Treppe runter.

Sie waren im achten Stock, als sie den Bullen im zehnten fluchen hörten. Tom drehte sich zu Cosmo um und grinste. Bei der nächsten Treppe nahmen sie vier Stufen auf einmal, die Hände immer am Geländer. Auf der Zwischenebene hielten sie sich am Geländer fest und zogen sich rennend um die Kurve. Cosmo konnte sehen, dass Tom seinen Spaß hatte. Von oben hörten sie schnelle Schritte, aber sie konnten ihren Vorsprung bis ins Erdgeschoss halten. Tom riss die Haustür auf und stürmte ins Freie. Sie rannten zur Straße, ohne sich umzudrehen. Sie konnten hören, dass Berger langsam aufholte. »Cosmo! Warte!«, schrie er.

»Scheiße!«, keuchte Tom.

»Was?«, stieß Cosmo hervor. Dann sah er es auch: Der Wagen des Bullen stand in der Feuerwehreinfahrt genau vor dem Volvo. Zugeparkt!

Tom fluchte. »Über die Straße!«

Sie rannten beide, so schnell sie konnten, und Berger hinter ihnen schien langsamer zu werden. »Deine Mutter!«, rief er noch, aber Tom zog Cosmo am Ärmel weiter.

16

Das Display seines Handys zeigte *Rufnummer unterdrückt* an. Berger machte einen Schritt über die Glasscherben hinweg und ging dann raus auf den Balkon.

Es war Cosmo, und er kam gleich zur Sache: »Ist sie tot?«

Wahrscheinlich rief er aus einer Telefonzelle an. »Wo bist du, Cosmo?«, fragte Berger.

Keine Antwort. Er musste auf Zeit spielen. »Du lässt mich ganz schön alt aussehen, schon das zweite Mal jetzt. Ich sollte mir langsam 'n neuen Job suchen.«

Aber Cosmo ließ sich nicht einwickeln. »Ist sie tot?«

»Sag mir, wo du bist, ich hol dich ab und wir reden in Ruhe.«

»Worüber?«

»Ich will dir helfen, Cosmo.«

»Sie wollen mich ins Heim bringen.«

»Hast du 'ne bessere Idee? Dann lass uns darüber sprechen. Unter vier Augen.«

»Krieg ich dann auch 'ne Tafel Schokolade?«

»Ich spendier dir sogar 'ne Pizza.«

»Wenn Sie mir helfen wollen, lassen Sie mich in Ruhe.«

»Das geht nicht.«

»Es ist ganz einfach, Sie müssen nur nichts tun, das ist alles.«

»Du kannst nicht davonlaufen, Cosmo. Nicht ewig. Wenn's draußen kälter wird, wirst du wissen, was ich meine.«

»Ich schreib Ihnen 'ne Karte, wenn's mich friert. Dann wird mir sicher wieder warm ums Herz. Ist sie tot?«

»Wer ist dein Freund, Cosmo? Ich dachte, du hast keine Freunde.« Einen Versuch war es wert.

Aber der Junge ließ sich auch nicht provozieren. Berger gab es auf. »Ja, sie ist tot.« Er wollte noch sagen, dass es ihm leidtue, aber Cosmo hatte schon aufgelegt.

Von der Telefonzelle am Lochhamer Bahnhof aus kletterten sie über den Drahtzaun und die Böschung hoch zurück auf die Gleise. Cosmo zerriss Bergers Visitenkarte und warf die Papierfetzen ins Gebüsch. Er spürte, dass Tom etwas sagen wollte, aber anscheinend nicht wusste, wie. Ihm selbst wäre auch nichts eingefallen. Trotzdem war es ein Trost, dass er in diesem Augenblick nicht allein war. Das würde er früh genug wieder sein. Wenn der Bulle sein Zimmer durchsuchte, würde er die Jahrgangsfotos finden und Toms Gesicht darauf wiedererkennen und irgendwann bei Tom auf der Matte stehen. Cosmo gab sich höchstens noch eine Nacht, bevor er wieder verschwinden musste. Tom sagte er davon nichts.

Eine halbe Stunde später in Toms Garten fühlte er sich völlig leer im Kopf. Tom war im Haus verschwunden und Cosmo saß auf einem alten Gartenstuhl vor einem Tisch mit rostigen Tischbeinen. Er hatte Schuhe und Socken ausgezogen und unter seinen Füßen spürte er die Risse in den Steinplatten und das Unkraut dazwischen. Es war eine seltsame Stimmung. Ein

Leuchtkäfer schwebte durch die Dunkelheit. Die Grillen um ihn herum waren unsichtbar, aber so laut, als hockten sie auf seiner Schulter. Vielleicht hatte sie jetzt ihren Frieden, wenigstens das. Sie war ihm wie auf der Flucht vorgekommen in den letzten zwei Jahren. Nur wenn sie trank, wurde sie ruhiger – bis sie zu viel getrunken hatte jedenfalls. Dann wurde sie ausfallend. Leckt mich doch alle! Manchmal saß sie auch da mit nasser Hose, aber nicht etwa, weil sie ein Glas verschüttet hatte, und wenn er sie darauf ansprach, schrie sie ihn an. Dann trank sie noch mehr und redete wirr, bis sie schließlich die Wörter nicht mehr rausbrachte. Und dann trank sie weiter, bis sie einschlief oder das Bewusstsein verlor, das war schwer zu unterscheiden.

Doch danach sah sie friedlich aus, wie tot, ohne die Qualen, die sonst wie Schatten unter der Haut ihr Gesicht durchzuckten. Er hätte immer wieder heulen können. Damals hatte er sich von ihr verabschiedet. Es ging nicht anders. Man kann nicht täglich jemandem beim Sterben zusehen. Das Unfassbare daran war, dass diese Frau einmal anders gewesen war, jung und lachend, seine Mutter eben. Es war nicht immer schlecht gewesen mit ihr, sie hatten auch schöne Zeiten gehabt. Als sie noch nicht völlig abgestürzt war. Als es zwischen ihren Trinkphasen auch immer wieder Phasen gab, in denen sie nüchtern war, manchmal sogar ein paar Wochen lang. Wenn sie zusammen im Tierpark waren, oder im Winter Schlitten fahren, Dinge, die man eigentlich mit sechs oder sieben gerne macht. Aber die er auch mit zwölf noch gerne gemacht hatte, nicht nur ihr zuliebe.

Aber irgendwann hatte sie aufgehört, seine Mutter zu sein. Es war einfach vorbei, und auch das war unfassbar: dass etwas, das vorher noch war, auf einmal nicht mehr war. Cosmo wusste nicht mal, wann genau es passiert war und ob es überhaupt von ihr oder sogar von ihm ausgegangen war. Aus, vorbei – unwiederbringlich. Das hatte so was Unwirkliches. Man rechnet nicht damit. Gerade noch da – und auf einmal weg. Man kann es sich gar nicht vorstellen. Es erwischt einen einfach.

Der Leuchtkäfer war verschwunden. Dann sah er ihn wieder, an der Hausecke. Dann sah er noch einen. Trotz der Grillen konnte Cosmo die Frösche hören am Fluss, nur zwei Straßen weiter. Es gefiel ihm hier. Keine Autos, keine S-Bahnen, kein Streit. Aber es war nur ein Zwischenstopp. Leider.

Tom hatte den ganzen Weg zurück darüber nachgedacht – und aufgegeben, Trösten war einfach nicht sein Ding. Er war sich sicher, dass Cosmo traurig war – irgendwo in ihm drin musste es wehtun, auch wenn er es nicht zeigte, das ging nicht anders. Allein bei der Vorstellung, dass seine eigene Mutter tot war, hatte Tom schon Tränen in den Augen gehabt. Er war nahe dran gewesen, an ihr Bett zu gehen und ihr einen Kuss zu geben, weil er sie den ganzen Tag nicht gesehen hatte. Ein Kuss! Der Gedanke daran war ihm normalerweise so fern, dass er schon gar nicht mehr wusste, wann er seine Mutter das letzte Mal geküsst hatte.

Er kam durch die Hintertür zurück auf die Terrasse und setzte sich neben Cosmo. »Zwei Möglichkeiten.« Die Idee war ihm im Zimmer seines Vaters gekommen. »Entweder wir schauen uns meinen Film an!«

»Ich dachte, dein Film ist scheiße«, sagte Cosmo.

»Deswegen ja. Hast du schon mal einen richtig schlechten

Film gesehen? Ich mein so *richtig schlecht*, dass du dich kaputtlachst!«

»Worum geht's denn?«

»Worum's geht? *Ich* spiel mit, darum geht's. Den Rest kannst du vergessen!«

Cosmo schüttelte den Kopf. »Nimm's mir nicht übel, aber mir ist grad nicht nach Fernsehen.«

Dann eben nicht. Tom zeigte ihm das Marmeladenglas. »Vielleicht heitert dich das ja ein bisschen auf?«

Cosmo hielt das Glas gegen das schwache Licht, das durch die Fenster kam. Dann stellte er es auf den Tisch. »Danke, ist auch nichts für mich.«

Tom nahm ein Zigarettenpapier und eine fingernagelgroße Blüte aus dem Glas.

»Woher hast du das Zeug?«, fragte Cosmo.

»Rat mal.«

Cosmo lachte müde. »Sag bloß, dein Vater?«

»Ich hab's vor ein paar Tagen in seinem Videoregal gefunden! Muss er vergessen haben.« Tom steckte sich den Joint an und hustete. Dann lehnte er sich zurück und schaute auf die Sterne. Der Himmel leuchtete. »Was für'n Tag, hm?«

Cosmo lehnte sich auch zurück. »Ja«, sagte er nur.

Berger spürte die Müdigkeit genau hinter seiner Stirn, aber er ließ sich Zeit. Er hatte nicht vor, noch einmal in diese Wohnung zurückzukehren, also würde er gründlich vorgehen. Er stieß mit dem Zeigefinger gegen die Wohnungstür und hörte, wie sie ins Schloss fiel. Erst dann drückte er auf den Lichtschalter und zog den Wohnungsschlüssel ab, den Cosmo stecken gelassen hatte.

Berger ließ ihn in seine Jackentasche gleiten und fragte sich, warum die Jungs die Tür offen gelassen hatten. Sie hätten es ihm schwerer machen können. Vielleicht hatten sie die Tür in der Eile vergessen, oder sie wollten keinen Lärm machen, als sie abhauten. Oder – es war eine unbewusst gelegte Spur, falls man daran glaubte, dass jeder Täter im Grunde genommen überführt werden will. Berger verwarf den Gedanken. Der Junge war kein »Täter«. Er suchte ihn, weil er jetzt völlig allein dastand.

Berger ging vom Flur in das kleine Bad, aber ein Blick rundum genügte ihm. Er erwartete nicht, hier irgendetwas Illegales zu finden, also suchte er auch nicht danach. Wenn der Junge dealte, war der Stoff jetzt in dem Rucksack, den er bei sich gehabt hatte.

Und seine Mutter? Der Arzt hatte Berger gesagt, dass eine Medikamentenabhängigkeit bei ihr auszuschließen sei. »Mit an Sicherheit grenzender Wahrscheinlichkeit. Natürlich könnte man weitere Tests durchführen, aber ...« Der Arzt musste nicht weitersprechen. Als ehemaliger Drogenfahnder wusste Berger, dass die Pillen, mit denen Cosmos Mutter versucht hatte, sich umzubringen, schlecht gewählt waren. Jeder Pillenfresser mit nur ein bisschen Erfahrung hätte sich auf eine schmerzlosere Art getötet.

Auch in die Küche warf Berger nur einen kurzen Blick. Ebenso ließ er das Wohnzimmer aus, weil es offensichtlich der Bereich von Cosmos Mutter war. Wonach er suchte, würde er im Zimmer des Jungen finden.

Berger fing mit dem Schrank an. In dem Fach über der Kleiderstange lagen zwei Stapel T-Shirts und Hemden, ordentlich zusammengelegt, aber die Stapel waren achtlos beiseitegeschoben worden. Der Junge hatte auch nicht mehr vor, in diese Wohnung zurückzukehren.

Der Platz hinter den T-Shirts war leer bis auf eine angebrochene Stange Camel ohne Filter. Berger dachte kurz daran, sich eine Zigarette anzuzünden. Dann legte er die Stange wieder zurück. Fehlte noch, dass er wegen dem Jungen tatsächlich wieder anfing zu rauchen.

Berger ließ die Schranktür offen, steckte sich zwei Kaugummi-Dragees in den Mund und ging rüber zum Schreibtisch. Die Zigarette, die Cosmo ihm vorm Krankenhaus gegeben hatte, war eine Camel ohne.

Welcher Junge legt sich schon einen Zigarettenvorrat zu?, fragte sich Berger. Auch noch filterlose Zigaretten. Obwohl er anscheinend gerade erst angefangen hatte zu rauchen. Berger konzentrierte sich auf den Schreibtisch. Der Junge musste die Stange geklaut haben.

Das Foto fand er in der oberen Schublade. Dem Datum auf der Rückseite nach war es genau ein Jahr alt. Es zeigte ungefähr achtzig Jugendliche vor einem Schulgebäude. Cosmo musste er suchen. Er schien fast unterzugehen in der Menge. Der andere Junge – der vorhin die Wohnungstür geöffnet hatte – war wesentlich leichter zu finden. Strahlend in der Mitte der zweiten Reihe, das Zentrum einer Traube von Mitschülern. Das fotogene Lachen hatte etwas Arrogantes, fand Berger, aber nichts von dem Wagemut des Jungen, den er ein Jahr später hier an der Wohnungstür kennengelernt hatte. Der von vorhin hatte Schneid. Der auf dem Foto hätte sich das nicht getraut: einem Polizisten ins Gesicht zu lügen, und zwar so überzeugend, dass der Polizist wieder kehrtmachte.

Ärgerlich war, dass er selbst dieser Polizist war. Aber wenigstens hatte es hier keine Zeugen gegeben wie im Jugendheim, als Cosmo ihm auf der Nase herumgetanzt war.

Berger steckte das Foto ein. Da die Ferien schon angefangen hatten, würde er etwas länger brauchen, um herauszufinden, wer dieser Junge war.

Er sperrte seinen Wagen auf, und da fiel ihm der Volvo wieder auf, der hinter ihm parkte. Es war ein Kombi aus den Siebzigern, vielleicht auch aus den frühen Achtzigern, aber mindestens fünfundzwanzig Jahre alt. Doch er sah aus wie neu, ein ungewöhnlicher Anblick. Er war Berger schon beim Herfahren aufgefallen. Es war schwer zu schätzen, wie viel der Wagen wert war, es war ein Liebhaberstück – keine Rostspur, keine Delle, als wäre er gerade erst vom Fließband gerollt.

Natürlich konnte der Volvo jedem gehören. Aber so ein Auto war eine Seltenheit, und das Kennzeichen deutete darauf hin, dass der Besitzer auch nicht am Westkreuz wohnte, sondern im Landkreis. All das musste nicht unbedingt etwas heißen.

Trotzdem zog Berger seinen Notizblock aus der Tasche.

Nathalie nahm den Wecker von ihrem Nachttisch – es war kurz nach drei. Sie richtete sich auf und hob ihr Laken auf, das zerknäult neben dem Bett lag. Obwohl sie gerade mal zwei Stunden geschlafen hatte, fühlte sie sich so wach wie seit Monaten nicht mehr. Normalerweise schaffte sie es selbst nach zehn Stunden Schlaf nur mit Mühe aus dem Bett.

Die Nacht war hell genug, dass man kein Licht brauchte, um die Konturen im Zimmer zu erkennen. Nathalie schob die weiße Gardine beiseite, die glänzend wie ein gedimmter Scheinwerfer zwischen den offenen Balkontüren über dem Boden hing. Auf dem Balkon war die Luft kaum kühler als in ihrem

Zimmer, aber das gusseiserne Geländer war eine angenehme Erfrischung, als sie die Hände darauf stützte. Kein Licht war zu sehen in den Häusern ringsum. Nur die Straßenlaternen leuchteten schwach und die Sterne. Die ganze Nachbarschaft schlief. Es war so ruhig, als würde der Nachthimmel wie ein schützender Umhang über der Gegend liegen.

Vielleicht hatte sie die letzten Monate einfach gebraucht, um sich einzuleben. Nathalie dachte an den verregneten Februartag, als sie hierhergezogen waren. An so einem Tag gab es wohl kaum eine Gegend, die einem auf Anhieb gefiel, in Deutschland nicht und wahrscheinlich nicht mal in Südfrankreich.

Nathalie schloss die Augen und konzentrierte sich auf das Nichts, das sie vor ihren Lidern sah. Sie atmete ein und langsam aus. Dann öffnete sie die Augen wieder. Sie musste lächeln. Alles sah genauso aus wie vorher. Natürlich.

Nathalie ging zurück in ihr Zimmer, zog sich die graue Trainingshose an und ein T-Shirt, dann schlich sie barfuß die Treppen hinunter. Sie öffnete die Haustür und ließ sie angelehnt. Sie wusste selber nicht, was sie vorhatte – sie hatte nichts vor. Vielleicht einen Spaziergang machen unten am Fluss. Die Pferde ärgern, wenn sie noch auf der Koppel neben der Kirche waren. Wieder musste Nathalie lächeln. Sie hörte ein leises Rascheln am Ende der Einfahrt, dann noch leiser ein hölzernes Knarzen, das von nebenan kommen musste.

Nathalie ging den Zaun entlang, bis sie auf Höhe von Toms Zimmer war, das so dunkel war wie das ganze Haus. Er hatte eine eigene Tür zum Garten und sie stand offen. Mehr konnte sie nicht erkennen. Nathalie wartete, aber es war kein Knarzen mehr zu hören, auch keine Stimme, wie sie kurz gehofft hatte.

Sie nahm einen Kieselstein vom Boden und warf ihn Richtung Gartentür, aber zu halbherzig, er landete etwa einen Meter davor im Gras. Wahrscheinlich war sowieso nur der Hund ins Haus gegangen, dachte sie.

Cosmos Stimme kam wie aus dem Nichts: »Wen wolltest du damit treffen, Tom oder mich?«

Nathalie erschrak, zugleich freute sie sich. »Wer sagt denn, dass ich jemanden treffen wollte?« Sie ließ ihren Blick über das nachtdunkle Grundstück wandern. Cosmo war draußen irgendwo, wahrscheinlich auf der Terrasse, die wie eingezäunt war von wucherndem Gebüsch.

»Na ja, wozu wirft man denn sonst mit Steinen durch die Gegend?« Seine Stimme kam jedenfalls nicht aus Toms Zimmer.

»Du hast wohl immer den passenden Spruch auf den Lippen, hm? Sag mal, spielst du gerade Verstecken oder kann man sich mit dir auch normal unterhalten?«

Nathalie hörte ein metallisches Scharren auf Stein, wie ein Stuhl, den jemand verrückt. Cosmo tauchte hinter dem Gebüsch auf und kam von der Terrasse runter zu ihr an den Zaun.

»So besser?« Er klang müde.

»Ich hab nur gemeint: ohne Sprüche, einfach nur reden.«

»Das sagt ja die Richtige.«

»Wir könnten es ja mal versuchen. Oder?«

Cosmo nickte. »Okay.«

Sie lagen nebeneinander im Gras, Cosmo hatte die Hände unter dem Kopf verschränkt. »So müsste es immer sein!«, sagte er. Egal, was in dieser Nacht an Schlimmem passiert war, diesen Augenblick hätte er sich nicht besser wünschen können – neben ihm Nathalie und über ihnen der sternenklare Himmel, der langsam, fast unmerklich heller wurde.

»Im Sommer fühlen sich sogar die Nächte heller an als die Tage im Winter«, sagte Nathalie. »Weißt du, was ich meine?«

»Ja, alles ist irgendwie erträglicher. Man ist nicht so eingesperrt. Man kann einfach draußen bleiben, wenn man Lust hat. So wie wir jetzt.«

»Ja. Im Winter muss es einem zu Hause schon gut gefallen ...«

»Und warum gefällt's *dir* nicht zu Hause?«, fragte Cosmo. Kein Bett hätte jetzt bequemer sein können als das Gras, auf dem er lag – wie in einer unsichtbaren Mulde, fast schwerelos, als gäbe es seinen Körper gar nicht mehr.

»Das Übliche. Eltern, Schule, Alltag. Such dir was aus.«

Cosmo lachte. Er ließ den Kopf zur Seite fallen und schaute Nathalie an. »Erzähl mir von Marseille«, sagte er. »Ist die Stadt wirklich so toll?«

Nathalie drehte sich zu ihm, sodass ihre Gesichter nur Zentimeter voneinander entfernt waren. Cosmo wusste nicht, ob Nathalie darauf wartete, dass er sie küsste. Aber er war sich sicher, dass sie sich küssen lassen würde.

»Glaubst du an Liebe auf den ersten Blick?«, fragte sie.

»Gute Frage«, sagte er.

»So ging's mir mit der Stadt, als ich dort ankam. Als würdest du auf einmal die Augen aufmachen und keine Fragen mehr haben. Alles passt. Was du siehst, ist neu, aber nicht fremd. Im Gegenteil. Es ist wie ein Traum, der in Erfüllung geht. Nur dass du ihn noch nie geträumt hast. Und du denkst auch nicht darüber nach, dass er sich gerade erfüllt. Du bist einfach da!

Und obwohl es dir manchmal so vorkommt, träumst du auch nicht. Verstehst du?«

Cosmo schloss wieder die Augen. »Ja.«

»Ich sag dir, was Marseille besonders macht. Stell dir vor, du bist in einem Straßencafé. An der Canebière, morgens, Rushhour. Du siehst genau auf eine Kreuzung. Es gibt vier Ampelanlagen samt Fußgängerampeln – die auch alle funktionieren. Dazu gibt es vier fette Zebrastreifen. Wie um auf Nummer sicher zu gehen. Und trotzdem regeln acht Polizisten den Verkehr. Sonst würde sich niemand an die Regeln halten. Und trotz der Zebrastreifen, der funktionierenden Ampeln und der acht Polizisten ist auf der Kreuzung ein Chaos, wie du es noch nie gesehen hast. In Amerika wär wahrscheinlich längst die Armee eingerückt, in Deutschland hätte es mindestens schon Neuwahlen gegeben. Und in Marseille? Hupt man einfach ein bisschen. Und als wär das Chaos nicht schon komplett, kommen alle Viertelstunde ein paar Demonstranten vorbei, manchmal nur zwanzig Leute, vorne tragen zwei ein Plakat, hinten auch, und links und rechts fährt einer dieser kleinen dreirädrigen Lieferwagen, die es hier gar nicht gibt – mit Blaulicht drauf! Die Polizeieskorte. Und dann geht auf der Kreuzung überhaupt nichts mehr voran. Und keiner regt sich darüber auf. Weil das Chaos das Leben ist. Verstehst du?«

Cosmo antwortete nicht. Nathalie hätte ihm gerne noch mehr erzählt, sie hatte gerade erst angefangen. Vom Fischmarkt am Alten Hafen, vom Einkaufen im Quartier Arabe, von Bootsfahrten nach Frioul und Ausflügen nach Porquerolles. Eine Weile sah sie Cosmo dabei zu, wie er schlief. Morgen vielleicht, dachte sie.

17

Veronika Konrat blieb auf halbem Weg in der Einfahrt stehen. Ihr erster Gedanke war, dass ihr Mann den Volvo genommen hatte. Zuzutrauen war es ihm – auch wenn sie ihn extra darum gebeten hatte, ihr den Wagen zu leihen, solange ihrer in der Werkstatt war. Aber diese Scheißkarre war ja sein Herzstück.

Veronika wählte Hugos Nummer, und einen Augenblick später hörte sie: »*The person you have called is temporarily not available.*« Es war mittlerweile die Standardantwort seines Handys. Jedenfalls auf ihre Anrufe.

Vor Monaten noch hätte es Veronika wütend gemacht, dass ihr Mann ihr auswich. Was sie jetzt wütend machte, war diese Frauenstimme: »*Please call again later!*« So gottverdammt freundlich wie eine seiner Frauen!

Veronika versuchte, sich wieder auf ihr eigentliches Problem zu konzentrieren. Und ihr Problem war in diesem Moment, dass sie ohne Auto zu spät zur Arbeit kommen würde.

Ihre Wut kam immer plötzlich, eine Kleinigkeit reichte: ein Jeanshemd, wie er es trug, in einem Schaufenster, eine Schachtel Luckies in irgendeinem Mülleimer, der Geruch von Marihuana, der Klingelton, den auch sein Handy hatte. Und wenn ihre Wut einmal da war, war sie da. Veronikas Yogalehrerin hatte etwas von einem Schalter in ihrem Inneren erzählt, mit dem sie diese Wut abstellen könne: Wenn sie endlich akzeptierte, dass diese Wut *ihre* Wut war – und ihr Mann nur der Auslöser. Aber Veronika fand diesen Schalter nicht, nicht beim Yoga, das war einfach zu friedlich. Selbst Taekwondo war ihr zu friedlich. Den »Schalter« für ihre Wut hatte Veronika bis jetzt nicht gefunden. Was sie aber gefunden hatte, war eine Art innerer Sicherungskasten, seit sie täglich anderthalb Stunden im *Ladies Only* trainierte. Danach war sie einfach zu erschöpft, um wütend zu sein, und diese Erschöpfung wurde mit der Zeit ein angenehmer Dauerzustand, der nach außen hin sogar wie Gelassenheit wirken konnte.

Veronika steckte den Autoschlüssel in ihre Handtasche und rief die Taxizentrale an. Es war unwahrscheinlich, dass ihr Mann den Wagen genommen hatte. Er drehte in Asien. Selbst wenn er gerade in München war, war er auf Kosten der Produktionsfirma hier und die hätte ihm auch einen Wagen gestellt. Und dass er privat hier war, etwa wegen einer Frau? Nicht während der Dreharbeiten, Frauen gab es am Set genug. Und selbst wenn: Wozu hätte er den Volvo gebraucht – um die Schlampe auf der Rückbank zu vögeln? Das war noch nie sein Ding gewesen.

Veronika gab ihre Adresse durch, und die Frau am anderen Ende der Leitung sagte, dass ein Taxi sie in fünf Minuten abholen werde.

Die Schritte hörten sich an wie Hammerschläge, die immer schneller aufeinanderfolgten. Cosmo wurde davon wach, noch bevor die Tür aufging.

Dann hörte er: »Wo ist das Auto?« Scharf wie ein Befehl.

Sofort hatte er seine Orientierung wieder. Er erinnerte sich, wie er die Matratze, auf der er lag, im Morgengrauen in Toms Zimmer geschleppt hatte – eine mühsame Angelegenheit –, nachdem er alleine im Garten aufgewacht war, kurz unsicher, ob er das mit Nathalie vielleicht nur geträumt hatte.

»Wo ist das Auto?« Das konnte nur Toms Mutter sein.

Cosmo stützte sich auf die Ellbogen und sah, wie Tom sich schwerfällig in seinem Bett auf die Seite drehte. Er machte: »Hm?« Dann lag er wieder wie tot da.

»Das Auto ist weg! Wo ist es? Tu nicht so verschlafen!«

Sollte er etwas sagen, wenigstens Hallo? Die Matratze lag an der Wand und Toms Mutter hatte ihn noch nicht gesehen. Ihre Augen waren wie Torpedos auf Tom gerichtet.

»Wie *weg*?«, sagte Tom heiser. Er rieb sich das Gesicht.

»Na weg, nicht mehr da, verschwunden!« Toms Mutter stand in der Tür, als rechnete sie jederzeit mit einem Fluchtversuch.

Aber Tom stand nicht mal auf. »Hm-m.«

»Nein, nicht hm-m! Wenn du was damit zu tun hast, sag's lieber gleich.«

Als wäre das ein Startschuss gewesen, wurde Tom lebendiger und seine Empörung klang echt. »Ich?«, sagte er. Wenn er ein schlechtes Gewissen hatte, überspielte er es jedenfalls gekonnt. »Wie kommst du denn darauf?«

»Lass mich mal scharf nachdenken! Wer soll denn sonst was damit zu tun haben? Fassbinder?«

»Scheiße, den hab ich total vergessen.«

»Ich hab ihn schon gefüttert, bleib ruhig liegen!«

»Danke«, sagte Tom.

»Lenk nicht ab!«

»Ich hab mich nur bedankt!«

»Wo ist das Auto?«

»Oh Mann!« Tom stöhnte. »Hast du Hugo gefragt?«

»Nenn ihn nicht Hugo, er ist dein Vater!«

»Hast du mit ihm gesprochen?«

»Nein!«

Cosmo wäre gern aufs Klo gegangen, aber es kam ihm unpassend vor, einfach aufzustehen. Ohne etwas zu sagen.

»Vielleicht wurde es ja geklaut«, schlug er vor.

Toms Mutter sah nicht mal in seine Richtung. Erst als Tom sagte: »Das ist Cosmo. Darf er hier pennen?«

Und schon sah sie wieder weg. »Ist ja nett, dass du fragst!«, sagte sie zu Tom. »Bisschen spät, aber immerhin.«

»Hätt ich dich wecken sollen?«

Cosmo stand auf, aber Toms Mutter blockierte immer noch die Tür. »Was meinst du mit *geklaut*?«, sagte sie.

Er musste irgendwie an den Bullen denken. »Na ja, es ist weg, oder? Das Auto mein ich.«

Ihr Blick war schwer zu deuten, vielleicht ein *Ich weiß nicht, wer du bist, aber!*. Es war definitiv ein *Aber* in ihrem Blick.

Dann hörten sie ein Hupen.

»Mein Taxi«, sagte Toms Mutter und ging.

Tom schien darauf zu warten, dass sie noch mal zurückkam. »Sollen wir die Polizei rufen?«, rief er ihr hinterher. »Ich mein, falls es wirklich geklaut wurde?«

»Ach macht doch, was ihr wollt!«, kam es aus dem Flur. Dann hörten sie die Haustür zuknallen und ein paar Augenblicke später ein Auto draußen wegfahren.

»Meine Mutter«, sagte Tom. So beiläufig, als würde er ihm ein Foto zeigen.

»Und was nimmt die für Drogen?«

»Nur Kaffee«, sagte Tom.

18

Sie kauften sich Kaffee in Pappbechern in einem Stehcafé, dann gingen sie hoch zur S-Bahn und warteten. Das bin ich ihm schuldig, dachte Cosmo. Das mit dem Wagen war zwar Toms Idee gewesen – und eine blöde Idee –, aber es war etwas, das sie gemeinsam gemacht hatten und nun gemeinsam wieder in Ordnung bringen mussten.

Sie stiegen am Westkreuz aus der S-Bahn, gingen die Treppe runter und an der Ampel über die Straße. Eine Minute später standen sie in der Feuerwehreinfahrt. Der Volvo war nicht mehr zugeparkt. Alles, was wir tun müssen, ist einsteigen und losfahren, mehr nicht, dachte Cosmo. Danach würde er rübergehen zu Nathalie und sie küssen. Und er würde sie fragen, ob sie mitkommen wolle mit ihm. Nach Marseille.

Einsteigen, losfahren – und vielleicht noch hoffen, dass sie auf dem Rückweg nach Gräfelfing in keine Polizeikontrolle gerieten. Aber die Gefahr war gering. Es war kurz nach zehn am Vormittag, nicht viel los um diese Zeit: nur ein paar Autos, die gleichgültig an ihnen vorbeifuhren, und ein paar harmlose Fußgänger auf dem Weg zum Einkaufszentrum.

»Wenn wir das Auto zurückbringen, kommt deine Mutter auf jeden Fall dahinter, dass wir damit gefahren sind.«

»Wieso?«, sagte Tom. »Ich war bei den Bullen – die haben den Fall gelöst – die Karre ist wieder da. Alles ist gut.«

»Und das kauft sie dir ab?«

Tom zuckte mit den Schultern. »Das dreh ich schon so hin.« Er dachte einen Augenblick darüber nach, dann war das Thema für ihn erledigt.

»Deine Mutter ist doch nicht blöd.«

»Hab ich das gesagt?«

»Ist das ein Spiel für dich?«

»Was?«

»Alles.«

»Hilfst du mir jetzt?«, sagte Tom. Er war unbeirrbar.

»Was soll ich tun?«, fragte Cosmo.

»Aufpassen, dass niemand kommt.«

»Ach ja? Und wenn jemand kommt?«

»Dafür sorgen, dass er wieder geht!«

Tom sperrte die Fahrertür auf, stieg ein und beugte sich rüber, um die Beifahrertür zu entriegeln. Er wartete ein paar Sekunden, bevor er den Schlüssel ins Zündschloss steckte. Dann drehte er ihn hastig und die Armaturenbeleuchtung ging an.

Aber sonst tat sich nichts.

Tom ließ den Schlüssel los und lehnte sich zurück. Die Tankanzeige stand knapp unter voll, aber irgendwas stimmte nicht. Und er hatte absolut keine Ahnung, was. »Scheiße!« Das war ihm noch nie passiert und er hatte sich den Volvo bestimmt schon dreißigmal ausgeliehen.

Allerdings hatte er da immer alle Zeit der Welt gehabt. Er vermied es, zu Cosmo rüberzusehen. Ihm wurde auf einmal warm, und er spürte sein Herz schlagen, wie beim Ausfragen in der Schule. Oder wenn Nathalie vor ihm stand.

»Das darf nicht wahr sein!«, rief Cosmo und riss die Beifahrertür auf.

»Hey! Blöde Kommentare kann ich jetzt nicht brauchen, ja?«

Cosmo sprang auf den Beifahrersitz und schaute an ihm vorbei auf die Straße.

»Was ist los?«, fragte Tom.

Cosmo deutete auf einen vorbeifahrenden Mofafahrer ohne Helm. Als er aus ihrem Blickfeld verschwand, entspannte Cosmo sich ein wenig. »Das ist der Typ«, sagte er, »dem ich die Kohle geklaut hab.«

»Der auf dem Mofa? Hat er dich gesehen?«

Cosmo zuckte mit den Schultern. »Er ist vorbeigefahren.«

»Hör mal, ich bin schon nervös genug, okay?«

»Was ist mit der Karre?«

»Springt nicht an.«

»Und warum nicht?«

»Keine Ahnung – ich hab sie gefragt, aber sie sagt's mir nicht.«

»Versuchst du's noch mal?«

»Nee. Wenn sie keinen Bock hat, hat sie wahrscheinlich einfach keinen Bock. Klar versuch ich's noch mal!«

»Und?«

»Ich bin grad dabei, verdammt!«

»Du machst überhaupt nichts!«

»Ich konzentrier mich!«

»Du konzentrierst dich? Lass den Wagen an!«

»Hörst du mir nicht zu? Das hab ich gerade versucht! Es hat

nicht funktioniert! Ich weiß nicht, warum! Ich bin grad dabei, es rauszufinden!«

»Scheiße!«, sagte Cosmo. »Nicht schon wieder!«

»Du bist echt 'ne Hilfe, weißt du das?« Aber dann sah Tom ihn auch, diesmal auf der Gegenfahrbahn: Der Typ kam zurück in ihre Richtung, und als er wieder an ihnen vorbeifuhr, drehte Cosmo den Rückspiegel so, dass er ihn durch die Heckscheibe sehen konnte, bis das Mofa in der Bahnunterführung verschwand.

Cosmo zog die Beifahrertür zu.

Es war einfach zum Kotzen! Tom beugte sich vor und drehte den Zündschlüssel wieder bis zum Anschlag nach rechts. Der Motor blieb stumm. Er versuchte es noch mal. Diesmal trat er gleichzeitig ein paarmal aufs Gas. Nichts. Er ließ sich zurück in den Sitz fallen. Es war verdammt heiß hier im Auto! Er kurbelte das Fenster runter. Wenigstens das funktionierte noch.

Tom spürte, dass Cosmo etwas sagen wollte. »Sag jetzt nichts, okay!«

Cosmo nickte.

»Okay! Was? Raus damit!«

»Wie wär's, wenn du deine Mutter anrufst? Sag ihr, was passiert ist, du hast 'ne Dummheit gemacht, es tut dir leid.«

»Sag mal, bist du krank im Kopf? Ich soll meiner Mutter sagen, dass ich eine ›Dummheit‹ gemacht hab? Liegt dir vielleicht sonst noch was auf'm Herzen? Wenn ja, ist grad der richtige Zeitpunkt, okay?«

»Oh Mann!«, sagte Cosmo, mit Blick auf den Rückspiegel.

»Der Typ mit dem Mofa wieder?« Tom drehte sich um und lehnte sich aus dem Fenster. Tatsächlich. Und er hielt direkt neben der Fahrertür! Beugte sich vor, Hände am Lenker, und sah Cosmo durch das offene Fenster an. Das Mofa tuckerte im Leerlauf. Scheiße, dachte Tom, ich bin genau in der Schusslinie!

Er drückte sich in den Fahrersitz, aber erst mal passierte gar nichts. Kein Hallo, kein Faustschlag, kein Zeichen, dass die beiden sich überhaupt wahrnahmen. Nur die Auspuffgase des Mofas wurden langsam unangenehm. Und da war noch ein Geruch, ein vertrauter, er kam nicht gleich drauf. Es war wie ein Wort, das einem auf der Zunge liegt. Dann hatte er es: *McDonald's*, der Typ roch nach *McDonald's*.

Die Uhr am unteren Tachorand stand auf 10 Uhr 12. Wenn sie auf 10 Uhr 13 umschlug, würde *er* etwas sagen.

Dann sagte der Typ: »Ich kenn dich.«

Und Cosmo? Sah ihn nur an. Abwartend, fast gleichgültig. Eindeutig Bluff.

»Woher nur?«, sagte der Typ.

Er war fast sympathisch. Aber da war noch etwas, versteckt wie der Hamburger-Geruch. Wobei Tom sich inzwischen fragte, ob seine Nase ihm da vielleicht einen Streich spielte, immerhin hatte er noch nicht gefrühstückt.

»Du hast mir mal aufs Maul gehauen. Da drüben.« Cosmo deutete zum Einkaufszentrum.

Definitiv die falsche Antwort.

Aber der Typ sagte nur: »Ehrlich?«

»Kein Scheiß«, sagte Cosmo.

Der Typ schien wirklich überrascht zu sein. »Wann?«

»Schon ein paar Jahre her.«

»Was hast 'n angestellt?«

»Mir ein Eis gekauft«, sagte Cosmo.

»Dir ein Eis gekauft?«

»Kein Scheiß«, sagte Cosmo.

»Das war alles?« Der Typ fing an zu lachen. Fast ansteckend.

»Kann mich nicht erinnern«, sagte er.

Und Cosmo: »Ich mich schon.« Trocken wie Brot in der Wüste.

»Hm. Noch sauer deswegen?«

Cosmo ließ sich wieder alle Zeit der Welt. »Wie gesagt, schon ein paar Jahre her.«

Der Typ stieg von seinem Mofa, stellte es ab, machte es aus. Den Schlüssel ließ er stecken. Dann kam er noch näher! Ellbogen auf der Fensteröffnung, Kopf halb im Wagen, keine Lineallänge von Toms Nase entfernt. Immerhin wusste er jetzt, dass er sich die Hamburger nicht einbildete.

»Was können wir denn da machen?«, sagte der Typ.

»Weiß nicht«, sagte Cosmo.

»Vielleicht kann ich's ja wiedergutmachen? Wem gehört denn die Karre?«

»Nicht uns«, sagte Cosmo.

»Gibt's irgendwie Zeitstress, der Besitzer irgendwo?«

»Das ist nicht das Problem«, sagte Cosmo.

»Und was ist das Problem?«, fragte der Typ.

»Die Karre will nicht anspringen.«

Der Typ schien darüber nachzudenken. Dann sagte er: »Ist euer Glückstag!« Er zog die Fahrertür auf und wartete. »Lass Papi mal ran!« Als wäre es selbstverständlich, dass Tom ausstieg.

Eine Stimme in ihm sagte: Tu's nicht! Andererseits mussten sie die Karre ja irgendwie wieder in Gang kriegen. Er stieg aus, machte einen Schritt zur Seite und der Typ setzte sich ans Steuer.

Tom hatte das Gefühl, irgendetwas sagen zu müssen, also versuchte er, es so beiläufig wie möglich zu bringen: »Wie viel Autos hast 'n du schon geklaut?«

Der Typ grinste. »Hab aufgehört mitzuzählen. Mach dir nichts draus, jeder fängt mal an. Ich erinner mich noch an *mein* erstes Auto – damit bin ich gerade mal aus der Einfahrt gekommen.«

»Und dann?«

»Kam 'n anderes Auto. Glaubt man gar nicht, wie laut das sein kann.« Der Typ drehte den Zündschlüssel vorsichtig nach rechts und überflog mit einem Blick die Leuchtanzeigen unter dem Tacho. Das gelbe Licht ganz links ging wieder aus. Der Typ nickte fachmännisch. Er prüfte die Gangschaltung und nahm den Gang raus. Dann drehte er den Zündschlüssel bis zum Anschlag nach rechts. Der Wagen sprang sofort an. Er brummte gleichmäßig im Leerlauf. »Ist 'n alter Diesel«, sagte der Typ. »Musst du vorglühen lassen.«

Cosmo spürte, dass sie in der Falle saßen, und er hatte keine Ahnung, wie sie da wieder rauskommen würden. Um Zeit zu gewinnen, zündete er sich eine Zigarette an – und musste plötzlich an Bruce Willis denken. Der würde mit der einen Hand sein Feuerzeug wegstecken und gleichzeitig mit der anderen die Zigarette aus dem Mund nehmen und die Glut Kevin ins Auge drücken. Ganz beiläufig, langsam. Kevin würde losbrüllen wie ein Schwein beim Schlachten. Cosmo konnte sich das genau vorstellen, Bild für Bild. Wie Bruce Willis das tun würde, in einem Teil von *Stirb langsam*, den es nicht gab. Das Problem war nur: *Er* würde das mit der Zigarette nicht durchziehen können – da war sich Cosmo sicher.

Aber dann wurden seine Überlegungen sowieso hinfällig. »Das ist ein Nichtraucher-Auto«, sagte Tom.

Es war ihm so rausgerutscht und Tom bereute es sofort.
»Ein *Nichtraucher*-Auto?«, sagte der Typ misstrauisch.
Scheiße! Nicht mal sein Vater rauchte darin – und ausgerechnet das war ihm in den Sinn gekommen! »Na ja. Riecht man doch«, versuchte Tom sich herauszureden.
»Regel Nummer eins«, sagte der Typ. »Wenn du ein Auto geklaut hast, ist es deins. Bist du Nichtraucher?«
Scheiße! »Ich hab nur an den Wiederverkaufswert gedacht.«
»Du willst die Kiste *verkaufen*? Wem denn?«
Scheiße, scheiße, scheiße! Tom deutete auf Cosmo. »Das ist sein Job.«

Das Misstrauen verschwand wieder aus Kevins Blick. Kevin lächelte. Cosmo wusste jetzt, dass er mit ihnen spielte.
»An jemand Bestimmtes gedacht?«, fragte Kevin.
Und das Spiel war fast zu Ende.
»Wem würdest du es denn verkaufen?«, sagte Cosmo.
»Du könntest es mir verkaufen«, meinte Kevin. »Die Kohle hast du ja schon.«
Cosmo zog an seiner Zigarette und aschte in den Rinnstein. Er musste an Dennis Hopper denken, in *True Romance*, bevor Christopher Walken ihn umlegte.
Er sah Kevin an. »Hast ja gar nicht deine Stiefel an. Sind wohl noch nicht trocken!«
Es war genau die Handbewegung, die er selbst gern ausgeführt hätte, ganz entspannt, nicht fester als eine symbolische

Ohrfeige. Kevin traf ihn am Kehlkopf und ihm blieb die Luft weg. Er ließ die Zigarette fallen und konnte sogar noch das Brandloch sehen, das im Teppich zwischen seinen Schuhen entstand. Dann stieß Kevin ihn aus dem Wagen. Er versuchte sich mit einer Hand abzufangen, machte eine schmerzhafte Drehung und landete auf dem Rücken.

Kevin legte einen Gang ein und fuhr los. Die Beifahrertür knallte gegen den alten Golf vor ihnen und fiel zu.

Cosmo versuchte zu schlucken. Ging nicht.

Tom starrte fassungslos dem Volvo hinterher. Dann trat er gegen das Mofa und das Mofa fiel um.

Cosmo versuchte sich zu räuspern. Ging auch nicht.

»Scheiße«, sagte Tom. »Scheiße! Scheiße! Scheiße!«

Schließlich bekam Cosmo wieder einigermaßen Luft. Aber sein Hals tat höllisch weh. »Schon mal Mofa gefahren?«

Immerhin klang er jetzt wie Bruce Willis.

19

Man hätte eine Leiche in dem Koffer verstecken können. Cosmo zählte zehn T-Shirts, drei Jeans, drei Paar Schuhe, zwölf Paar Socken, eine Kapuzenjacke. Plus Isomatte, Schlafsack, Taschenlampe und ein Leatherman. Er fragte sich, was Tom noch in seinem Schrank suchte, vielleicht ein paar Kuscheltiere.

»Mist!«

»Was?«

»Meine Unterhosen!«

»Jetzt beruhig dich mal!«

»*Beruhigen*? Ich bin total im Arsch!«

»Weil du keine Unterhosen mehr hast?«, sagte Cosmo. »Du nimmst sowieso zu viel Zeug mit, hebst dir ja 'n Bruch mit dem Koffer!«

»Der hat Rollen.«

»Oh Mann, willst du verreisen oder abhauen?«

»Jetzt schalt mal 'n Gang runter, ja? Wem hab ich denn die Situation hier zu verdanken?«

»Ist das mit der Karre von deinem Vater auf einmal meine Idee gewesen? Na wenn's dich tröstet, bitte!«

Tom schlug die Schranktür zu, schob den Koffer beiseite und setzte sich auf die Bettkante. »Was soll ich denen denn sagen?«

»Du musst nur ein bisschen – nicht mal lügen, nur die Wahrheit verdrehen. Ist doch genau dein Ding.«

Tom stützte die Ellbogen auf die Knie und fuhr sich mit den Händen durchs Haar. »Dazu muss man in der richtigen Stimmung sein«, sagte er schwach.

»Letzte Nacht warst du's«, sagte Cosmo. »Mit dem Bluff hättest du ein Pokerturnier gewinnen können. Hast du das schon vergessen, wie der Bulle vor der Tür einfach wieder abgezogen ist? Jetzt hör mal! Die Karre wurde geklaut, richtig? Wo genau, müssen die nicht wissen. Und wenn einer danach fragt, sagst du einfach, vor eurer Haustür und wann deine Mutter es bemerkt hat. Du gibst eure Adresse durch, Telefonnummer, beschreibst den Wagen, gibst das Nummernschild durch, basta.«

»Und wenn sie den Kerl schnappen?«, fragte Tom. »Der sagt ihnen was anderes.«

»Und wenn schon! Dem glaubt keine Sau, der baut Scheiße am laufenden Band, der ist Stammgast bei den Bullen. Wahrscheinlich finden sie die Karre sowieso irgendwo am Straßenrand, Tank leer, Tür offen, Schlüssel steckt.«

»Ich weiß nicht, ob ich das noch mal bringe«, sagte Tom. »Die Bullen anlügen.«

»Nicht anlügen – an*rufen*!«

Tom stöhnte Seine Haare waren zerzaust. »Kannst du das nicht machen?«

Die Tür zum Garten stand offen. Cosmo hatte eine Vermutung, was Tom draußen machte. Eine eigene Tür in den Garten – allein das war ein Grund, nicht wegzulaufen. Ganz zu schweigen von einem eigenen Garten! Er hatte recht, Tom zog konzentriert an einem Joint. Hinter dem Haus, unter einem Baum, wieder ganz locker.

»Ich hab ›Beruhig dich‹ gesagt, nicht ›Bekiff dich‹!«

»Kiffen beruhigt mich.«

»Gerade noch so tief in der Scheiße und plötzlich scheint wieder die Sonne, was?«

»Was bist 'n so angepisst?«

»Deine Mutter muss heut noch zu den Bullen«, sagte Cosmo genervt. »Wegen der Anzeige. Kannst du dir das merken? In Planegg. Ich wusste nicht, wann sie von der Arbeit kommt. Ich hab den Bullen gesagt ...«

»In der Regel gegen sieben«, hörte er plötzlich hinter sich. »Heute schon etwas früher!«

Tom hatte seine Mutter schon öfter so wütend gesehen, aber noch nie seinetwegen.

Normalerweise würde er alles abstreiten und den Unschuldigen geben, bis sie die Lust am Streiten verlor – aber ein Blickwechsel genügte, und ihm war klar, dass er jeden Bonus bei ihr verspielt hatte. Sie stand an der Gartentür und fixierte den Joint in seiner Hand.

Er wusste nicht, was er damit tun sollte. Ihn unauffällig verschwinden zu lassen, war nicht mehr drin.

Ihn einfach ausdrücken?

Vielleicht konnte er vorher ja noch mal dran ziehen?

Cosmo rechnete damit, dass Toms Mutter erst mal ihn rausschmeißen würde, bevor sie sich Tom vorknöpfte. Aber dann tauchte der Bulle hinter ihr auf, und ihm war klar, dass er so einfach nicht davonkommen würde.

Er war nicht wirklich überrascht, Berger zu sehen. Mehr enttäuscht – wie wenn die gegnerische Mannschaft in der letzten Minute das entscheidende Tor schießt.

»Machst du den vielleicht mal aus?«, sagte Berger zu Tom.

Tom war immer noch wie gefesselt unter den Blicken seiner Mutter. Berger ging zu ihm und nahm ihm den Joint weg. Tom schien fast dankbar dafür.

»Woher hast du das?« Berger hob die zerknüllte Frischhaltefolie mit dem restlichen Gras auf.

Als Tom nicht antwortete, sagte seine Mutter, noch immer an der Gartentür: »Geklaut! Von seinem Vater.«

Berger hielt den Joint hoch; ein dünner Rauchschwaden verlor sich in der Luft. »Ich weiß, ihr wollt das nicht hören. Ich sag's euch trotzdem. Jeder Junkie hat damit mal angefangen! Nicht jeder, der das raucht, wird ein Junkie. Aber jeder Junkie hat *damit* angefangen!« Berger drückte vorsichtig die Glut im Rasen aus, dann wickelte er den Joint in ein Taschentuch und steckte ihn mit dem übrigen Gras in seine Tasche. »Ist eure Entscheidung!«

»Amen!«, sagte Cosmo. Das musste einfach sein. »Und was machen Sie damit, nach Feierabend selber rauchen?«

»Hol deinen Rucksack!«, sagte Berger.

Cosmo folgte ihm zur Einfahrt. Sie konnten Toms Mutter noch hören, ihre Stimme immer leiser: »Mein Gott, du weißt doch, wie dein Vater an dem Wagen hängt! Der wird durchdrehen, wenn er das erfährt. Zum Glück ist der Junge noch am Leben! Aber die Versicherung übernimmt keinen Cent!«

»Ist nur die Karre kaputt oder hat Arschgesicht auch was abbekommen?«, fragte Cosmo. Es machte ihm nichts aus, mit dem Bullen mitzugehen. Er wusste ja, wo es hinging. Dann würde er eben morgen noch mal aus dem Heim abhauen.

»Er hat Glück gehabt«, sagte Berger. »Hat sich nur den Arm gebrochen.«

»Na wenigstens etwas.«

»Er hat gesagt, du hättest ihm einen Haufen Geld geklaut. Ist da was dran?«

Cosmo nahm den Geldgürtel aus seinem Rucksack und gab ihn Berger. »Vierzehnhundert. Fünfzig fehlen. Die hat er mir noch geschuldet.«

Berger verstaute den Geldgürtel im Handschuhfach.

»Hat Saftsocke auch was von dem Mofa erzählt? Ist uns abgesoffen, zwei Straßen von hier. Würd mich nicht wundern, wenn er das auch geklaut hat.«

»Wahrscheinlich.« Berger deutete auf den Beifahrersitz.

»Ganz ehrlich«, sagte Cosmo, »die Fahrt können wir uns eigentlich auch sparen.«

»Was meinst du damit?«

Cosmo fiel auf, dass das Gartentor nebenan offen stand. Er musste an Nathalie denken. »Glauben Sie etwa, ich bleib diesmal länger?«

Berger grinste. »Wer sagt denn, dass wir in die Valrasstraße fahren?«

»Wohin denn sonst?«

Berger ließ den Motor an. »Zu deinem Vater.«

20

Cosmo hatte oft davon geträumt: Er ist allein in der Wohnung, es klingelt, er öffnet die Tür – und da steht er, sein Vater. Es gibt kein Fremdsein, sie haben sich nur lange nicht gesehen. Dann dieses Gefühl der Erleichterung – endlich!

Es war ein Traum, der ihn jetzt wütend machte: auf sich selbst, weil er so naiv gewesen war, ihn zu träumen – und auf Berger, weil er ihn zerstört hatte. Ein kalter Schwall Wasser, der einen von hinten erwischt.

Wie lächerlich so ein Traum ist, wenn er vor der Wahrheit zusammenfällt! Aber was hatte er denn erwartet? Dass sie sich in die Arme fallen? Dass sein Vater die ganze Zeit an ihn gedacht hatte?

Ihm gegenüber saß ein Fremder. Auch wenn er noch den gleichen Schnurrbart hatte, der ihn als Kind so gekitzelt hatte. Und die zu groß geratene Nase – weswegen sein Vater früher immer darauf geachtet hatte, sich nicht von der Seite zu zeigen, vor allem, wenn er fotografiert wurde.

Sein Vater schaute ihm auch jetzt direkt in die Augen, aber nur kurz. »Nur dass das gleich klar ist«, sagte er schmallippig. »Ich treff mich nicht freiwillig mit dir. Also bringen wir das hinter uns!«

Was sich verändert hatte, war sein Mund: Seine Vorderzähne sahen aus wie kleine Knochenstumpen. Er musste sie sich ausgeschlagen haben. Oder ein anderer hatte sie ihm ausgeschlagen. Und er hatte in den letzten vier Jahren mindestens zwanzig Kilo verloren. Aber er war sauber gekämmt und glatt rasiert.

»Haben sie dich gezwungen?«, fragte Cosmo. »Mich zu sehen.«

»Sie haben's mir nahegelegt, sagen wir mal so.«

Cosmo warf einen Blick auf die Überwachungskamera an der Decke. Er ging davon aus, dass Berger in einem anderen Raum vor einem Bildschirm saß und ihn sehen konnte. Cosmo dachte daran, ihm seinen Mittelfinger zu zeigen, dann entschied er sich dagegen. Berger würde er sich später vornehmen.

»Das heißt, du hättest Nein sagen können.«

Sein Vater schnaufte. »Was willst du?«

Cosmo starrte auf die weiße Tischplatte zwischen ihnen. Was sollte er darauf antworten? Vor allem nicht losheulen! Er zwang sich, seinen Vater wieder anzusehen. »Du hast also eingewilligt, um keinen Ärger zu kriegen? Okay. Sie ist tot. Weißt du das?«

»Hat man mir gesagt.«

»Hat man dir gesagt?«

»Ja.«

»Und lässt dich das kalt?«

Sein Vater wirkte auf eine verbissene Art gleichgültig. »Nein«, sagte er. »Aber ich kann auch nicht sagen, dass es mich traurig macht.« Wie ein Hund, der nur darauf wartet, dass man ihm den Maulkorb abnimmt.

»Vier Jahre«, sagte Cosmo. »Vier *beschissene* Jahre! Und du hast dich nicht mal verabschiedet! Du warst einfach weg!«

»Bist du deswegen hier? Um mir das an den Kopf zu werfen?«

»Ich wär ja schon früher gekommen! Wenn ich gewusst hätte, wo du steckst!«

Sein Vater faltete die Hände ineinander, wie um sie unter Kontrolle zu halten. »Deine Mutter hat dir nie was gesagt?«

»Nein.«

Sein Vater nickte. Dann atmete er tief ein, lehnte sich zurück und atmete hörbar wieder aus. »Spielst du noch Fußball?«

Cosmo schüttelte den Kopf.

»Warum nicht?«

»Ich war nicht gut genug.«

»Aber dir hat's Spaß gemacht, oder?«

Solang du zugeschaut hast!, lag Cosmo auf der Zunge. Aber stattdessen sagte er: »Vier Jahre!«

»Willst du wissen, warum?«

»Warum du hier gelandet bist oder warum du damals einfach aus unserem Leben verschwunden bist?« Er suchte den Blick seines Vaters. »Nein danke!« Cosmo stand auf. Er merkte, dass seine Hände zitterten.

»Cosmo, warte!«

»Ich hab lang genug auf dich gewartet! Jetzt nicht mehr!«

Justizvollzugsanstalt. Schon das Wort war deprimierend, so deprimierend wie der Besucherraum mit den vergitterten Fenstern und den am Boden festgeschraubten Tischen und Stühlen. So ernüchternd wie der Putzmittelgeruch im Gang hierher. Absolut zukunftslos. Er wollte nur noch raus hier.

Berger klemmte sich hinter einen Sattelschlepper und blieb auf der rechten Spur. Er fuhr konstant neunzig – Fenster unten, linker Arm draußen, Fahrtwind im Gesicht. Auch Cosmo hatte sein Fenster unten. Nur so ließ sich die Hitze aushalten.

»Sie haben's echt drauf, einem den Tag zu versauen!«, sagte der Junge. »Warum haben Sie mir nicht gesagt, wohin es geht?«

»Du hast nicht gefragt.« Auf der ganzen Hinfahrt nicht – um sich keine Blöße zu geben, schätzte Berger. Wie jetzt auch. »Hat er dir gesagt, weswegen er sitzt?«

»Das haben Sie doch gesehen, oder?«

»Glaubst du, ich hab euch beobachtet?«

»Etwa nicht?«

»Würd ich dich dann fragen?«

Cosmo schaute aus dem Fenster.

»Willst du's wissen?«

»Nein!«

»Ich sag's dir trotzdem.«

»Ich will's nicht hören!«

»Und ich will nicht, dass du dir irgendeinen Scheiß zusammenreimst!«

»Ich hab ihn gesehen – das reicht!«, sagte Cosmo. »Ist mir schon klar, dass er kein Held ist. Hat 'ne Weile gedauert, aber jetzt weiß ich's.«

»Du weißt gar nichts.«

»Ja, und Sie haben 'ne Privatleitung zum lieben Gott!«

Berger hatte sich entschieden. Er hielt es für besser, dass Cosmo erfuhr, weswegen sein Vater einsaß. Auch wenn der Vater ihn gebeten hatte, es Cosmo nicht zu erzählen. Der Mann glaubte, seinem Sohn fiele die Trennung von ihm leichter, wenn er ihn hasste – weil er ihn für ein Arschloch hielt, das einfach abgehauen war.

Aber das war falsch. Berger hätte an der Stelle des Jungen die Wahrheit wissen wollen. Egal, wie schön eine Lüge klang, die Wahrheit war immer besser. Und diese Lüge klang nicht mal gut. Der Junge war vier Jahre lang an der Nase herumgeführt worden und das war sicher nicht zu seinem Besten gewesen.

»Jedenfalls danke für den tollen Ausflug!«, sagte Cosmo. »Echt schade, dass ich schon wieder *heim*muss!«

Als er das Schild sah am Fahrbahnrand, *P 500 m*, setzte Berger den Blinker und wurde langsamer. Er fuhr rechts ab und hielt vor einer Mülltonne, die zwischen zwei Picknicktischen stand.

»Du *musst* nicht ins Heim, Cosmo! Wann verstehst du das endlich? Das Heim ist keine Strafe, ich bring dich da nicht hin, weil du Scheiße gebaut hast! Also hab dich nicht so, als müsstest du unschuldig ins Gefängnis! Das Heim ist kein Gefängnis! Das müsste dir eigentlich aufgefallen sein – du warst gerade in einem!«

»Waren wir deswegen da?«, fragte Cosmo. »War das der Grund?«

»Ganz ehrlich? Ja, auch deswegen!«

»Haben Sie geglaubt, Sie kriegen mich damit weich?«

Als würde der Junge nur darauf warten, dass er ihm eine knallte – und Berger war wirklich kurz davor. Er musste sich beherrschen, um nicht loszubrüllen. Der Junge traf einen wunden Punkt in ihm. Als hätte Cosmo es sich zur Aufgabe gemacht, ihm zu beweisen, wie zwecklos seine Arbeit war.

»Ich bin nicht dein Feind, Cosmo!«

Und peng – der Junge hatte auf alles eine Antwort: »Mein Feind vielleicht nicht. Aber auch nicht mein Freund! Sie machen nur Ihren Job!«

Es war unglaublich: Der Junge hatte gerade erst seinen Vater wiedergesehen, nach vier Jahren, im Besuchsraum einer JVA, und es war gerade mal einen Tag her, dass der Junge seine Mutter verloren hatte! Und trotzdem würde er ihn am liebsten aus dem Wagen schmeißen!

Stattdessen öffnete Berger das Handschuhfach und nahm das Päckchen mit dem Gras und dem Joint heraus, das er Tom abgeknöpft hatte, dann stieg er aus. Cosmo blieb sitzen, und kurz überlegte Berger, ob es ein Fehler war, dass er den Schlüssel stecken gelassen hatte. Er klappte den Deckel der Mülltonne auf, nahm das getrocknete Gras aus der Verpackung und zerbröselte es über dem Abfall. Das Gleiche machte er mit dem Joint. Er sah nicht direkt zu ihm rüber, aber er konnte sehen, dass Cosmo ihn beobachtete.

Er klappte den Mülltonnendeckel zu, wischte sich im Gehen die Hände an der Hose ab und setzte sich wieder ans Steuer. »Ich mach hier nicht nur meinen Job. Das grad eben war ganz sicher nicht mein Job! Und unser kleiner Ausflug hier auch nicht. Ich hätt mir nicht mal die Mühe machen müssen, deinen Vater zu suchen. Wenn ich ›nur meinen Job‹ machen würde, dann würden wir jetzt wahrscheinlich immer noch auf dem Revier sitzen – du, dein Kumpel und seine Mutter, und ich natürlich, ich am Computer, und dein Kumpel würde noch mehr Ärger kriegen, als er jetzt schon hat, und irgendwann würde jemand vom Jugendamt kommen und dich mitnehmen. Und ich? Ich mach Feierabend. So viel zu meinem Job! Und was deinen Vater angeht – er ist eines Tages früher aus der Arbeit gekommen und erwischt deine Mutter mit einem anderen im Bett, auch noch ein Freund von ihm. Ist ein Klassiker, fast schon Klischee, passiert aber trotzdem immer wieder. Dein Vater haut ihm eine rein und der Typ stürzt unglücklich. Tischkante, Loch im Kopf, Totschlag. Deine Eltern hielten es anscheinend für besser, das vor dir geheim zu halten. Deswegen hast du nie erfahren, warum dein Vater auf einmal weg war.«

Wenn diese Neuigkeit den Jungen schockte, dann ließ er sich das jedenfalls nicht anmerken.

Berger drehte den Zündschlüssel um und gab Vollgas. Es war einer dieser Autobahnparkplätze, dessen Ausfahrt viel zu kurz war. Er reihte sich in den Verkehr ein, schaute in den Rückspiegel, wechselte auf die linke Spur.

Ein echter Cowboy! Auch Berger hatte sich mal dafür gehalten. Einer, der mit jedem fertig wird, in jeder Situation. Der nicht zögern würde abzudrücken, wenn es um sein Leben geht. Hatte er das wirklich geglaubt? Und dann kam dieser Junkie mit einem Küchenmesser – willkommen in der Wirklichkeit!

Und jetzt? Jugendbeamter in München, sozialer Brennpunkt. Ob das wirklich der vernünftige, logische, der richtige Schritt war nach seiner Entlassung aus dem Krankenhaus? Berger war sich nicht mehr sicher, wenn er sich den Jungen auf dem Beifahrersitz ansah.

Er hielt in zweiter Reihe und ließ den Motor laufen. »Ich lass dich hier raus.« Das Heim lag am anderen Ende der Straße. »Ob du da reingehst, ist deine Entscheidung. Und auch, ob du drinbleibst.«

21

Veronika Konrat lehnte neben dem Eingang, Landsbergerstraße 263. Sie hatte in der Arbeit angerufen und sich den Rest des Tages frei genommen. Dann war sie mit dem Bus nach Pasing gefahren. Die Adresse stand in ordentlichen Blockbuchstaben auf der Rückseite der Visitenkarte, die Berger ihr gegeben hatte, bevor er mit dem Jungen, Cosmo, verschwunden war.

»Falls es noch irgendwas gibt«, hatte er vage gesagt, ihr dabei aber kurz in die Augen gesehen.

Mit jedem Klingeln wurde Veronika unsicherer. Sie wusste ja selber nicht genau, was sie von Berger wollte. Sich bedanken? Nachdem Berger mit Cosmo gegangen war, hatte sie Tom ins Bett geschickt. So bekifft, wie Tom war, verstand er nicht mal die Hälfte von dem, was sie ihm sagte, und er war so müde, dass ihm die Augen zufielen.

Trotzdem hatte er ihr zuliebe versucht, wach zu bleiben. Wie um ihr den Anschiss nicht zu versauen. Oder wie als kleiner Junge, damals als Zweijähriger im Gitterbett, in seinem Kermit-der-Frosch-Schlafsack, wie er sie mit immer kleiner werdenden Augen anschaute, die er aber, kurz bevor sie ganz zufielen, wieder weit aufriss.

Es waren kleine, blitzlichtartige Erinnerungen wie diese, die es Veronika unmöglich machten, Tom für längere Zeit wirklich böse zu sein. Abgesehen davon glaubte sie, dass Tom fast alles, was er machte – aber vor allem seine Fehler –, nur machte, um die Aufmerksamkeit seines Vaters zu gewinnen.

Oh Gott, sie klang ja schon wie dieses Selbsthilfebuch, das ihre Yogalehrerin ihr angedreht hatte!

Veronika trat aus dem Schatten der Hauswand an den Gehsteigrand. Sie hatte ihre Sonnenbrille vergessen und hielt sich die Hand schützend vor die Stirn. Es gab eine Trambahnhaltestelle an der nächsten Ampel. Sie war auf einmal froh, dass Berger nicht zu Hause war. Was wollte sie denn von ihm – ihm ihr Herz ausschütten? Hervorragend! Vielleicht könnten sie danach ja noch eine Runde meditieren.

Die Gemüsekiste lag auf dem Beifahrersitz: ein Doppelpack Tiefkühlpizza, zwei Vorratspackungen Nussmüsli, genügend Milch für eine Woche und eine DVD vom Wühltisch an der Kasse. Es war eine deprimierende Perspektive, sich mit einer Tiefkühlpizza vor den Fernseher zu hocken, aber immerhin war die DVD ein Glücksgriff, *Mörderischer Vorsprung*, einer der besten Actionfilme überhaupt. Für fünf neunundneunzig.

Die Ampel schaltete wieder auf Rot. Berger war auf der Linksabbiegerspur, er musste die Bremse nur antippen, um wieder zum Stehen zu kommen. Pro Ampelphase schafften es gerade mal vier Wagen über die Kreuzung. Zwei waren noch vor ihm. Berger schaute in den Außenspiegel. Ein Ende der Autoschlange hinter ihm war nicht zu sehen.

An der Trambahnhaltestelle warteten ein paar Mädchen mit Badetaschen, vielleicht vierzehn, fünfzehn Jahre alt, sie unterhielten sich lachend und waren alle ständig in Bewegung.

Berger fand es erstaunlich, dass sie so voller Energie waren trotz der Hitze.

Kamen die Mädchen vom Baden oder machten sie sich erst auf den Weg? Das Westbad war nicht weit von hier und hatte noch ein paar Stunden auf. Zum Baden fahren! Nicht unbedingt ins Freibad – an einen der Seen im Umland, das sollte er tun! In zweiter Reihe halten, kurz die Einkäufe hochbringen, sich ein Handtuch schnappen, dann wieder in den Wagen und los. Oder gleich los! Wozu brauchte er ein Handtuch? Und um die Pizzas war es nicht wirklich schade.

Oder er könnte ins Kino gehen und sich statt der DVD einen Film anschauen, den er noch nicht kannte. Allemal besser als in einer Wohnung zu hocken, die immer noch aussah wie die Ladefläche eines Siebeneinhalb-Tonners, voller Umzugskartons, die noch genauso dastanden wie am Tag nach seinem Einzug.

Diese verfluchte Ampel!

Einen Augenblick lang glaubte Berger, er würde tagträumen, als er Veronika Konrat an der Haltestelle sah. Genau dort, wo gerade eben noch die Mädchen gestanden hatten. Sie setzte sich auf die Metallgitterbank neben dem Fahrscheinautomaten und lehnte sich mit dem Rücken gegen das Plexiglas der Überdachung. Keine zehn Meter entfernt. Und die Mädchen verließen die Haltestelle und gingen auf ein paar Jungs zu.

Dann kam die Trambahn, hinter ihm fing es an zu hupen – Grün, scheiße! – und er hatte Toms Mutter immer noch nichts zugerufen. Die Trambahn hielt genau zwischen ihnen. Berger konnte Veronika Konrat erst wieder sehen, als sie einstieg. Dann schaltete die Ampel auf Rot und die Trambahn fuhr los.

22

Noch im Halbschlaf hatte Tom gehofft, nur geträumt zu haben, ein Albtraum, der endlich vorbei war. Aber nichts war vorbei. Er schwitzte, sein Herz schlug immer schneller und auf einmal verschwammen pulsierende Farben vor seinen Augen. Tom legte sich wieder hin. Und bekam keine Luft mehr. Es war, als hätte er vergessen, wie man im Liegen atmet. Dann fror er plötzlich. Obwohl sein Wecker, links unter der Uhrzeit, achtundzwanzig Komma sechs Grad anzeigte.

Er musste unbedingt raus hier! Etwas stimmte nicht mit ihm und er brauchte Hilfe. Er rief nach seiner Mutter. Er brachte keinen Ton heraus. Diesmal hatte er wirklich Scheiße gebaut! Es war auch kein Pech diesmal – oder die Schuld von jemand anderem –, es war *seine* Entscheidung gewesen, er hatte den Wagen nehmen wollen. Ein Stein fiel auf den nächsten, aber den ersten hatte er selbst umgestoßen. Und irgendwie war es auch seine Schuld, wenn Cosmo wieder im Heim landete. Hätte er auf ihn gehört und den Wagen nicht genommen, wäre der Bulle nie in ihrem Garten aufgetaucht. Es war einfach zum Kotzen. Er war der größte Angeber, den er kannte. Warum sonst hatte er den Wagen genommen?

Tom stand wieder auf, diesmal vorsichtiger. Es war später

Nachmittag. Er ging mit wackligen Beinen ins Badezimmer, stützte sich am Waschbecken ab und drehte den Wasserhahn auf, er hatte einen staubtrockenen Mund. Nachdem er getrunken und sich das Gesicht gewaschen hatte, fühlte er sich etwas besser. Er stieg in die Badewanne, ohne sich die Mühe zu machen, sich vorher auszuziehen. Er ließ das Wasser auf seinen Kopf prasseln, erst warm, dann nach und nach immer kälter, bis er es nicht mehr aushielt. Dann hockte er sich auf den Badewannenrand und quälte sich aus seinen nassen Klamotten. Er fühlte sich immer noch schwach. Ihm fiel ein, dass er den ganzen Tag nichts gegessen hatte.

Er trocknete sich ab und wollte in die Küche gehen. Doch im Flur blieb er stehen. Das Haus war viel zu still. Tom ging in sein Zimmer und zog sich schnell an. Er hatte ein mulmiges Gefühl. Er schaute nur kurz in die Küche und ins Wohnzimmer, dann stieg er die Treppe hoch. Er klopfte, bevor er in das Zimmer seiner Mutter ging. Es war leer. Dann schaute er in das Zimmer seines Vaters. Es gab drei große Fenster, nach Osten, Süden und Westen, aber er konnte nur Fassbinder im Garten entdecken, schlafend unter dem Baum am Gartentor. Immerhin einer, den nichts erschüttern konnte.

Tom wählte die Handynummer seiner Mutter, erreichte sie aber nicht. Sie hatte sogar ihre Mailbox deaktiviert. Also rief er bei ihr in der Arbeit an, aber eine Kollegin von ihr sagte nur, dass sie sich für den Rest des Tages frei genommen hatte.

Tom fand nicht mal eine Notiz von ihr in der Küche und das konnte nur ein schlechtes Zeichen sein. Vielleicht war er diesmal wirklich zu weit gegangen? Und sie hatte endgültig genug von ihm. Gewöhnlich schrieb sie ihm immer einen Zettel oder eine SMS; er wusste immer, wo sie war oder wann sie zurückkam. Ihre Aufmerksamkeit war ihm manchmal fast zu viel.

Doch jetzt fehlte sie ihm. Er nahm die Packung Cornflakes und eine Schüssel aus dem Regal, holte die Milch aus dem Kühlschrank und setzte sich an den Küchentisch. Als Fassbinder winselnd ankam, stellte Tom die Schüssel mit den Cornflakes auf den Boden. Er hatte keine Ahnung, woher der Hund wusste, dass es was zum Abstauben gab – er konnte die Cornflakes schlecht vom Garten aus gerochen haben. Aber Tom hätte sowieso keinen Bissen runtergebracht.

23

Berger holte die Trambahn an der nächsten Haltestelle ein. Er sah, dass Veronika Konrat nicht ausstieg, und als die Ampel vor ihm auf Rot schaltete, gab er Vollgas und donnerte mit kreischendem Martinshorn über die Kreuzung. Zwei Kreuzungen weiter fand er eine Parklücke. Im Rückspiegel konnte er sehen, wie die Trambahn näher kam.

Berger nahm das Blaulicht vom Dach, ließ den Wagen stehen und lief am Straßenrand entlang, bis er auf Höhe der nächsten Haltestelle war. Dann rannte er zwischen zwei vorbeifahrenden Autos über die Fahrbahn und kam gerade noch rechtzeitig. Er quetschte sich durch die automatisch schließende Tür im hinteren Abteil der Trambahn und setzte sich Toms Mutter gegenüber.

»Ist hier noch frei?«, fragte er.

Veronika Konrat musterte ihn halb überrascht, halb skeptisch. »Waren Sie das mit dem Blaulicht?«

»Ich hab Sie an der Haltestelle gesehen, vor meiner Wohnung.« Er war immer noch außer Atem.

»Und da sind Sie mir hinterhergefahren?«

»Ich hab mir gedacht, das kann kein Zufall sein.«

Auf einmal war er sich da nicht mehr sicher, so wie sie ihn

gerade ansah. Vielleicht war es ja doch Zufall. Aber dann sagte sie: »War es auch nicht. Ich wollte zu Ihnen.«

»Haben Sie lange gewartet?«

»Bis mich der Mut verlassen hat.« Sie lächelte.

Als würde sie ihm ein Zeichen geben. Eine stille Übereinkunft, dass sie sich nichts vormachen mussten. Sie konnten sich zurücklehnen und bei der Wahrheit bleiben.

»Ich bin ewig nicht mehr Straßenbahn gefahren.«

»Ich auch nicht«, sagte Berger.

»Passiert das öfter: dass verzweifelte Mütter vor Ihrer Wohnung auf Sie warten?«

»Nein.«

»Dann sind Sie mir aus purer Höflichkeit nachgefahren?«

Er hätte sie auf Ende zwanzig geschätzt, wenn sie nicht einen fünfzehnjährigen Sohn gehabt hätte. Sie war bestimmt zehn Jahre älter. Aber sie hatte etwas Altersloses an sich.

»Das sicher nicht«, sagte er.

»Warum dann?«

»Weil ich mich schon seit heute Mittag frage, was passiert wäre, wenn ich Sie, na ja, nicht auf dem Dienstweg kennengelernt hätte.«

»Dann sind Sie also nicht hier, um über meinen Sohn zu reden?«

»Ich hab zurzeit Urlaub. Und die Schnauze voll von Jugendlichen.«

Sie lachte. »Ich glaub, ich weiß, was Sie meinen. Ich wär jetzt auch gern jemand anders. Eine Fremde, die einfach durch die Stadt fährt. Weil sie ihren freien Tag hat.«

»Eine Fremde in der Straßenbahn. Was sagt Ihr Mann dazu?«

»Sie meinen deswegen?« Veronika deutete auf ihren Ehering. »Ich krieg ihn nicht ab. Sonst hätt ich ihn längst weggeworfen. Sind Sie verheiratet?«

»Nein.«

»Liiert? Nicht, dass es mich was angeht.«

»Nein«, sagte er.

»Und? Hätten Sie mich mal angerufen, wenn Sie mich vorhin nicht an der Haltestelle gesehen hätten?«

»Ich hätte mich jedenfalls geärgert, wenn ich's nicht getan hätte. Irgendwann mal.«

»Warum?«

»Weil ich Ihr Lachen mag.«

Sie lachte. »Mein Lachen?«

»Als würden Sie die Welt auslachen! Ganz leise. Wie jetzt gerade. Ich kann mir nicht vorstellen, dass Sie jemals wirklich schlechte Laune haben. Obwohl, heute Mittag mit Ihrem Sohn, da waren Sie ganz schön geladen.«

»Ja!« Sie lachte. »Und ich hab eigentlich ständig schlechte Laune. Das letzte Jahr zumindest.«

»Dann muss man wohl den Begriff ›schlechte Laune‹ neu definieren.«

»Sie legen sich ja mächtig ins Zeug. Sonst noch was?«

»Ja, Ihr Gang gefällt mir auch.«

»Sie meinen, mein Hintern?«

»Auch, aber – vor allem wie Sie gehen. Immer auf Vollgas, als gäb's da irgendwo ein Ziel, das nur Sie kennen. Und Sie haben keine Zeit, stehen zu bleiben. Und man selber hat keine andere Wahl, als Ihnen hinterherzulaufen.«

»Oder hinterherzufahren.« Sie zwinkerte ihm zu.

»Und Ihre Augen gefallen mir. Weil Sie einen wirklich anschauen. Nicht nur den Blick auf einen richten. Das ist selten.«

Die Trambahn wurde langsamer und hielt am Hauptbahnhof.

»Wollen wir aussteigen?«

»Wenn Sie möchten«, sagte er.

»Da ist ein Hotel.«

Damit hatte er nicht gerechnet.

Veronika lächelte. »Sie haben doch Urlaub.«

24

Es war ein eigenartiger Traum. Nathalie konnte sich nur noch an Armands Gesichtsausdruck erinnern, nachdem sie mit ihm Schluss gemacht hatte: viel zu verständnisvoll – wie um seine Erleichterung zu verbergen, dass *sie* mit ihm Schluss machte. Typisch Mann – musste er es nicht tun!

Nathalie gab nicht viel auf Träume, doch bei diesem machte sie eine Ausnahme. Dieser hier passte einfach, wie eine gute Idee zur richtigen Zeit. Und ob Armand auch in Wirklichkeit so reagieren würde wie in ihrem Traum, spielte keine Rolle.

Nathalie stand auf, schaltete den Computer ein, ging online. Sie schrieb auf Französisch, drei knappe Sätze reichten: *Wir hatten eine schöne Zeit. Aber sie ist vorbei. Ich habe jemanden kennengelernt.* Keine Anrede – nur ihren Namen setzte sie noch darunter. Dann klickte sie auf *Senden*. Sie ging zum Schrank und nahm die erstbesten Sachen heraus: Jeans, T-Shirt, Flip-Flops. Das Schuljahr war vorbei, die tägliche Modenschau auch.

Sie zog sich im Bad an, putzte sich die Zähne, dann warf sie einen Blick auf ihre Schminksachen und räumte sie schließlich in das oberste Fach ihres Spiegelschranks. Sie hatte vor, in einem Café zu frühstücken. Sie würde die Jungs fragen, ob sie mitkommen wollten. Nein, nicht fragen! Sie würde sie, keine Widerrede, einfach mitnehmen.

Sie stieg die Treppe hinab, griff sich den Schlüssel und zog die Tür hinter sich zu. Dann ging sie rüber zum Nachbargrundstück und klingelte bei Tom.

Als er endlich vor die Tür kam, sagte er: »Cosmo ist nicht da.«

»Und du? Bist du auch nicht da?«

Tom wich ihrem Blick aus und hockte sich auf die oberste der vier Stufen vor der Haustür.

Nathalie ging zu ihm. »Was ziehst du denn so 'n Gesicht?«

»Ist 'ne lange Geschichte«, sagte Tom ausweichend.

Nathalie wartete darauf, dass er weitersprach. Sie setzte sich neben ihn, nur eine Stufe tiefer, und schaute Richtung Straße. »Ich hab heut mit meinem Freund Schluss gemacht.«

»Ernsthaft?«, sagte Tom. Als wäre er dankbar für die Ablenkung.

»War sowieso nur noch 'ne Formsache.«

Fassbinder kam aus dem Haus, und Nathalie lehnte sich zur Seite, damit er sich an ihr vorbeidrängeln konnte.

»Dein Hund könnte mal ein Bad vertragen«, sagte sie. »Ist 'ne ganz schöne Stinkbombe.«

Fassbinder trottete zum Gartentor, wo er sich grunzend im Schatten vor einem Baum niederließ.

»Hab ich ihm auch schon gesagt«, meinte Tom. »Aber er hört nicht auf mich. Ich riech das schon gar nicht mehr. Kannst ja mal dein Glück versuchen, vielleicht hört er auf dich.«

Nathalie lachte.

»Soll ich Cosmo was ausrichten?«, fragte Tom.

»Wer sagt denn, dass ich wegen ihm hier bin?«

»Warum denn sonst?«

»Vielleicht ja deinetwegen.«

»Klar!«

»Könnt doch sein, oder?«

»Ist wirklich nett, aber so blöd bin nicht mal ich, dass ich dir das abkauf.«

Sie sah Tom so lange an, bis er nicht anders konnte, als sie auch anzusehen. »Das mit meinem Fahrrad, war das jetzt deine oder Cosmos Idee?«

»Meine«, sagte Tom schließlich.

»Und warum hast du nicht einfach mal Hallo gesagt, vorher?«

»Wollt ich ja«, fing Tom an. Dann sagte er: »Ich hab's aber einfach nicht rausgebracht und irgendwann war die Zeit um. Der richtige Moment, verstehst du? Oder was hättst du gedacht, wenn ich nach drei Monaten Hallo sag? Zum ersten Mal?«

»Vielleicht nur, dass du schüchtern bist. Weißt du, warum auch ich dich nie angesprochen hab?«

Toms Stimme klang etwas belegt. »Warum?«

»Ich hab gedacht, du findest mich total scheiße.«

Tom lachte. »Was? Ist das dein Ernst?«

»Ja!«

»Da hast du dich aber echt getäuscht!«

Eine Zeit lang sagten sie beide nichts. Es war kein unangenehmes Schweigen.

»Wie lang muss ich jetzt noch warten?«, fragte Nathalie irgendwann.

Als wäre er kurz eingeschlafen, murmelte Tom: »Worauf denn?«

»Dass du mir sagst, was los ist!«

Tom räusperte sich. »Also, ich bin durchgefallen, ein Bulle hat mich beim Kiffen erwischt und mir das Gras weggenommen – das übrigens meinem Vater gehört hat.« Er machte eine Pause. »Mal abgesehen davon«, sagte Tom, »haben wir 'ne Spritztour gemacht, mit der Karre von meinem Vater, und die ist uns geklaut worden, und der Typ, der sie geklaut hat, hat sie geschrottet, Totalschaden. Der Bulle, der mich erwischt hat, hat Cosmo gleich mitgenommen. Er ist aus 'm Heim abgehauen. Da haben sie ihn reingesteckt, nachdem seine Mutter sich umgebracht hat.«

Als würde er eine Einkaufsliste abhaken!, dachte Nathalie. Sie brauchte eine Weile – und auch dann konnte sie nur einen Bruchteil dessen sagen, was ihr im Kopf herumging. »Umgebracht?«

»Letzte Woche«, sagte Tom. »Hat nicht gleich geklappt, sie ist im Krankenhaus gestorben. Ich hab's auch erst nicht glauben können.« Tom schüttelte langsam den Kopf.

»Weißt du, welches Heim?«

»Nicht weit von dort, wo er wohnt. Gewohnt hat.«

Sie musste nicht lange überlegen, es fiel ihr einfach ein. So wie ihr vorhin eingefallen war, mit Armand Schluss zu machen.

»Hast du heute noch was vor?«, fragte sie.

25

Die Jungs spielten fünf gegen fünf auf die kleinen Tore. Sie mussten über den Zaun geklettert sein, die Eingänge des Sportplatzes waren abgesperrt. Cosmo bekam nach Jahren zum ersten Mal wieder Lust, sich einen Ball zu schnappen und ihn auf ein Tor zu donnern.

Damals, vor vier Jahren, war er mit seiner Mannschaft im Trainingslager gewesen, im Bayerischen Wald. Er hatte sofort gemerkt, dass etwas passiert sein musste, als seine Mutter ihn am Bahnhof abholte. Aber sie sagte es ihm erst im Auto. »Dein Vater hat uns verlassen.«

Das war kurz bevor er in die sechste Klasse kam. Es überraschte ihn nicht, seine Eltern hatten lange genug in getrennten Zimmern geschlafen. Trotzdem versetzte ihm die Endgültigkeit ihrer Worte einen Stich. Aber immerhin waren die Verhältnisse jetzt klar.

Klar, aber nicht besser. Das hatte Cosmo schon gespürt, als er zum ersten Mal das Hochhaus betrat. Es hatte von Anfang an etwas Geisterhaftes an sich. Cosmo zählte hundertvierzig Namensschilder am Klingelbrett, trotzdem sah er in all den Jahren nur selten jemanden im Flur oder im Treppenhaus. Und wenn doch, schien es keinen Unterschied zu machen, ob er ihn grüßte oder nicht. Die Leute reagierten immer gleich. Nämlich gar nicht.

Was Cosmo ablenkte, zumindest die ersten Wochen, war die neue Gegend. Das Westkreuz war nur der Nachbarstadtteil von Neuaubing, aber auf seinen Erkundungsgängen stellte Cosmo sich vor, in einer fremden Stadt zu sein, aufgewacht in einem fremden Zimmer. Er hatte sein Gedächtnis verloren. Er wusste nur noch, dass er etwas finden musste – dringend finden musste, aber was? Es war ein Spiel, das aber nach und nach seinen Reiz verlor, und die fremde Stadt wurde wieder das, was sie eigentlich war: nur der Stadtteil, der an Neuaubing angrenzte.

Anfangs wartete Cosmo darauf, dass sein Vater sich bei ihm meldete. Kurz vor Weihnachten bohrte er so lange nach, bis seine Mutter ihn anschrie: »Was willst du denn von ihm? Er will doch auch nichts von dir!«

Was sie sagte, tat weh, aber es schien mehr und mehr Sinn zu machen, je länger Cosmo damals darüber nachdachte. Sein Vater hatte sich immer weniger für ihn interessiert. Früher hatten sie zusammen Fußball gespielt. Dann hatte er ihn in einen Verein gesteckt, aber immerhin noch bei den Spielen zugeschaut. Schließlich wurde auch das die Ausnahme. Und dann arbeitete sein Vater so viel, dass er nur noch seine Ruhe haben wollte, wenn er ihm zu Hause begegnete. Wie es in der Schule lief – das war scheinbar alles, was ihn noch interessierte.

Schule! Sein Vater war wie besessen davon. Cosmo erinnerte sich noch, wie sein Vater ihn zur Schule gebracht hatte – erster Schultag, fünfte Klasse, als würde er ihn in den Krieg schicken. Der Vortrag, den er ihm hielt – wie wichtig es war, dass er sein Abitur machte! Und dann mittags im *Wienerwald*, wo sie essen waren zur Feier des Tages. Sein Vater deutete mit einer Kopfbewegung auf die anderen Tische und fragte ihn, was er glaube, wie viele der Leute hier im Gymnasium gewesen waren? Cosmo zuckte mit den Schultern.

»Ich wette, du bist der Einzige!«

Schule, als ob es nur noch darauf ankam! Sei gut in der Schule, dann verdienst du mal viel Geld, dann hast du keine Probleme mehr. Cosmo wurde damals immer wütender, je länger er über seinen Vater nachdachte.

Trotzdem hatte er am ersten Weihnachtsfeiertag den 72er Bus in die alte Gegend genommen. Nur um sich zu vergewissern. Aber seine Mutter hatte die Wahrheit gesagt, das Haus stand leer. Es war ein komisches Gefühl gewesen, davor zu stehen. Vor drei Monaten hatte er noch hier gewohnt. Das siebte in einer Reihe von achtzehn gleichen Häusern – und nun war es das einzige ohne Lichterkette im Vorgarten oder Weihnachtsdeko an der Haustür. Niemand wohnte mehr hier. Nicht mal mehr sein Vater.

Es war so selbstverständlich gewesen, dass er Teil seines Lebens war. Und dann – war er einfach verschwunden. Nach und nach. Und er hatte sich nicht mal verabschiedet.

Damals hatte Cosmo beschlossen, seinen Vater zu vergessen, und mit der Zeit war ihm das auch ganz gut gelungen.

Bis heute!

Es war einfach unglaublich: Nichts hatte sie ihm gesagt! Cosmo hatte seit Jahren nicht mehr so eine Wut auf seine Mutter. Sein Vater war im Gefängnis, weil sie unbedingt mit einem Freund von ihm rumvögeln musste. Als wäre es nicht genug, dass sie trank!

Er hatte damals alles versucht – sie angefleht aufzuhören,

volle Flaschen weggeworfen, sogar ihr Geld geklaut, damit sie keinen Schnaps mehr kaufen konnte, und trotzdem kam sie immer wieder damit an. Er hatte in der Pfarrei angerufen, aber seine Mutter knallte der Frau, die vorbeischaute, die Tür vor der Nase zu. Gerade dass sie der Frau keine gescheuert hatte, so wie ihm. Und die ganze Zeit hatte sie ihn angelogen! Von wegen, sein Vater hatte sie verlassen.

Und dann konnte sie sich nicht mal richtig umbringen. Wozu hatten sie denn die Wohnung im neunten Stock? Konnte man doch prima aus dem Fenster springen, saubere Sache. Nur nicht für die, die danach aufwischen mussten. Aber was kümmerten sie auf einmal die anderen? Die waren doch sowieso scheißegal. Bringt sich einfach um! Nach vier Jahren, vier *beschissenen* Jahren! Und sogar dafür noch zu blöd! Cosmo war so wütend, dass er glaubte, den Zaun, vor dem er stand, niederreißen zu können.

Und im nächsten Moment war er plötzlich so müde, dass er sich hinsetzen musste. Schlafen, an nichts denken – wenigstens für eine Nacht. Das wäre immerhin ein Grund, wieder ins Heim zu gehen.

Cosmo hörte, wie der Ball auf dem Sportplatz ein letztes Mal ins Tor krachte, dann packten die Jungs ihr Zeug zusammen. Sie warfen ihre Taschen über den Drahtzaun, vielleicht zwanzig Meter von ihm entfernt. Der Zaun vibrierte, als sie rüberkletterten. Dann schlenderten die Jungs zur Kreuzung, Valras- Ecke Bodenseestraße. Wo Berger ihn abgesetzt hatte. Wie lang war das her – eine Stunde? Zwei?

Cosmo drehte sich zur Straße um, sah zum Jugendheim rüber, lehnte sich mit dem Rücken gegen den Drahtzaun. Dann ließ er sich langsam in die Hocke sinken, bis er auf dem sonnenwarmen Gehsteig kauerte. Er streckte ein Bein aus, schloss die Augen und versuchte, an nichts zu denken.

Als er die Schritte hörte, öffnete Cosmo die Augen. Das hatte ihm gerade noch gefehlt! Er wusste nicht, wie lange er geschlafen hatte. Kevin stand über ihm, den linken Arm bis zum Ellbogen im Gips. Seine linke Gesichtshälfte war unter dem Auge geschwollen und blau, und ein grober dunkler Faden hielt seine Unterlippe in der Mitte zusammen.

Kevin drückte ein paar Tasten seines Handys, dann steckte er es weg. »Hast mich sicher vermisst«, sagte er. Er lispelte.

Cosmo konnte sehen, dass ihm die unteren Schneidezähne fehlten. Und dass ihm jede Bewegung wehtat. Er dachte daran, aufzustehen, entschied sich aber dagegen. »Nicht wirklich.«

»Ich will mein Geld wieder.« Leise – mehr eine Feststellung als eine Forderung.

»Du meinst das Geld, mit dem du die Karre bezahlt hast, die jetzt nur noch Schrott ist?«

Kevin antwortete nicht, er fixierte ihn nur mit einem Blick. Trotz seiner Verletzungen wirkte Kevin gefährlicher als beim letzten Mal, entschlossener. Als hätte er schon entschieden, was mit ihm, Cosmo, geschehen würde.

»Und dann?«, fragte Cosmo.

»Bin ich vielleicht nicht mehr ganz so sauer wie jetzt gerade.«

Cosmo hielt das für unwahrscheinlich. »Ich hab das Geld nicht mehr. Musst du dich an den Bullen wenden.« Er überlegte, ob er einfach weglaufen sollte.

»Falsche Antwort«, sagte Kevin ruhig.

Weglaufen. Kevin hätte in seiner Verfassung keine Chance,

ihn aufzuhalten. Aber er machte den Eindruck, als wüsste er das und als würde ihn das nicht stören. Sein Blick schien zu sagen: Wenn du jetzt wegläufst, bringen wir das eben ein anderes Mal zu Ende!

Cosmo hatte so oder so keine Lust mehr, wegzulaufen. »Dann haben wir hier wohl ein echtes Problem«, sagte er.

»Nein. *Du* hast ein echtes Problem!«, erwiderte Kevin.

Cosmo musterte ihn. Seine Müdigkeit war verschwunden. Was passiert, passiert! Vor manchen Dingen konnte man vielleicht gar nicht weglaufen. »Sag mal, solltest du nicht im Bett bleiben, so wie du aussiehst? Oder haben dich die Ärzte rausgeschmissen, weil's im Krankenhaus auch ohne dich schon deprimierend genug ist?«

Kevin grinste, und Cosmo konnte sehen, wie weh ihm das tat. »Du legst es wohl echt drauf an, oder? Dass ich dich umbring.«

»Wow. Einfach so? Oder willst du mich umbringen, weil du wirklich glaubst, dadurch dein Geld wiederzukriegen?«

Kevin antwortete nicht.

»Interessiert mich nur«, meinte Cosmo. »Wie blöd du wirklich bist.«

Kevins Handy gab zwei kurze Töne von sich. Kevin nahm es aus der Tasche und schaute auf das Display. Dann wandte er den Blick ab, hob die rechte Hand und rief: »Hier!«

Cosmo folgte seinem Blick zum Eingang des Heims. Drei Typen in Kevins Alter traten durch das Tor auf den Gehweg und kamen in ihre Richtung. Auch ohne Kevin wäre es Cosmo in diesem Augenblick mulmig geworden. Die drei strahlten eine Unruhe aus, die man von Weitem spüren konnte. Vielleicht hätte er doch weglaufen sollen?

Aber die Frage stellte sich jetzt nicht mehr. »Hab ich noch einen letzten Wunsch frei?«

»Ich bin doch kein Unmensch.« Kevin grinste. Obwohl es ihm wehtat. Als würde er den Schmerz genießen.

Cosmo klopfte eine Zigarette aus seiner Schachtel.

Tom musste all seine Kraft aufbringen, um die Leine zu halten, ohne zu stolpern, Fassbinder zog wie eine Dampflok. Das war noch so eine Sache, die der Hund nicht leiden konnte, außer gebadet zu werden: angeleint zu sein.

»Warum lässt du deinen Hund nicht von der Leine?«, fragte Nathalie. »Bevor er dir noch den Arm abreißt.«

»Na ja, er hört ja nicht auf mich. Ich will nicht, dass er wegläuft. Und angefahren wird. Alles schon passiert.«

»Fassbinder! Auf den Namen würd ich auch nicht hören.«

Tom blieb stehen. Er konnte nicht anders, er musste sie einfach ansehen. Es schien sie nicht zu stören. Wieder bildete sich dieses Grübchen neben dem Mundwinkel, als Nathalie lächelte.

»Mein Vater ist Fassbinder-Fan«, sagte er. »Fassbinder, der Regisseur, nicht Fassbinder, der Hund.«

»Hat er ihn so genannt?«

Tom schüttelte den Kopf. »Ich hab gedacht, das bricht das Eis zwischen den beiden. War aber nicht der Fall.«

Nathalie machte einen Schritt auf ihn zu. Tom schluckte. Vor ein paar Stunden noch hatte er geglaubt, sein Leben wäre gelaufen: Vater weg, jetzt auch noch seine Mutter, die Sache mit dem Auto, von der Schule ganz zu schweigen. All das war nebensächlich geworden. Hauptsache, Nathalie war bei ihm.

»Komm«, sagte sie. »Jetzt holen wir erst mal deinen Freund ab.«

Tom räusperte sich. »Wir kennen uns eigentlich erst seit gestern.«

»Echt?« Nathalie lächelte, wie auf einem Sonntagsausflug. »Ihr seht aus, als hättet ihr euch im Sandkasten schon um die gleiche Schaufel geprügelt. Wie ein altes Ehepaar!«

Tom nahm die Leine in die andere Hand. »Vielleicht hat der Bulle ihn auch woanders hingebracht. Jugendknast statt Jugendheim. Nach all dem Scheiß, den wir gebaut haben.«

»Sitzt du etwa im Knast?«

»Na ja, nein.«

»Na also.«

Tom nickte. Er konnte die Kreuzung schon sehen. »Da vorne muss es sein.«

Das Heim grenzte direkt an einen Sportplatz, zwei hohe Drahtgitterzäune, die im rechten Winkel aufeinandertrafen. Fassbinder fing an zu knurren, noch bevor sie sehen konnten, was los war. Dann blieben sie stehen. Nathalie griff fast automatisch nach seinem Arm. »Ist das Cosmo?«, fragte sie.

Es war eine klassische Notbremse gewesen. Kevin hatte kurz nicht aufgepasst – als er die drei Typen herwinkte – und Cosmo hatte ihn im Sitzen von hinten umgesäbelt. Er drückte sein Knie noch fester gegen Kevins geschwollene Gesichtshälfte und Kevin stöhnte auf. Seine Unterlippe zitterte. Er hatte Tränen in den Augen und sein Blick war voller Hass. Kevin konnte sich nicht wehren, aber das hieß anscheinend nicht, dass er aufgab.

Die drei Typen waren hergerannt, dann aber doch ein paar

Meter vor ihnen stehen geblieben, als sie die Zigarette in Cosmos Hand gesehen hatten.

»Es gibt jetzt mehrere Möglichkeiten«, sagte Cosmo und warf die Zigarette weg. Wieder hatte er daran gedacht, damit Kevin in Schach zu halten – wie Bruce Willis –, indem er ihm notfalls die Glut ins Auge drückte. Doch dann hatte er etwas noch Besseres gefunden, Glück gehabt. Er hielt das Messer so, dass es Kevins Hals nur berührte. »Aber am besten würde es mir gefallen, wenn ihr einfach wieder verschwindet!«

Die drei Typen redeten leise miteinander, dann sagte der kleinste von ihnen: »Keine Chance, Mann!«

»Du bist so was von tot, Mann, so was von tot!«, sagte Kevin.

»Ach ja?« Cosmo setzte die Messerspitze auf Kevins Hals, sodass sich eine Kerbe in der Haut bildete. »Gefällt mir übrigens, dein neues Messer. Nicht so scharf, dass man sich damit rasieren könnte, aber schön spitz.«

»Das ziehst du nie durch!«, sagte Kevin.

»Wart's ab.« Mehr Sorgen machten Cosmo die drei Typen. Sie waren zu ruhig. Als hätten sie solche Situationen schon mehrfach erlebt, im Gegensatz zu ihm. Er nahm das Handy aus Kevins Hosentasche. »Möglichkeit zwei wäre: Wir rufen die Polizei. Mal schauen, was die von der Sache hier halten.«

»Wenn du die Bullen rufst, erlebst du nicht mehr, wie sie hier ankommen!«, sagte der Typ mit der Tätowierung am Oberarm, ein Stacheldraht, genau zwischen Bizeps und Schultermuskel.

»An dem Punkt waren wir doch schon. Bevor ihr mich kriegt, geht Arschbacke hier drauf! Und einen von euch nehm ich noch mit, bevor *ich* draufgeh.«

Die drei diskutierten wieder. Ganz gelassen, als ob es um die Frage ginge *McDonald's* oder *Burger King*?

»Was, wenn die Jungs wieder verschwinden?«, flüsterte Kevin.

»Ich weiß nicht, Kevin. Grad hätt ich noch gesagt: Dann lass ich dich laufen. Aber jetzt? Ich mein, du hast hier was vom Töten gelabert. Und irgendwie laufen wir uns ständig über'n Weg. Vielleicht bringen wir die Sache einfach mal hinter uns?«

»Das war doch nur Scheiß, Mann!«

»Das sagst du jetzt. Mit 'nem Messer am Hals.«

»Ich schwör's!«, sagte Kevin.

»Ja?«

»Ja!«

Der Tätowierte machte einen Schritt nach vorne. »Wie wär's damit – du legst ihn einfach um!«

»Und wir schauen, was dann passiert«, sagte der Typ, der am gefährlichsten aussah. Nicht wegen der Narbe. Weil er der Ruhigste war.

»Sagt mal, spinnt ihr?«, rief Kevin.

»Das hier langweilt langsam«, meinte der Tätowierte.

»Tja«, sagte Cosmo. »Geht nichts über gute Freunde, was, Kevin?«

Es war die Gelegenheit, alles wiedergutzumachen! Er musste nur laut genug sprechen und dabei natürlich klingen. Fassbinder knurrte, sehr gut. Und er zog immer noch, als wollte er die Leine zerreißen.

»Hey, habt ihr zufällig was zum Futtern?«, rief Tom, während er die Straße überquerte. »Mein Hund hat Kohldampf. Ich kann ihn kaum noch halten.«

Der mit den Muskeln und der Tätowierung drehte sich als Erster um. Nur der Kleinste von den dreien schien kurz darüber nachzudenken, ob er eine Chance gegen den Hund hatte.

Es war ein Bluff, aber das konnten die Typen nicht wissen. Sein Hund sah gefährlich aus und nur darauf kam es an. Den Rest reimten sie sich selber zusammen. Jedenfalls hoffte Tom das.

Einen Moment lang tat sich gar nichts. Cosmo nickte ihm nur kurz zu. Er wirkte extrem angespannt.

»Das ist natürlich auch noch 'ne Möglichkeit«, sagte Cosmo. »Dass mein Freund hier seinen Hund von der Leine lässt!«

Etwa zwei Meter vor der Gehsteigkante blieb Tom stehen. Sein Arm tat ihm weh. Lange würde er Fassbinder so oder so nicht mehr halten können. Er sprach nur den mit der Narbe an. Er sah aus wie der Anführer.

»Wir könnten vorher noch Wetten abschließen. Wen von euch er zuerst anspringt!«

Als die drei zurück zum Heim gingen, kam Nathalie aus dem Hauseingang auf der anderen Straßenseite heraus. Den Daumen hatte sie noch auf der grünen Taste ihres Handys. Sie hatte die *110* schon eingegeben, aber noch nicht gewählt. Sie wartete darauf, dass Cosmo den Jungen losließ. Wenigstens das Messer wegsteckte. Aber das geschah nicht.

Nathalie ging langsam auf die Straße. Bis sie den Jungen hören konnte, flehend: »Hör auf, Mann! Es ist vorbei!« Und Cosmo: »Ach ja?« In einem Tonfall, den sie an ihm noch nicht kannte.

Nathalie schaute sich um. Eine Wohngegend eigentlich, aber die Häuser wirkten wie ausgestorben. Sie sah ein paar selbst gemalte Kinderbilder von innen an einem großen Fenster kleben und verschiedenfarbige Handabdrücke dazwischen.

Tom hockte mittlerweile in etwa zwei Meter Abstand vor Cosmo, der in einer Art Ausfallschritt über dem Jungen kniete und ihn zu Boden drückte. Der eine Arm des Jungen war eingegipst, den anderen hatte Cosmo ihm auf den Rücken gedreht. Er hielt den Arm mit einer Hand fest, mit der anderen drückte er dem Jungen das Messer an den Hals.

Nathalie wollte Cosmo etwas zurufen, aber sie brachte kein Wort heraus. Tom sprach beruhigend auf ihn ein, neben ihm sein Hund, der sich geduldig von ihm streicheln ließ. »Lass uns gehen«, sagte Tom. »Bevor die noch wiederkommen, und diesmal mit Baseballschlägern. Und nicht etwa, um Baseball zu spielen.«

»Ich bin hier noch nicht fertig«, zischte Cosmo.

»Willst du dir das Leben versauen, wegen dem da? Meinst du nicht, da ergeben sich noch bessere Gelegenheiten?«

Ein Auto kam näher und wurde langsamer, bis es an Nathalie vorbeigefahren war. Sie merkte, dass sie mitten auf der Straße stehen geblieben war.

»Na los«, sagte Tom ruhig und plötzlich stand Cosmo auf. Er warf das Messer weg. Der Junge blieb am Boden liegen. Ob aus Angst oder weil er nicht mehr allein aufstehen konnte, war für Nathalie nicht zu erkennen.

Sie drückte die rote Taste ihres Handys. Cosmo kam in ihre Richtung. Er schien sie gerade erst wahrzunehmen. Er blieb stehen. Sein Blick machte ihr Angst.

Dann hörten sie eine Polizeisirene und fingen an zu laufen.

26

Der Schaffner sagte, der Zug würde um kurz nach sieben in Samerdorf halten, dann gab er ihnen die Tickets zurück und schob die Tür zu. Cosmo atmete auf, als sie das Abteil wieder für sich hatten.

»Das Haus hat meinen Großeltern gehört«, sagte Nathalie plötzlich. Sie saß am Fenster – Tom gegenüber, Fassbinder am Boden zwischen ihnen. Cosmo saß neben Nathalie, aber mit einem freien Platz dazwischen.

»Und warum seid ihr dort nie?«, fragte Tom. Der Fahrtwind tanzte wie ein Wirbelsturm in seinen Haaren. Das Fenster war bis zum Anschlag unten. Draußen waren Wiesen, Waldhügel, blühende Felder und immer wieder graue Strommasten, die daraus hochragten wie gigantische Wegweiser.

Cosmo fragte sich, ob er Kevin umgebracht hätte. Wenn Tom nicht gewesen wäre? Er wusste es nicht.

»Mein Vater will es abreißen«, sagte Nathalie. »Irgendwas Neues hinstellen, was Schickes. Aber das schiebt er schon ewig vor sich her.«

»Zu viel Arbeit, hm?«, fragte Tom.

Nathalie sah vom Fenster weg, als würde sie aus einem Traum aufwachen.

»Hat mein Vater immer gesagt«, meinte Tom. »Wenn er 'ne Ausrede brauchte, um etwas nicht zu tun.« Und als Nathalie schließlich nickte, lächelte er mitfühlend. Tom, der sich an ihm vorbei ins Abteil gedrängelt hatte, um Nathalie gegenüberzusitzen.

Und Nathalie, die fast so tat, als wäre Cosmo ein Fremder, der nur zufällig mit im Abteil saß. Neben der Tür, Füße auf dem Sitz vor sich.

Cosmo versuchte sich vorzustellen, wie das für sie ausgesehen hatte vor dem Heim – Kevin am Boden, er über ihm, mit einem Messer an Kevins Hals. Wahrscheinlich lag es daran.

»Als Erstes waschen wir dort deinen Hund!«, sagte sie.

Tom grinste. »Aber ich warne dich: Wenn er nass wird, stinkt er noch mehr.«

Cosmo räusperte sich. »Schon mal was von Seife gehört?« Lieber hätte er gesagt: »Hört mal, wegen vorhin.« Aber er wusste nicht, wie er das erklären sollte. Und Nathalie schaute sowieso nicht mal in seine Richtung.

Nur Tom. »Seife hasst er noch mehr als Wasser.«

»Wie alt ist er?«, fragte Nathalie.

»Sieben oder acht. Vielleicht neun.« Tom tätschelte Fassbinder am Rücken und der Hund grunzte. »Er ist mir zugelaufen vor zwei Jahren. Ich hab ihn bei uns auf 'm Komposthaufen gefunden.«

»Was?« Nathalie beugte sich vor und musterte Fassbinder neugierig.

»Auf 'm Komposthaufen?« Cosmo musste lachen.

»Kein Scheiß«, sagte Tom.

»Und du durftest ihn behalten?«, fragte Nathalie. »Einfach so?«

Tom schüttelte den Kopf. »Erst mal eben nicht. Mein Vater hat ihn ins Tierheim gebracht.«

»Das wird ja immer besser! Tierheim?«

»Wieso lässt du ihn nicht einfach ausreden?«, sagte Nathalie scharf.

Also war er doch noch da. Aber nicht mehr lange. Er nahm die Zigarettenschachtel aus seiner Hemdtasche und stieß die Abteiltür auf. »Auf 'm Komposthaufen!«, wiederholte er und stand auf. Bevor er die Abteiltür von außen wieder zuschob, hörte er noch, wie Tom sagte: »Ein paar Tage später war er wieder bei uns.« Dann ging Toms Stimme unter in dem fast gleichmäßigen Ruckeln des Zuges, im Schleifen der Räder auf den Gleisen, in den Windgeräuschen im Gang.

Cosmo kam sich vor, als würde er vor einem Kinoplakat stehen: Wie sie am Fenster saßen, Tom und Nathalie – zwei, die sich endlich getroffen hatten –, der Hund zwischen ihnen und im Hintergrund die vorbeiziehende Landschaft.

Und in der Abteiltür blass sein eigenes Spiegelbild. Cosmo wandte sich davon ab und zündete sich eine Zigarette an. Er sah das Nichtraucherschild und öffnete das nächste Fenster. Wie auch immer es für Nathalie ausgesehen hatte – sie war sowieso nur ein kurzer Traum gewesen.

An der rechten Hauswand führte eine Holztreppe zum Dachgeschoss hoch. Alles in allem machte das Haus auf Cosmo einen passablen Eindruck, weiße Mauern, braune Fensterläden, nur an wenigen Stellen bröckelte der Putz. Aber es war nicht baufällig. Und was das Haus zu etwas Besonderem machte, war der Hügel, auf dem es stand – ein wilder Garten mit kniehohem Gras, schweren Kastanien, Ahornbäumen, umrandet von einem alten Weidezaun. Hinter dem Haus gab es noch einen Schuppen, und von dort ging es steil hinunter zu einem kleinen See, der bis auf einen Holzsteg komplett mit Schilf umgeben war. Es war ein fast unwirklicher Ausblick, fast zu schön! Auf der anderen Seeseite ging es wieder einen Hügel hinauf, dann schien es nur noch Wald zu geben, bis zu den Bergen.

Cosmo stand am Zaun. Er drehte sich um, als er hinter sich knarzend die Haustür hörte und dann Schritte. Tom blieb neben ihm stehen. Er hatte einen Grillrost in der Hand.

»Schau mal, hab ich gefunden«, sagte er. »Ist Nathalie schon zurück?«

Cosmo schüttelte den Kopf. »Hast du so was schon mal gesehen?« Er deutete auf die Landschaft vor ihnen.

»Was?«, sagte Tom. »Berge?« Er grinste.

Cosmo schwieg einen Moment, dann sagte er: »Erklär mir mal, warum du auf einmal abhauen willst.«

»Weil ich die Schnauze voll hab«, sagte Tom. »Deswegen.«

»Wovon denn, von deiner Mutter?«

»Nein, die hat von mir die Schnauze voll.«

Cosmo nahm die Schachtel Camel aus seiner Hemdtasche. Er hatte noch vier Zigaretten. »Ganz ehrlich?«, sagte er. »Ich versteh dich nicht. Aber bitte, wenn du unbedingt willst.« Er steckte die Schachtel wieder zurück. »Was hast du jetzt vor?«

»Na ja. Wir bleiben erst mal hier. Bis uns was einfällt.«

»Und vorher willst du noch schnell Nathalie rumkriegen. Oder was war das für 'ne Geschichte mit deinem Hund?«

Tom lachte. »Glaubst du, Nathalie würde einfach so mit mir schlafen? Nur weil ich das will?«

»Mal angenommen, *sie* will.«

»Das mit dem Hund war keine ›Geschichte‹!« Tom warf den

Grillrost wie ein Frisbee Richtung Hauswand. »Was würdest *du* denn tun – wenn *sie* will? Nein sagen?«

»Ich würde hierbleiben. An deiner Stelle.«

Tom wartete einen Augenblick. »Heißt das, du lässt mir den Vortritt?«

Die Straßen waren ausgeblichener – von fünf Jahren Sonne und Regen –, aber der Ort hatte sich kaum verändert. Es gab die Bäckerei noch, auch den Metzger und das Eiscafé. Nur der *Edeka Markt* war neu, ein hässlicher Klotz am Ortsausgang. Dafür hatte er bis zwanzig Uhr geöffnet.

Nathalie legte die eingeschweißten Steaks auf das Laufband, dann den Sechserpack Becks Gold und die Flasche Rotwein. Sie wusste nicht, was die Jungs lieber tranken; sie hatte vergessen zu fragen. Sie war immer noch durcheinander. Ihr war klar geworden, dass sie Cosmo nicht kannte, nur einen Bruchteil von ihm. Und sie hatte sich ihm so nahe gefühlt! Bis er dem Jungen das Messer an den Hals gesetzt hatte! Sie fragte sich, ob sie dieses Bild jemals wieder aus ihrem Kopf bekam, wenn sie Cosmo anschaute.

Sie wartete als Einzige an der Kasse. Die Kassiererin war schon am Aufräumen und stapelte Gemüsekisten auf einen Rollcontainer. Sie machte Nathalie ein Zeichen, dass sie gleich da sein würde, und Nathalie ging ein paar Schritte Richtung Eingang, bis sie Fassbinder draußen sehen konnte.

Er lag brav neben den Einkaufswagen.

Sie konnte immer noch gut mit Hunden. Wie ihr Großvater. Der hatte auch nie eine Leine gebraucht.

Am Anfang der Straße hatte Nathalie plötzlich den Wunsch gehabt, sich abzusetzen. Sie wollte alleine sein, wenn sie nach

Jahren wieder vor dem Haus ihrer Großeltern stehen würde. Und sie musste für sich herausfinden, wie das mit ihr und Cosmo weitergehen sollte. Dass sie noch was einkaufen würde, war ein guter Vorwand.

Das Grundstück war das letzte an der Straße, nicht mehr zu verfehlen, gleich bevor der Wald anfing. Nathalie hatte Tom erklärt, wo er den Schlüssel finden würde – *ihren* Schlüssel, den ihr Großvater damals *nur für sie* versteckt hatte. Dann war sie umgekehrt und die Jungs waren weitergegangen. Fassbinder folgte zwar ihr und nicht Tom, aber das störte sie nicht. Mit einem Hund konnte man manchmal sogar besser alleine sein als ohne. Irgendwie passte es sogar.

Cosmo ahnte vielleicht etwas – dass sie nicht nur einkaufen wollte. Aber das musste man ihm lassen: Er drängte einen nicht, er konnte warten, bis man sich ihm anvertraute. Falls man das wollte. Andererseits – falls man das nicht wollte, schien es ihm auch egal zu sein.

Als die Kassiererin kam, ließ Nathalie sich eine Tüte geben, dann bezahlte sie und packte die Einkäufe ein. Vor dem Supermarkt sagte sie »Na komm!« und Fassbinder sprang auf und trottete neben ihr her.

Wie oft war sie diesen Weg schon gegangen? Wie stolz sie damals gewesen war, das erste Mal mit vier Jahren! Dass ihre Großeltern ihr das zutrauten. Alleine! Es war wie eine Mission gewesen: *Sie* besorgte das Frühstück für alle.

Unzählige Wochenenden und Ferien hatte sie hier verbracht. Es war ihr zweites Zuhause gewesen als Kind. Sie war immer alleine hier gewesen, nie mit ihren Eltern.

Nathalie legte die Einkaufstüte vorsichtig im Gras am Straßenrand ab. Es waren nur noch wenige Schritte bis zur Einfahrt. Solange sie noch nicht vor dem Haus stand, schien es ihr fast möglich, dass ihr Großvater wie früher im Garten arbeitete – Gras mähte, die Bäume stutzte oder Holz hackte. Sie konnte es fast hören, wenn sie die Augen schloss.

Aber natürlich tat er das nicht. Sie betrachtete das Haus – und es war fast zum Lachen: Hier war sie glücklich gewesen und jetzt machte sie das traurig. Weil alles Glück irgendwann zu Ende ging. Manchmal kam etwas Neues nach, wie ihre Zeit in Frankreich, aber auch das war zu Ende gegangen.

Sie hob die Einkaufstüte wieder auf und ging weiter. Sie brauchte eine Weile, bis sie Fassbinder auf der Weide entdeckte. Er fegte darüber hinweg, er war schon fast am See unten, wahrscheinlich jagte er einem Hasen hinterher. Nathalie nahm Daumen und Zeigefinger in den Mund und stieß einen schrillen Pfiff aus. Fassbinder blieb stehen und schaute in ihre Richtung. Sie kam sich sofort wie ein Spielverderber vor. Irgendwann lief der Hund wieder los und sie beließ es bei dem einen Pfiff. Der Hund würde schon wissen, wo seine Grenzen lagen.

Nathalie fand die Jungs hinter dem Haus. Sie hatten einen Grill improvisiert aus Steinen und mit dem Rost, den sie wahrscheinlich im Keller gefunden hatten.

Sie gab sich einen Ruck. »Respekt«, sagte sie. Sie nahm den Sechserpack aus der Tüte und hielt ihn den Jungs hin. Wie hieß es so schön? Im Zweifel für den Angeklagten. Und sie hatte ja noch nicht Cosmos Version gehört von der Szene, die sie vor dem Heim beobachtet hatte. Doch Cosmo reagierte völlig gleichgültig. Tom nahm ihr schließlich das Bier ab und riss zwei Flaschen aus der Verpackung – eine für sie, die andere für sich.

»Was ist?«, sagte sie zu Cosmo. »Nicht deine Marke?«

27

Die Abendsonne warf einen Lichtstreifen auf das windstille Wasser, der leuchtend verschwamm, als Cosmo seinen Schuh eintauchte, vorsichtig, sodass er innen nicht nass wurde. Er war abgerutscht auf dem Trampelpfad. Vom Haus aus, oben auf dem Hügel, hatte die Ebene vor dem See ausgesehen wie eine wilde Wiese, ganz harmlos mit dem hohen Gras. Den Sumpf hatte Cosmo erst bemerkt, als er bis zum Knöchel darin einsank.

Der Schlamm ließ sich leicht ablösen und bis auf ein paar Dreckschlieren bekam Cosmo den Schuh wieder sauber. Er stellte ihn zum Trocknen neben den anderen Schuh auf den Steg. Dann zündete er sich eine Zigarette an, um die Mücken zu vertreiben, die immer mehr wurden, je tiefer am gegenüberliegenden Seeufer die Sonne stand.

Cosmo betrachtete die zerknitterte Schachtel in seiner Hand. Jetzt hatte er noch drei Zigaretten.

Als Kind hatte er den Rauch gehasst. Ihm wurde fast schlecht in der Wohnung, wenn seine Mutter nicht lüftete. Es war unlogisch, wenn er jetzt selber anfing zu rauchen. Da konnte er genauso gut anfangen zu trinken. Aber das, hatte er sich geschworen, würde er niemals tun! Es war unlogisch, aber was war schon logisch? Irgendwas lief immer schief. Das mit Nathalie war definitiv schiefgelaufen. Und die Sache mit Kevin auch. Er befand sich auf dem besten Weg, ein richtiges Arschloch zu werden. Und das fühlte sich gar nicht mal so schlecht an.

Was wollte er überhaupt mit ihr? Sollte er ihretwegen hierbleiben? Es wäre sicher ein Spaß, wenn er ihre Eltern kennenlernen würde – Mama, Papa, das ist Cosmo, der Junge aus dem Heim, von dem ich euch erzählt hab. Die würden einen Killer auf ihn ansetzen.

Außerdem hatte er ja an seinen Eltern gesehen, worauf das alles hinauslief. Wenn du Pech hast, hängst du ihr ein Kind an und sitzt in der Falle. So musste es gewesen sein, seine Eltern hatten sehr jung geheiratet.

Und was wollte er mit einer, die einen Freund hatte? Sie hatte garantiert einen. Wenn er was mit Nathalie anfangen würde, wäre er nicht besser als die Typen, die seine Mutter schließlich angeschleppt hatte, und auf die hatte er immer noch einen Hass.

Cosmo warf die Zigarette in den See und sah zu, wie sie unterging. Kein Wunder, dass die meisten Liebesfilme mit dem ersten Kuss enden, bis dahin ist alles aufregend, romantisch. Dann geht die Sache den Bach runter.

Sollte Tom doch sein Glück versuchen, die beiden passten gut zusammen: Sie waren Nachbarn, Nathalie mochte Hunde – vielleicht war sogar die Story mit dem Komposthaufen wahr, konnte doch auch sein. Ausnahmsweise mal ein Happy End, armer Hund findet ein Zuhause.

Und dieser Hund war wirklich einmalig. Seit Cosmo hier auf dem Steg saß, preschte Fassbinder kreuz und quer über die Wiese, Hügel rauf, Hügel runter – als hätte er einen Eimer Kaffee gesoffen.

Aber das musste er zugeben: Nathalie konnte nichts dafür, dass seine Eltern Idioten waren. Und das mit dem Bier konnte er ihr eigentlich auch nicht vorwerfen. Woher sollte sie wissen, dass er keinen Alkohol anrührte? Er hatte es ihr nicht gesagt. Und dass sie ihm nicht begeistert um den Hals gefallen war, nachdem er sich Kevin vorgeknöpft hatte, war irgendwie auch verständlich.

Wie auch immer, das mit Nathalie hätte sowieso keine Zukunft gehabt.

Es hatte eine Weile gedauert, bis das Holz anfing zu brennen. Glück gehabt, dachte Tom. Hätte nicht viel gefehlt und ihm wären die Streichhölzer ausgegangen. »Der kommt schon wieder. Er hat in den letzten Tagen echt 'n paar reinbekommen.«

»Etwa von mir?«, sagte Nathalie. »Der kann ruhig da unten bleiben. Na, immerhin ist er nicht so ausgeflippt wie vor dem Heim.«

»Der Typ wollte ihn fertigmachen. Cosmo hat sich nur gewehrt.«

»Er hätte ihn fast umgebracht!«

»Nein, das glaub ich nicht.«

»Und warum nicht?«, sagte Nathalie. »Kennst du ihn? Doch auch erst seit gestern!«

Die Sache mit dem Fahrradschloss war erst gestern gewesen, unglaublich. Und jetzt hatte er genau das, was er beabsichtigt hatte: Er war mit Nathalie alleine, sie redeten miteinander – und all das hatte er Cosmo zu verdanken. Das Leben konnte schon echt seltsam sein!

»Trotzdem. Wenn du dauernd eine reinkriegst, knickst du entweder irgendwann mal ein oder der ganze Ärger platzt irgendwann aus dir raus. Klar hätte Cosmo einen auf Jesus machen können, aber dann wär er jetzt wahrscheinlich tot. Und außerdem – er hat den Typen nicht umgelegt! Darauf kommt's doch an.«

»Jetzt klingst du echt, als wärt ihr alte Freunde. Auch wenn ihr euch erst seit gestern kennt.«

»Vielleicht weil ich sonst nicht viele Freunde hab.«

»Wegen dem Film, in dem du mitgespielt hast?«, sagte Nathalie.

»Hast du davon gehört?«

»Nur dass er ganz schön peinlich sein soll. Und anscheinend hast du's ziemlich raushängen lassen, die Filmstarnummer, *vor* den Dreharbeiten. Und als der Film dann draußen war, sollst du auf einmal wieder sehr bescheiden gewesen sein.«

Nathalie lachte. Nett. Sie machte sich über ihn lustig, aber freundschaftlich – sie lachte ihn nicht aus.

Die Flammen wurden kleiner und das Holz begann zu glühen. Er legte den Grillrost auf den Steinrand und hielt kurz prüfend die Hand darüber. Bullenheiß.

Die Steaks zischten, als er sie auf den Rost warf. Er lehnte sich wieder zurück und stützte sich mit den Ellbogen im Gras ab. Sie hockten hinter dem Haus, die grandiose Aussicht vor ihnen – Berge im Abendrot, fast schon kitschig, wie auf einer Postkarte.

»Ich hab mich wie 'n Arsch benommen! Kannst dir ja vorstellen, wie die sich gefreut haben, als der Film gefloppt ist. Wie Piranhas, echt!«

»Immerhin hast du mal in einem Film mitgespielt.«

So konnte man das natürlich auch sehen. Er drehte die Steaks mit einer der Gabeln um, dann legte er den Daumen auf die Flaschenöffnung und sprenkelte die letzten Tropfen Bier aus seiner Flasche darüber. »Wie ist eigentlich deine Mutter so drauf?«

»Wieso?« Nathalie lachte.

»Na ja, dein Vater ist Workaholic, das weiß ich inzwischen. Und deine Mutter? Ich bin nur neugierig.« Er machte sich noch ein Bier auf. Er musste aufpassen, er spürte schon was. Und Nathalie war immer noch bei ihrem ersten.

»Meine Mutter hat was mit dem Typen in der Videothek, glaub ich.«

»Die in Planegg, am Marktplatz?«

Nathalie nickte.

»Der Typ ist doch erst zwanzig oder so.«

»Ja, und?«

»Ich mein, wie kommst du denn darauf?«, fragte Tom.

»Ist nur so 'n Gefühl. Und ich seh immer wieder Filme bei ihr rumliegen, die schon tausendmal im Fernsehen gelaufen sind.«

»Was denn für Filme?«

»*Die Reifeprüfung* zum Beispiel. Da geht's genau darum: junger Mann – ältere Frau.«

»Glaubst du das wirklich – dass da was läuft zwischen den beiden?«

»Passen würde es.« Sie wirkte auf einmal sehr nachdenklich. Dann bemühte sie sich zu lächeln und sagte: »Wie ist das denn so – als Schauspieler?«

»Wenn du's nicht kannst, ziemlich beschissen.« Er legte die Bierflasche weg und setzte sich gerade hin. Er wollte bereit sein, sich nicht erst umständlich aufrichten müssen. Er spürte, dass er kurz vorm Ziel war. Sie zu küssen!

»Wahrscheinlich hat er's wegen dir nicht getan«, sagte Nathalie. »Vor dem Heim. Weil du auf ihn eingeredet hast. Das war wirklich beeindruckend. Du bist ganz ruhig geblieben. Irgendwie hat ihn das angesteckt.«

Wahnsinn! So ein Kompliment hatte er noch nie bekommen.

28

Nathalie ging barfuß den Hügel runter, so hatte man den besten Halt. Das wusste sie noch von früher. Es war herrlich. Die langen Tage und die Abende, wenn sie so warm waren, dass man keine Jacke brauchte. In einem Augenblick wie diesem konnte man glauben, dass der Sommer nie aufhörte. Dass sie wieder ein Mädchen war, Gras unter ihren Fußsohlen, zu Besuch bei ihren Großeltern. Es war ein Augenblick ohne Vorher und Nachher.

Und genauso schnell vorbei.

Vielleicht sollte sie sich eine Ausrede zurechtlegen? Sie könnte Cosmo fragen, ob er den Hund gesehen hatte.

Aber Ausreden waren nichts anderes als Lügen. Hatte das ihr Großvater nicht gesagt? Und dass man sich mit Lügen nur selber schwächte.

Die Wahrheit war, dass etwas schiefgelaufen war zwischen ihnen. Und das wollte sie wieder geradebiegen, Ende!

Cosmo trocknete sich eben die Haare ab, mit seinem T-Shirt. Das brachte sie irgendwie aus dem Konzept. Er hockte am Rand des T-förmigen Holzstegs, ganz hinten. Er hatte nur seine Shorts an. Seine Jeans und sein Hemd lagen zusammengeknüllt neben seinen Schuhen.

Das brachte sie auf eine Idee. Sie zog ihr T-Shirt aus, dann die Jeans, zuletzt ihren BH. Mal schauen, wie er darauf reagiert. Ob er dann immer noch diesen Blick hinbekommt: Kenn ich alles schon, und du – haust mich auch nicht um.

Die Holzplanken federten unter ihren Füßen. Sie sah nicht zu ihm rüber, als sie über den Steg ging. Sie sprang in den See, und erst nachdem sie wieder aufgetaucht war, warf sie einen Blick in seine Richtung, ganz unauffällig.

Er schaute zu ihr rüber, als hätte er sich den Hals verrenkt.

»Was?«, rief sie.

Keine Antwort.

»Sag mal, hast du was an den Stimmbändern oder warum sprichst du nicht mehr? Ich meine, ich biet dir'n Bier an und du gehst einfach weg, was soll'n das?« Ihre Stimme klang genau so, wie sie das gewollt hatte: beiläufig, trotzdem interessiert.

Aber wenn er nichts sagen wollte, auch egal.

Schwamm sie eben ein paar Züge.

Als sie wieder am Steg war, sagte er: »Meine Mutter war immer besoffen. Konntest du nicht wissen. Hab ich dir ja nicht gesagt.«

Nathalie hielt sich an der Kante des Holzstegs fest, gleich neben der Stelle, wo Cosmos Sachen lagen. »Ist da noch frei?« Sie schaute Cosmo in die Augen.

Er nickte.

»Kannst du mir bitte meine Sachen bringen?«

Cosmo legte ihr sein Hemd hin, bevor er den Steg entlangging.

Er lässt sich Zeit dabei, dachte Nathalie. Nein, er lässt mir

Zeit. Sie stieg aus dem Wasser und zog sich Cosmos Hemd über.

Als Cosmo wieder bei ihr war, legte er ihre Sachen neben seine – irgendwie vorsichtig, als könnte ihr BH kaputtgehen, wenn er ihn fallen ließ.

»Und warum hast du's mir nicht gesagt?«

»Dass meine Mutter 'ne Säuferin war? Warum wohl?«

»Hast du gedacht, ich will dann nichts mehr von dir wissen?«

Cosmo setzte sich an den Rand des Stegs. Er schaute aufs Wasser. Seine Füße baumelten knapp über der Oberfläche. »Vielleicht«, sagte er.

Also ja! Trotzdem, wenn das ein Ja war, konnte er es auch sagen. »Und wie kommst du darauf? Ist nicht grade ein Kompliment, das du mir da machst.«

»So hab ich's nicht gemeint«, sagte Cosmo.

»Da bin ich ja froh. Was war das eigentlich vor dem Heim?«

»Tut mir leid, dass du das mit angesehen hast.«

»Tut's dir auch leid, dass du das getan hast?«

»Nein, aber dass es so weit gekommen ist. Ich hab keine Lust, dass mir so was noch mal passiert.«

»Hättest du ihn?« Sie wollte es nicht aussprechen. Umgebracht?

Cosmo verstand sie auch so. Er seufzte. »Wenn ihr nicht gewesen wärt?«

»Sei ehrlich. Ich mein, du willst doch sowieso abhauen. Kann dir doch egal sein, was irgendjemand von dir denkt.«

»Ist mir auch egal. Was *irgendjemand* denkt.«

»Also bin ich nicht einfach irgendjemand?«

»Nein«, sagte Cosmo.

»Hör mal, muss ich es dir erst aufschreiben? Brauchst du 'ne Extraeinladung? Ich mein, wenn ja, überleg ich's mir vielleicht noch anders. Sag's doch einfach! Ich werd nämlich langsam ungeduldig. Oder besser, sag's nicht!«

Ja, zeig's ihr!, dachte Tom. Das war jetzt definitiv Postkarte: Cosmo beugte sich rüber, küsste sie – und dahinter der See im Abendrot, sogar zwei Schwäne auf dem See, nicht zu fassen! Wenn das kein magischer Augenblick war: noch nicht wirklich dunkel, die Sonne gerade untergegangen, aber der Vollmond schon dicht über den Bergen, riesig, leuchtend. Zweifellos ein magischer Augenblick – auch für ihn.

Wenn er an Cosmos Stelle gewesen wäre!

Oder wenn er wenigstens ein Fernglas gehabt hätte! Fängt die doch glatt an, sich auszuziehen!

Zum Glück hatte er noch zwei Bier – anderthalb, um genau zu sein – und die Flasche Wein, immerhin ein Liter. Sogar mit Schraubverschluss. Da hatte jemand mal mitgedacht. Musste er sich nicht mit irgendwelchen Korken rumärgern. Tom setzte sich wieder an den Grill und drehte die Steaks um. Das eine war pechschwarz, das andere steinhart. Umso besser, mit leerem Magen haut der Alkohol mehr rein.

Jetzt konnte er wirklich abhauen. Eigentlich hatte er das ja nur gesagt, um vor Nathalie ein bisschen anzugeben. In der Hoffnung, dass sie versuchen würde, ihn wieder davon abzubringen. Und für sie wäre er natürlich geblieben. Dass seine Eltern ihn nervten, dass sie ihn in der Schule auslachten – das alles würde nicht mehr zählen mit Nathalie.

Aber sein Plan wäre ja sowieso wieder gescheitert! Wie lange würde Nathalie zu ihm halten – nur mal angenommen, sie *wären* zusammen –, Verlierer, der er war, bei allen unten durch?

Genau das machte es ja so traurig – sie würde einen Scheiß drauf geben, was die anderen dachten. Die perfekte Freundin. Und das Absurde daran: Wenn er mit ihr zusammen wäre, würde sein Kurs auch bei den anderen wieder steigen.

Würde, wäre, wenn – alles für 'n Arsch! Aber auch alles! Nicht mal Cosmo hatte ihm abgekauft, dass er abhauen wollte. Er traute es ihm nicht zu.

Tom machte das letzte Bier auf und trank es aus, ohne abzusetzen. Die würden schauen, wenn er jetzt Ernst machte! Die beiden da unten, seine Mutter, vielleicht sogar sein Vater.

Aber vielleicht wären sie auch einfach froh, dass er endlich weg war.

Scheiße, er hätte vorhin mitgehen sollen zum Einkaufen. Gerade auf den Geschmack gekommen – und das Bier war schon wieder alle. Er warf die Flasche zu den anderen vor die Hauswand, dann nahm er einen Schluck aus der Weinflasche.

Das Zeug schmeckte zum Kotzen.

Na Hauptsache, es knallt!

Er konnte es immer noch nicht glauben – er hatte einen Ständer bekommen, als er Nathalie geküsst hatte, und sie hatte ihn sogar angefasst. Und dann ging sie einfach! Einfach so. Nein, nicht einfach so. Sie hatte noch was gesagt: »Überleg's dir! Das mit dem Abhauen.«

Aber er konnte nicht nachdenken, er war wie im Rausch. Er stellte sich vor, was sie alles miteinander tun könnten. Und wo! Oh Mann, es gab tausend Orte, wo man miteinander vögeln konnte. Tausend? Weiter war er einfach noch nicht gekommen. Wie sollte man da klar denken? Sein Schwanz tat weh, so hart war er. Er war knapp davor, sich einen runterzuholen, nur um die Erektion wegzukriegen. Und wieder einen klaren Kopf zu haben. Stattdessen sprang er in den See. Bevor er noch wahnsinnig wurde! Das kühle Wasser war genau das Richtige für ihn.

Jetzt hatte er wieder einen klaren Kopf, klarer, als ihm lieb war. Wie lang würde das gut gehen mit ihnen, er im Heim, sie in der Villa? Das Ganze hatte er doch schon durchgespielt!

Andererseits, war das wirklich so wichtig: *Wie lange?* Jeder Tag war besser als kein Tag, und wenn er nur einen Tag mit ihr zusammen war, würde ihm das sein Leben lang bleiben.

Aber irgendwann würde es unwiderruflich zu Ende gehen, und zu Ende ging etwas immer auf hässliche Art, und das war dann, was einem blieb: das hässliche Ende. Sah er ja an seiner Mutter.

Auch mit ihr hatte es glückliche Tage gegeben. Einmal waren sie einfach ins Auto gestiegen – es war ein Schultag, aber scheiß drauf – in dem Sommer, der so heiß war, dass man es in der Stadt kaum aushielt. Wohin es ging, sagte seine Mutter ihm nicht, Überraschung. Sie tuckerten auf die Autobahn und auf der rechten Spur langsam aus der Stadt raus und durch eine immer ländlichere Gegend mit Rapsfeldern, Kühen, Traktoren und kleinen Kirchtürmen. Bis er die Berge sah. Erst in immer gleicher Entfernung – als würden sie fahren und fahren und ihnen trotzdem nicht näher kommen.

Sie hatten das Radio an, eine Achtziger-Jahre-Sendung, und fast jedes Lied konnte seine Mutter mitsingen. Sie erzählte von ihrer Plattensammlung, die ihr früher heilig gewesen war, von den Discoabenden im Freizeitheim und dem Ärger zu Hause, wenn sie nicht spätestens bis Mitternacht zurück war.

Sie erzählte von ihrem Acht-Quadratmeter-Kinderzimmer, ihrem kleinen Reich, und dass die Schule eine Qual war für sie, und immer wenn Werbung lief, machte sie das Radio leiser und einmal sang sie ihm *Time of my life* vor, das mal ihr Lieblingslied gewesen war, mit siebzehn.

Dann fuhren sie von der Autobahn ab und durch Dörfer wie auf Postkarten, so schien es ihm jetzt, und seine Mutter erzählte, wie sie als Dreizehnjährige, die aus Hamburg kam, in einem Jahr Bayrisch gelernt hatte, damit ihre Eltern sie nicht verstanden, wenn sie telefonierte. Und dass sie einmal mit einem viel älteren Jungen zusammen gewesen war und sich gefühlt hatte wie Jennifer Grey – ein Name, der Cosmo fremd war, aber er hakte nicht nach, sondern hörte seiner Mutter einfach weiter zu, und wenn sie sang, summte er die Melodie mit.

Dann waren sie in immer kleineren Schleifen einen Berg hochgefahren, so langsam, dass Cosmo das Gefühl hatte, der Motor würde ihnen gleich absaufen, spätestens in der nächsten Kurve, und seine Mutter lachte über ihn, aber so, dass er auch lachen musste. Und bevor es auf der anderen Seite wieder bergab ging, hielt sie an einer Aussichtsplattform mit Münzferngläsern und gab ihm fünfzig Cent, und plötzlich schienen die Berge, wo noch Schnee lag, zum Greifen nahe.

Unten auf der anderen Bergseite parkte seine Mutter am Straßenrand, und sie gingen zum See runter und die Uferstraße entlang bis zu einem Kiesstrand, wo ein paar Surfer auf Wind warteten. Dort hielten sie ihre Füße ins Wasser, das unwirklich kalt war nach der Hitze in der Stadt, und als er Hunger kriegte, gingen sie weiter zu einem Kiosk, wo sie Wiener mit

Kartoffelsalat aßen, an einem der Biertische im Schatten. Danach stiegen sie in ihren Turnschuhen auf den Jochberg, wo ihm die Welt herrlich vorkam, immer grün, ohne Wolken und überschaubar, und als sie wieder unten am See waren, glühte die Landschaft im späten Nachmittagslicht, als würde es nie mehr dunkel werden, und die Segel der Surfer leuchteten auf dem Wasser, und statt allmählich heimzufahren, verließen sie die Teerstraße und spazierten weiter am Ufer entlang.

Im letzten Tageslicht war das Wasser wieder glatt wie ein silber-goldener Teppich und kein Segel mehr zu sehen. Sie waren allein auf der Welt, und er wehrte sich gegen die Müdigkeit, denn er wollte nicht zurück. Dazu war er erst bereit, als seine Mutter ihm versprach, dass sie das nächste Mal Schlafsäcke mitnehmen und hier übernachten würden.

Er glaubte sogar jetzt noch, dass sie das ehrlich gemeint hatte. Mit diesem Gedanken war er im Auto auf der Heimfahrt eingeschlafen. Das war ihr schönster Tag zusammen. Aber selbst diese Erinnerung endete jetzt mit ihrem Selbstmord, ihrem Tod.

Wenn er jetzt wegging, blieb ihm immerhin noch sein Traum von Nathalie. Jetzt würde es enden wie ein Liebesfilm: mit dem ersten Kuss. Und man geht aus dem Kino mit einem guten Gefühl.

Nathalie lag im Bett, in ihrem alten Zimmer im ersten Stock. Sie hatte es nicht durchziehen können. Als sie Cosmo berührt hatte, hatte sie wieder an diese verfluchte Party denken müssen. Und dann plötzlich an Cosmo vor dem Heim, Messer in der Hand, über diesen Jungen gebeugt, der anfing zu weinen. Sie konnte nicht anders, als ihre Hand zurückzuziehen. Sie war fast geflohen. Und immer noch war sie völlig durcheinander. Einmal war *das* richtig, dann *das*, dann gar nichts mehr.

Nathalie schaltete ihr Handy an, suchte die Nummer des Taxifunks und drückte die Wähltaste. Schlafen konnte sie hier sowieso nicht. Sie fragte, wie teuer eine Fahrt nach München sei, gab die Adresse durch und ihre Handynummer, dann legte sie auf und zog sich wieder an. Sie ging leise die Treppe runter und nach draußen. Tom lag da wie vorhin, als sie vom See zurückgekommen war, die Weinflasche leer neben sich.

Obwohl das Feuer schon aus war, strahlte der improvisierte Grill immer noch Wärme ab. Trotzdem holte Nathalie eine Decke aus dem Wohnzimmer und legte sie über Tom. Sie hoffte, dass er sich nicht übergab im Schlaf. Dann ging sie um das Haus und die Einfahrt runter zur Straße, um dort auf das Taxi zu warten.

Cosmo kletterte über den Weidezaun, warf einen kurzen Blick auf Tom, der neben dem Grill lag, dann sah er Nathalie vor dem Grundstück auf der Straße. Cosmo atmete tief ein und hatte trotzdem das Gefühl, nicht genug Luft zu bekommen. Dann ging er zu ihr. »Ich hab's mir überlegt«, sagte er. »Ich bleibe. Aber ich hab keine Ahnung, wo und wie und überhaupt.«

Nathalie hatte Tränen in den Augen. »Das überlegen wir uns morgen«, sagte sie. »Nicht jetzt! Ja?«

Diesmal kam der Kuss von ihr, und er war anders als der am See, kein Vorgeschmack mehr – ein Wiederfinden, als hätten sie sich lange Zeit nicht gesehen. Sie gingen zurück zum Haus, dann die Außentreppe hoch in Nathalies Zimmer.

Sie zündete eine Kerze an neben dem massiven Bauernbett,

dann warf sie eine Decke über die staubige Matratze, sodass die Flamme in der Zugluft zuckte und tanzende Schatten an die Dachschräge warf.

Cosmo fühlte sich wie in einem Versteck, das noch neu war und ungewohnt. Etwas unsicher sah er sich um. Da war das Bett mit den Schnitzereien an Kopf- und Fußende, in das er wahrscheinlich gerade noch reinpasste, aber in einem Jahr schon nicht mehr, wenn er weiter so wuchs. An der gegenüberliegenden Wand stand ein alter Bauernschrank mit Blumenmustern an den Türen, genau in der Mitte der Wand, wo die Dachschrägen am meisten Platz ließen. Und daneben ein kleiner Tisch, der genauso schlicht war wie der Holzstuhl davor.

»Gefällt's dir?«, fragte Nathalie leise.

»Ja.« Es tat ihm fast weh, sie anzusehen. Sie war ganz ernst, und in ihrem Blick lag eine Verwundbarkeit, die sie nicht zu verbergen suchte. Er küsste sie, und sie umarmte ihn, als wollte sie ihn festhalten.

»Ich will mit dir schlafen«, flüsterte sie.

Cosmo wusste nicht, was er sagen sollte – ob er überhaupt etwas sagen sollte? Dies war keiner der Orte, wie er sie sich ausgemalt hatte – an denen man einfach vögeln konnte bis zum Umfallen. Dies kam ihm vor wie etwas Heiliges, Rituelles, und das machte ihm plötzlich Angst. Hier war er in Gedanken noch nie gewesen. Er spürte, dass auch Nathalie Angst hatte – aber nicht mehr zurückwollte.

Er hatte keine Ahnung, ob er zuerst sich selber oder zuerst Nathalie ausziehen sollte, und als er sah, dass Nathalie ein Kondom aus ihrem Geldbeutel holte, dachte er nur: Oh Gott! Er hatte mal eine ganze Schachtel verbraucht, um sich für den Fall der Fälle vorzubereiten, und jetzt war dieser Fall eingetreten. Cosmo fragte sich, wie er für Nathalie wohl aussah, jetzt gerade, wie eingefroren wahrscheinlich, wie eine Wachsfigur.

Er schob Nathalies T-Shirt langsam nach oben, über ihre Brüste, und Nathalie hob die Arme, als würde sie seine Bewegung übernehmen. Sein Herz klopfte, als er ihren nackten Oberkörper sah. Wie ihr Kuss draußen auf der Straße war auch dieser Anblick anders als am See, wo Cosmo vor allem überrascht gewesen war, Nathalie plötzlich so nackt zu sehen. Jetzt war er – so kurz davor! Was er sah, gehörte tatsächlich ihm, er musste es sich nur nehmen. Nathalie stand auf, und ihr Bauchnabel war bloß Zentimeter von seinem Mund entfernt, als er die Knöpfe ihrer Jeans öffnete. Wieder war es wie eine Bewegung – er zog ihre Jeans runter und sie streifte sie ab und stand barfuß vor ihm und hatte nur noch ihren Slip an. Sie hatte eine Gänsehaut, trotz der Hitze, und zitterte.

Cosmo zog sein T-Shirt aus, ohne die Augen von Nathalie zu lassen. Dann seine Schuhe, die Hose und schließlich Nathalies Slip, als sie sich aufs Bett legte. Dann spürte er sie am ganzen Körper. In diesem Augenblick gab es kein Vorher und Nachher mehr. Er küsste Nathalie und spürte die Tränen auf ihrem Gesicht. Und auf einmal fühlte er sich so wach, als wäre er die ganze Zeit in Trance gewesen. »Was ist los?«

»Nichts. Mach weiter, es tut mir leid.« Sie weinte. »Ist gleich vorbei«, sagte sie und dann fing sie richtig an zu weinen. »Scheiße«, sagte sie. »Scheiße!« Es war das erste Mal, dass er sie fluchen hörte. Sie richtete sich auf, zog die Beine an und vergrub den Kopf in ihren Armen.

Cosmo strich ihr vorsichtig durchs Haar. »Hey«, flüsterte er, »was ist denn los?«

Sie weinte, als wäre sie geschlagen worden. »Nix.«

»Wir müssen nicht miteinander schlafen.« Irgendwie war er sogar ein bisschen erleichtert. Und er hatte ja vor, hierzubleiben, also hatten sie alle Zeit der Welt.

»Doch! Ich will's endlich hinter mich bringen!«

Damit hatte er nicht gerechnet. »Ist das dein erstes Mal?«

Sie sagte nichts.

»Kannst es ruhig sagen, ich würd mich dann nicht so allein fühlen.« Er wollte sie zum Lachen bringen, aber sie weinte wieder. Er legte den Arm um sie und war froh, dass sie das zuließ.

Durch das offene Fenster hörten sie ein Auto näher kommen und anhalten. Der Motor tuckerte im Leerlauf weiter. Dann hörten sie ein Hupen.

»Mein Taxi«, sagte Nathalie.

Cosmo schluckte. Von wegen, alle Zeit der Welt. Er drückte Nathalie an sich. »Sag bloß, jetzt willst du auf einmal abhauen?«

Sie stand auf und zog sich an. »Nein. Ich geh nur kurz runter und schick es weg.«

29

Der Boden bewegte sich, ein sanftes Schaukeln wie auf einem Boot, gar nicht so unangenehm. Bis das Boot auf einmal im Kreis fuhr.

Tom riss die Augen auf und machte sie sofort wieder zu. Es war viel zu hell. Und das Boot fuhr immer schneller im Kreis.

Tom versuchte, die Dachrinne zu fixieren, genau über ihm. Sie schien sich auch zu bewegen, mit ihm, alles um ihn herum bewegte sich jetzt – das Haus, die Bäume, als hätte die Erde einen Tritt bekommen und würde auf die Sonne zueiern. Er brauchte dringend eine Sonnenbrille!

Noch dringender musste er pissen. Tom hob den Kopf und bereute sofort, sich bewegt zu haben. Es war, als würde sein Hirn noch am Boden kleben. Was noch übrig war von seinem Hirn!

Tom ließ den Kopf wieder zu Boden sinken, sachte. Pissen musste er immer noch. Und er wollte kein Risiko eingehen. Er wusste nicht, wie lange er es noch halten konnte. Sich jetzt in die Hose zu pinkeln, das würde ihm gerade noch fehlen. Es war schon unglaublich genug, dass er sich überhaupt noch beschissener fühlen konnte als gestern.

Er drehte sich langsam auf den Bauch. Er versuchte gar

nicht erst, aufzustehen. Eins nach dem anderen, sich nur nicht zu viel vornehmen. Dann kroch er auf allen vieren auf den nächsten Baum zu. Er stützte sich mit einer Hand am Boden ab, während er mit der anderen seine Hose aufknöpfte.

So fühlte sich also Fassbinder, wenn er auf drei Beinen an einen Baum pisste.

Ein paar Minuten später, nun wieder auf allen vieren, bewegte Tom sich umständlich zur Seite, um nicht in die Pfütze zu tapsen, die er gerade hinterlassen hatte. Dann krabbelte er zurück Richtung Schatten. Auf halbem Weg dorthin sah er Cosmo.

Cosmo hielt eine Papiertüte mit aufgedruckter Breze hoch. »Ich hab Frühstück gekauft«, sagte er.

Das war einfach zu viel für Tom. Immerhin war er schon in der richtigen Position.

Nachdem er den ersten Schwall Kotze losgeworden war, hörte er Cosmo sagen: »Aber vielleicht willst du ja erst mal duschen?«

Na wenigstens einer hatte seinen Spaß! Tom machte das Würdevollste, das man seiner Meinung nach in dieser Situation machen konnte – er sah Cosmo an und sagte: »Weißt du was? Du …« Dann übergab er sich wieder und fuhr fort: »… mich echt an!«

Für das, was er sonst noch zu sagen hatte, wollte er auf zwei Beinen stehen. Er riss sich zusammen, stand auf und wischte sich den Mund ab. »Na, wie oft habt ihr's gemacht, vier Mal, fünf Mal? Du bist 'n schöner Freund! Ich dachte, du räumst das Feld? War doch ausgemacht! *Freund*, was red ich da!«

»Ausgemacht?«

»Vergiss es einfach, okay!«

»Was haben wir ausgemacht?«

»Gar nichts, das weiß ich jetzt auch! Ich hatte sowieso nie 'ne Chance gegen dich. Mutter bringt sich um, Vater im Knast, die Bullen hinter dir her, und dann noch diese Bruce-Willis-Nummer gestern! Kein Wunder, dass dir die Weiber zufliegen. Ist ja wie im Kino.«

»Bist du jetzt völlig bescheuert? Willst du etwa tauschen? Dein Alter sitzt *nicht* im Knast! Deine Mutter *kümmert* sich um dich! Du lebst in einem *Haus*! Mit *Garten*!«

Tom wollte nur noch eins, weg. »Jaja, sprich's mir auf Band!« Aber nicht abhauen, sondern nach Hause. Er wollte in sein Zimmer. Zusperren, Jalousien runter und ins Bett. Schlafen, bis die Kopfschmerzen weg waren, bis er Nathalie vergessen hatte – was auch immer, Hauptsache schlafen! Das mit dem Abhauen war sowieso eine Schnapsidee gewesen. »Fassbinder!«

30

So was hatte der Hund anscheinend schon öfter gebracht, laut Tom war er ein begnadeter Bettler. Also fragten sie im Supermarkt, beim Bäcker, beim Metzger. Aber niemand hatte einen Hund gesehen, auf den Fassbinders Beschreibung passte. Sie fanden auch keine umgestoßenen Mülltonnen auf dem Rückweg. Auch das wäre ein gutes Zeichen gewesen.

»Warum wartest du nicht einfach, bis er wiederkommt?«

»Weil er mein Hund ist!«, sagte Tom. »Er ist mir schon mal vor 'n Auto gelaufen. Der Tierarzt hat ihn gerade noch so zusammengeflickt.«

»Und hat er danach noch mal 'nen Unfall gehabt?«

»Nein.«

»Na also.«

»Du verstehst das nicht, oder? Er ist *mein* Hund! Er hat nur mich! Der ist sein Leben lang getreten worden, bevor ich ihn gefunden hab. Und ja, er nervt und er hört nicht auf mich und er stinkt und er ist hässlich wie 'ne Mülltonne! Ich gewinn vielleicht keine Preise mit ihm, aber er hat tausendmal mehr Herz als jeder, den ich kenn, dich eingeschlossen! Und er braucht mich, und wenn's nur dafür ist, dass ich ihm sein Fressen hinstelle. Und er würde mich auch nicht im Stich lassen! Er ist nicht irgendwer oder irgendwas. Kapierst du das? Er ist nicht nur irgendein verdammter Hund. Für dich vielleicht, für mich nicht. Er ist *mein* Hund. Und ich will nicht, dass ihm was passiert! Also halt jetzt die Klappe!«

»Hey, ich hab nur gefragt.«

Als sie den See wieder sehen konnten, sagte Tom: »Scheiße!«

»Hunde können schwimmen«, sagte Cosmo.

»Er nicht! Ich hab ihn noch nie freiwillig im Wasser gesehen, der kriegt schon einen Anfall, wenn er nur ein Planschbecken sieht!«

»Dann ist er bestimmt nicht ertrunken.«

»Hab ich dich etwa nach deiner Meinung gefragt?«, sagte Tom.

Sie ließen sich am Steg ins Wasser, und Tom schwamm in die eine Richtung, Cosmo in die andere. Es gab kein richtiges Ufer, jedenfalls keins, das man abgehen konnte. Den See umgab ein Ring aus Schilfgras, mehrere Meter breit und an manchen Stellen so dicht, dass man kaum was darin erkennen konnte. Cosmo hatte Mühe genug, seinen Kopf über Wasser zu halten und nicht in Panik zu geraten; das Wasser war am Rand des Schilfrings gerade so tief, dass er nicht mehr darin stehen konnte.

Ihm fiel ein, wie er in der Nacht in den See gesprungen war, um den Ständer loszuwerden, mit dem Nathalie ihn am Steg zurückgelassen hatte. Seltsamerweise hatte er da keine Angst gehabt. Als wär dafür kein Platz mehr gewesen in seinem Kopf.

Cosmo versuchte, sich auf den Hund zu konzentrieren. Er hatte ihn zuletzt gesehen, noch bevor Nathalie gestern Abend zu ihm an den Steg gekommen war. Danach war es dunkel geworden, und er hatte auch nichts mehr gehört, das nach Hund klang.

Er glaubte nicht, dass sie ihn hier finden würden. Warum hätte er in den See gehen sollen, wenn er wasserscheu war? Um sich umzubringen? Hunde waren nicht so blöd.

Immerhin schien Tom wieder einigermaßen nüchtern, als er ihm entgegenschwamm. Tom hatte dreimal so viel Strecke gemacht wie er, und anstatt zu warten, überholte Tom ihn einfach und suchte sein Gebiet nochmals ab. Ohne Erfolg.

Was genau genommen ja ein Erfolg war, denn ohne Leiche gibt es erst mal keinen Toten. Aber dieser Gedanke schien Tom nicht zu beruhigen. Fassbinder lag ihm wirklich am Herzen. Cosmo fragte sich, ob so ein Hund überhaupt wissen konnte, was für ein Glück er hatte. Eher unwahrscheinlich. Aber vielleicht spürte er es. Vielleicht versuchte er manchmal sogar, es Tom auf irgendeine verquere Hundeart zu sagen – indem er zum Beispiel beim Fressen noch mehr reinhaute als sonst.

Wieder am Haus, trat Tom den Grill ein, den er gebaut hatte, und Cosmo ließ ihn dabei in Ruhe. Fassbinder war tatsächlich nicht nur ein Hund. Für Tom war er ein Freund – der einzige, den er hatte.

Cosmo hob den Grillrost auf, unter dem die beiden verbrannten Steaks im Gras lagen. »Was meinst du, können wir ihn damit noch ködern?«

Sofort war Tom wieder in Bewegung. Er ging um das Haus und kam kurz darauf mit einer zerfetzten Einkaufstüte zurück. »Sie hat vier Steaks gekauft«, sagte er. »Minus zwei, die verbrannt sind – macht zwei, die er geklaut hat!«

Anscheinend war das nichts Neues bei Fassbinder: Essen

klauen und dann verschwinden, bevor es Strafe gibt. Jedenfalls machte es Tom Mut, dass das Fleisch weg war.

Die Straße mündete schon nach wenigen Metern in einen Kiesweg. Cosmo fand, dass der Weg immer schmaler wurde, je weiter sie in den Wald kamen. Schließlich ging er in einen Trampelpfad über, der steil bergauf führte und sich bald in drei noch schmalere Pfade gabelte. Sie nahmen den rechten Pfad. Der Wald blieb hügelig. Es ging entweder nur bergauf oder nur bergab – dafür standen die Bäume relativ weit auseinander und man hatte eine gute Sicht. Bis zum nächsten Hügel jedenfalls.

»Endmoränen«, sagte Cosmo, obwohl er wusste, dass das nicht besonders hilfreich war.

»Na toll!«, sagte Tom. »Da hat ja einer in Geo mal aufgepasst!« Er blieb stehen. »Ich brauch dich nicht, okay? Hau einfach ab.«

»Wie wär's, wir streiten weiter, wenn wir deinen Hund gefunden haben?«

»Wie wär's, wir streiten überhaupt nicht mehr! Verzieh dich einfach, okay?«

In diesem Augenblick hörten sie ein Geräusch. Es war kein richtiges Bellen, mehr ein nasses Japsen. Tom lief den Hügel runter und stolperte über einen abgebrochenen Ast, der unter dem verrottenden Laub vom letzten Herbst lag. Er stand sofort wieder auf und stieg den nächsten Hügel hinauf. Auch das war nicht einfach. Sie hatten beide Turnschuhe an, völlig falsche Schuhe für das Gelände, sie hätten Bergschuhe gebraucht oder Armeestiefel.

Cosmo ließ sich Zeit. An jedem Baum hielt er sich fest.

Trotzdem schlitterte er den Hügel mehr hinunter, als dass er ging. Er erwischte einen biegsamen Zweig und seilte sich daran ein paar Meter weit ab. Bevor er auf dem nächsten Hügel war, konnte er Tom schon hören. Er konnte auch die Angst in Toms Stimme hören. Er konnte sogar heraushören, dass sie begründet war, selbst wenn Tom vor allem fluchte. Das war ja Toms Art, Gefühle zu zeigen. Cosmo dachte an das ganze Gemecker, was für eine Niete der Hund sei: Es war nichts anderes als eine komplizierte Liebeserklärung. Von jemandem, für den nichts einfach ist.

»Mein Gott, was machst du da?«, brüllte Tom. »Fassbinder, wie blöd bist du denn? Scheiße, scheiße, scheiße!«

Die Ebene sah auf den ersten Blick aus wie eine moosbewachsene Lichtung. Nur war die Ebene unnatürlich glatt und Toms Hose und Schuhe waren fast komplett schlammbraun. Er musste wieder hingefallen sein. Die Kratzer in seinem Gesicht bluteten, aber Tom schien sie überhaupt nicht wahrzunehmen. »Du blöde Töle!«, schrie er. »Ich glaub's einfach nicht!« Er stand am Rand des Sumpfes.

Zwanzig Meter, dreißig Meter – es ließ sich schwer abschätzen, man konnte nur den Schädel des Hundes sehen, das schwarze Fell, das aus der grünlichen Oberfläche herausstach, die Schnauze, so weit es ging, hochgestreckt.

»Was hat der sich dabei gedacht?«, sagte Tom. »Nimmt mal 'n Moorbad gegen seine Falten?« Er war den Tränen nahe.

»Keine Ahnung«, meinte Cosmo. Er fragte sich, wie lange der Hund schon so in dem Sumpf steckte. Aber da war noch etwas. Irgendwas passte nicht. Es war wie eins dieser Bilder, in denen ein Fehler versteckt war, er hatte ihn bloß noch nicht gefunden.

»Wir brauchen Hilfe«, sagte Tom. Dann rief er, so laut er konnte: »Hilfe! Hört mich jemand?«

Der Hund konnte noch nicht so lange in dem Sumpf sein, *das* war es! Sonst wär er längst untergegangen. Sank er überhaupt? Sah nicht so aus. Also kann er noch stehen, dachte Cosmo, gerade noch. Und wenn der Hund stehen kann – dann kann ich auch darin stehen. Um einiges bequemer sogar.

Tom schirmte den Mund mit beiden Händen ab und rief um Hilfe, bis er heiser war. Dann sagte er: »Verdammt, einmal brauch ich so 'n Ding und dann vergess ich mein Handy!«

»Gibt bestimmt sowieso keinen Empfang hier.« Cosmo überlegte, ob er seine Schuhe vorher ausziehen sollte.

Tom kletterte den Hügel hoch, und als er oben war, fing er wieder an, um Hilfe zu rufen.

Scheiß drauf, waren sowieso nicht seine besten Schuhe. Die drei Typen vor dem Heim wären bestimmt nicht abgezogen, wenn sie den Hund nicht gesehen hätten. Und wenn Tom nicht gewesen wäre, hätte er Kevin vielleicht umgebracht. Cosmo machte einen Schritt nach vorne, vorsichtig, dann noch einen. Langsam, einen Schritt nach dem anderen.

Tom hörte auf, um Hilfe zu rufen. »Hey, kann man dich nicht mal kurz allein lassen? Was soll denn der Mist? Du hast doch 'n totalen Knall, Mann!«

»Hast du dich mal gefragt, wie dein Hund das geschafft hat? So weit da reinzukommen, ohne schon nach zwei Metern zu versinken?«

»Wird das 'ne Quizshow? Soll ich mir über so was jetzt den Kopf zerbrechen?«

»Er hat's geschafft, weil er gerade noch stehen kann!«, sagte Cosmo. Nur seine Füße steckten im Schlamm, der Rest war

Wasser, eine braungelbe Brühe mit diesem grünlichen Film an der Oberfläche. Das Zeug reichte ihm gerade mal bis unter die Knie.

»Weißt du eigentlich, wie bescheuert du bist?«, rief Tom und kam wieder runter von dem Hügel.

»Verstehst du's immer noch nicht?«

»Doch, ich weiß, was du meinst! Er kann gerade noch stehen dort hinten – und deswegen ist die Siffe auch nirgends tiefer als dort!« Tom deutete auf Cosmo. »Wer sagt dir denn bitte, dass er ausgerechnet *hier* reingegangen ist?«

Cosmo blieb stehen. Er hatte es einfach vorausgesetzt. Als er wieder umkehren wollte, merkte er, dass er feststeckte. War er etwa zu lange stehen geblieben? Das darf doch nicht wahr sein! Es begann wie in der Achterbahn – der Augenblick, in dem sie losfuhr, langsam, fast wie in Zeitlupe: Was sich gerade noch wie halbfester Boden unter ihm angefühlt hatte, schien sich unmerklich aufzulösen und war jetzt nur noch nass und weich.

Das Absurde daran war: Er war vielleicht gerade mal zehn Meter von der Stelle entfernt, wo Tom stand – der Sumpfrand schien immer noch beinahe greifbar. Es war lächerlich, dass er nicht mehr zurückkonnte, aber er hatte keinen Halt mehr. Wenn er versuchte, einen Fuß aus dem Schlamm zu ziehen, hatte er das Gefühl, mit dem anderen nur noch tiefer einzusinken.

Cosmo bewegte sich nicht mehr. Er wagte nicht mal mehr, den Kopf zu drehen. »Tom, bist du noch da?«

»Was glaubst du denn – dass ich jetzt Mittagspause mach?«

»Mir ist was eingefallen.«

»Ach ja? Noch was Blöderes vielleicht?«

»Du musst den Sumpf am Rand abgehen, bis du seine Spuren findest. Dann weißt du, wo er rein ist.«

»Das fällt dir aber echt früh ein!«

Hätte er nur fünf Minuten länger nachgedacht – vorher!

»Rühr dich nicht vom Fleck!«, hörte er Tom rufen.

»Soll das 'n Witz sein?«

Er bekam keine Antwort mehr.

Was er brauchte, war ein Plan, ein *richtiger* Plan! Eigentlich seine Spezialität. Immerhin hatte er den Ast wiedergefunden, über den er vorhin gestolpert war. Verdammt, war der schwer!

Tom fiel ein, was Cosmo zu ihm gesagt hatte – wie lang war das her? Unfassbar, nur zwei Tage! Im Volvo, auf dem Weg in die Wohnung: »Nimmst du's dir deswegen? Weil dein Alter die Karre mehr liebt als dich?«

Die ganze Scheiße, die er baute – in der Schule, die Sache mit dem Auto, mit dem Gras. Nur um irgendeine Reaktion von seinem Vater zu bekommen. Um wenigstens einen Vater zu haben, der sauer auf ihn war. Und was hatte er davon?

Gar nichts. Könnte sein Vater ihm jetzt helfen?

Na ja, er könnte mit anpacken. Scheiße, war das Ding schwer! Aber das schaffte er auch alleine. Cosmo, echt! Erst klaut er ihm die Frau, dann geht er auch noch drauf – was für ein Arschloch! Aber so einfach ließ er ihn nicht davonkommen!

Er ging unter. Langsam zwar, aber stetig. Seine Beine waren mittlerweile vollständig im Schlamm versunken, die braungelbe Brühe reichte ihm bis zum Bauch. Er versuchte, sich einzureden, dass man schlimmer sterben konnte – Autounfälle, Chemieunfälle, die abartigsten Krankheiten. Lyell-Syndrom zum Beispiel. Mein Gott, wie lang hatte er *daran* nicht mehr gedacht? Es war sein Albtraum gewesen in der Grundschule.

Erst hatte man gedacht, das Mädchen wäre an Scharlach erkrankt, aber aus den roten Punkten am Körper wurden Blasen, wie Brandblasen, und dann löste sich die Haut ab, nach und nach die ganze Haut, bis das Mädchen starb, innerhalb einer Woche. Es muss unvorstellbar qualvoll sein, so zu sterben, hatte Cosmo damals gedacht. Bei jedem Mückenstich, den er an sich entdeckte, hatte er Schweißausbrüche bekommen. Kein Horrorfilm hatte ihm seitdem diesen Albtraum nehmen können.

Es war aber kein Trost, dass es bei ihm schneller gehen würde, zwei, drei Minuten vielleicht, sobald er keine Luft mehr bekam. Genau genommen gab es überhaupt keinen Trost, wenn man nicht sterben wollte. Und er war auch noch selber schuld! Hätte er Tom was gesagt, wären sie gemeinsam draufgekommen. Aber nein, er musste es ja allein versuchen! Wie seine Mutter, als sie die Pillen einwarf. Aber sie hatte sterben wollen, er nicht. Wie kann man das nur *wollen*? Alles, was *er* wollte, war aus diesem Dreck wieder rauskommen.

Die Aussichtslosigkeit seiner Lage war unvorstellbar. Wie konnte man, wenn man noch lebte, im nächsten Moment schon tot sein? Das konnte doch gar nicht gehen!

Er wünschte sich, dass Tom jetzt bei ihm wäre. Wenigstens noch die paar Minuten, die ihm blieben.

Andererseits – wenn Tom ihn so sah, Tränen im Gesicht, Mann, was würde der von ihm denken?

Cosmo räusperte sich. »Tom?«

Er bekam keine Antwort. Die Brühe reichte ihm jetzt fast bis zu den Achselhöhlen.

Ihm gingen zu viele Dinge durch den Kopf, kreuz und quer und fast gleichzeitig. Er versuchte, sich auf den Gedanken zu konzentrieren, den er haben wollte, wenn er abtrat.

Nathalie. Der erste Kuss, am Steg gestern Abend. Nein, später – wie sie eingeschlafen war in seinen Armen. Das sollte sein letzter Gedanke sein.

Nein!

Es durfte keinen letzten Gedanken geben, noch lange nicht! Irgendwie würden sie es noch schaffen! Tom würde Hilfe holen oder irgendwas finden, womit er ihn hier rauszog. Dann würden sie Fassbinder holen. Sie mussten ja nur den Rand des Sumpfes abgehen. Und dann würden sie zum Haus zurückkehren, erst mal, und es wäre wie früher – obwohl sie sich ja erst seit zwei Tagen kannten –, und er würde sagen: »Ist nichts gelaufen gestern. Nur falls es dich interessiert.«

Und Tom würde ihm nicht glauben. »Ja klar!«, würde er sagen.

»Wirklich! Sie ist auf die Bremse gestiegen. Bevor irgendwas passiert ist.«

»Ich hab doch gesehen, dass sie sich ausgezogen hat am Steg!«

»Ja. Ich hab auch gedacht, ich kipp um.«

»Und ihr habt euch geküsst!«

»Ja, wir haben uns geküsst.«

»Und mehr ist nicht passiert, später?«

»Nicht wirklich. Ist 'ne komplizierte Geschichte.«

Tom würde sich kaputtlachen. Und dann würde Tom ihn

vielleicht fragen: »Sag mal, willst du eigentlich immer noch abhauen?«

»Na ja, ich weiß immer noch nicht, wohin.«

»Ich wüsste da was«, würde Tom sagen.

»Ich geh nicht zurück ins Heim.«

»Verlangt ja auch niemand.«

»Niemand? Hast du den Bullen vergessen?«

»Um den kümmer ich mich schon.«

»Was hast du vor, ihn umlegen?«

»Klar, dann haben wir keine Probleme mehr. Nee, auf den setz ich meine Mutter an. Weißt du noch, wie die uns beim Kiffen erwischt haben?«

»Mich nicht!«

»Ich hab dir was angeboten, selber schuld, wenn du nichts rauchst! Aber hast du gesehen, wie die sich angeschaut haben?«

»Wie denn?«

»Oh Mann! Du solltest öfter mal Kuschelrock hören, dann kommst du auch noch drauf. Das war Liebe auf den ersten Blick, wenn du mich fragst. Also, was hältst du davon? Dass du bei uns wohnst?«

»Bei euch? Ich dachte, du willst auch abhauen.«

»Hab's mir anders überlegt. Viel zu anstrengend.«

»Und deine Mutter?«

»Wie, meine Mutter?«

»Na, hat die da nicht was mitzureden?«

»Klar. Sie darf Ja sagen.«

»Und du meinst, das macht sie?«

»Das dreh ich schon irgendwie so hin. Also?«

»Und Nathalie? Steht die nicht zwischen uns?«

»Die kommt doch bestimmt wieder mit ihrem Freund zusammen!«

»Wie kommst 'n bitte darauf?«

»Na, der ist Franzose, die haben's doch drauf mit den Frauen. Da kannst du dich mal hinten anstellen!«

Und vor dem Haus würde Nathalie sitzen, gerade aufgewacht, und eine der Brezen essen, die er in der Früh gekauft hatte. »Wo wart *ihr* denn?«, würde sie fragen.

Und Tom würde sagen, pitschnass und voll Dreck: »'ne Runde spazieren. Hast du gut geschlafen?« Dann würde er Fassbinder rufen.

Und der Hund würde zu ihm kommen. Auf Kommando. Zum ersten Mal in seinem Leben.

Keine Ahnung, wie es mit Nathalie weitergehen würde. Aber er hätte einen Freund gefunden. Der genau zu ihm passte, Glück gehabt. Das war sein letzter Gedanke, bevor das schmutzig braune Wasser in seine Augen lief und sein Blick verschwamm.

31

Nathalie hatte im Garten nach Cosmo gesucht, nachdem sie alleine aufgewacht war, und dann am See – vielleicht war er ja schwimmen gegangen und hatte sie nicht wecken wollen.

Aber er war nicht am See, also war Nathalie zum Haus zurückgekehrt, hatte sich eine Breze aus der Tüte genommen und war zur Straße gegangen – zuerst ein wenig enttäuscht, weil Cosmo ihr keine Nachricht hinterlassen hatte.

Als sie ihn auch auf der Straße nirgends sehen konnte, musste sie lächeln – na ja, Manieren müsste man dir schon noch beibringen. Dann bekam Nathalie auf einmal Lust, die alten Wege am Waldrand abzugehen – *ihre* Wege, die sie als Kind erkundet hatte und die sie immer tiefer in den Wald hineingeführt hatten, je älter und mutiger sie geworden war. Kurz darauf hörte sie die Hilferufe und fing an zu rennen. Das klang wie Tom!

Auf der letzten Hügelkuppe vor dem Sumpf sah sie erst auf den zweiten Blick, dass es wirklich Tom war, denn er war bis zum Kopf mit Schlamm überzogen und stand knietief im Morast. Er schrie wie ein Wilder, als er den großen Ast hinter sich herzog. Nathalie bekam eine Gänsehaut davon. Von Cosmo waren nur noch die ausgestreckten Arme zu sehen und seine

Haare. Dann hielt sich Tom mit einer Hand an dem Ast fest und packte mit der anderen Cosmo am Arm und zog und schrie, als würde er alle Wut aus sich herausschreien, bis Cosmo den Ast zu greifen bekam.

Nathalie wusste, dass sie den beiden helfen musste, aber sie schaffte es nicht, sich zu bewegen. Sie hatte das Gefühl, gar nicht in ihrem Körper zu sein – so wie wenn man im Bett liegt, nicht mehr wach, aber noch halb in Gedanken, und noch nicht eingeschlafen, aber fast schon im Traum.

Der Schlamm spritzte, und beide fielen immer wieder auf die Knie, als sie sich zurück ans Ufer schleppten, Toms rechte Hand wie eingekrallt in Cosmos linken Oberarm. Die Jungs keuchten, und Tom war so heiser, als würde er nie mehr seine Stimme finden. Aber statt bei Cosmo zu bleiben, ging er sofort wieder zurück und da erst bemerkte Nathalie den Hund.

Als Cosmo sah, was Tom vorhatte, raffte er sich wieder auf und half ihm mit dem Ast. Sie machten einen Viertelkreis ungefähr um die Stelle, wo Cosmo eingesunken war, und bewegten sich langsam vorwärts. Dann zog Tom seinen japsenden Hund aus dem Sumpf, indem er sich mit der einen Hand an dem von Cosmo gesicherten Ast festhielt und mit der anderen den Hund auf Brusthöhe umfasste. Zum Ufer trug Tom den Hund wie ein Kind auf beiden Armen, als würde der Hund kaum etwas wiegen. Dann ließ er ihn zu Boden und setzte sich neben ihn. Als Cosmo die beiden erreichte, legte er sich keuchend auf den Rücken.

Es dauerte eine Weile, bis Cosmo wieder einigermaßen normal atmen konnte. Als Erstes sagte er dann: »Wir können sie ja noch mal fragen. Nur um sicherzugehen.«

»Was fragen?«, krächzte Tom. Der Hund hatte den Schädel auf seinen Schoß gelegt und Tom streichelte seinen schlammnassen, zitternden Körper.

»Mit wem von uns beiden sie zusammen sein will.«

»Das hat sie gestern ziemlich deutlich gemacht. Immerhin hat sie sich für dich ausgezogen.«

»Vielleicht hat sie sich's inzwischen ja wieder anders überlegt.«

»Ganz sicher«, sagte Tom. »Sag bloß, du würdest mir jetzt doch den Vortritt lassen?«

»Na ja, du hast mir immerhin das Leben gerettet.«

»Keine Ursache.«

Es klang, als hätte Tom ihm nur die Tür aufgehalten – Cosmo lachte.

»Was?«, fragte Tom.

Cosmo versuchte aufzuhören, aber es ging nicht, er musste einfach lachen. »Ich weiß auch nicht. Alles!«

Tom wartete eine Weile, bis er sagte: »Willst du eigentlich immer noch abhauen?«

Cosmo hörte auf zu lachen. »Na ja«, sagte er vorsichtig. »Ich weiß immer noch nicht, wohin.«

»Ich wüsste da vielleicht was.«

Nathalie stand langsam auf und ging den Hügel runter. Sie schämte sich dafür, dass sie den Jungs nicht zu Hilfe gekommen war – aber mehr noch tat ihr weh, was sie eben aufgeschnappt hatte: dass Cosmo bereit war, sie abzutreten. Und das nach der vergangenen Nacht!

Vielleicht hatte er ja nur einen Witz gemacht. Nathalie hörte noch, wie er sagte: »Ich geh auf keinen Fall zurück ins

Heim.« Aber Toms Antwort konnte sie schon nicht mehr verstehen.

Nur dass die Jungs lachten, konnte sie wieder hören, als sie den nächsten Hügel erklommen hatte. Danach verloren sich die Stimmen der beiden endgültig.

Nathalie fragte sich, ob ihr die Taxizentrale noch mal ein Taxi schicken würde, nachdem sie den Wagen gestern Nacht nicht genommen hatte.

Wenn nicht, würde sie eben den Zug nehmen.

32

Cosmo hatte seinen Rucksack geschultert und stand links neben Tom auf der Rolltreppe, die vom Untergeschoss in die Bahnhofshalle hochfuhr, und am ersten Kiosk blieb Cosmo stehen, um sich eine Cola zu kaufen.

»Willst du nicht noch was zum Lesen mitnehmen? Vielleicht ein *Penthouse*?«, fragte Tom grinsend – und laut genug, dass es die Verkäuferin auch hörte.

Oh Mann!, dachte Cosmo und warf der jungen Frau einen Blick zu. Sie war nicht wirklich beeindruckt. Er nahm das Wechselgeld von ihr entgegen und schraubte den Verschluss von der Plastikflasche. »Wieso?«, sagte er zu Tom. »Traust du dich immer noch nicht, die Dinger selber zu kaufen?«

Tom lachte. Sie gingen weiter. »Das hab ich momentan zum Glück nicht nötig«, sagte er.

Cosmo hielt ihm die Flasche hin und Tom trank einen Schluck. »War nicht zu überhören die letzten Tage«, sagte Cosmo. »Die Wände sind ziemlich dünn bei euch.«

Das Gleis lag am anderen Ende der Halle. In Straßburg würde er umsteigen müssen. Sie gingen den Bahnsteig entlang, bis sie im Freien waren. »Fliegen wär billiger«, sagte Tom.

»Fliegen ist schlecht für die Umwelt«, meinte Cosmo.

»Ach, du hast doch nur Schiss, dass du abstürzt.«

Cosmo stellte seinen Rucksack auf einer Bank ab. Sie hatten noch zehn Minuten.

»Hast du deinem Vater gesagt, dass du fährst?«

Cosmo schüttelte den Kopf. »Der hat jetzt erst mal wieder Pause. War mir 'n bisschen viel, was der erzählt hat.«

Tom setzte sich auf die Bank und steckte die Hände in die Taschen seiner Jeansjacke. Es war kalt geworden, fast über Nacht, dachte Cosmo, gestern noch Spätsommer, heute schon Herbst.

»Ist schon komisch, oder?«, sagte Tom nach einer Weile. »Da haben wir uns den Kopf zerbrochen, wohin du abhauen könntest, und sie macht es einfach. Und sagt nicht mal Auf Wiedersehen.«

»Komisch ist gut!«, sagte Cosmo und setzte sich auch.

»Der Bulle hätte dir ruhig helfen können mit der Adresse«, sagte Tom. »Für den wär das doch ein Kinderspiel, sie rauszufinden. Er schaut mal im Computer nach und fertig. Aber nein, kann er nicht machen, sagt er.«

»Er ist halt ein Bulle. Dafür hat er bei deiner Mutter ein gutes Wort für mich eingelegt.«

»Ja«, sagte Tom nachdenklich. »Ich weiß immer noch nicht, was ich davon halten soll, dass die beiden zusammen sind.«

»Sei lieber froh, dass sie keine übleren Typen anschleppt.«

Die Sekretärin hatte ihm schließlich doch noch gesagt, von welcher Schule in Marseille Nathalie hierhergewechselt war. Das hieß zwar nicht zwangsläufig, dass sie jetzt wieder dort war, aber es war wenigstens ein Anhaltspunkt.

Von Nathalies Eltern war nichts zu erfahren gewesen, und Nathalie schrieb ihnen auch nicht, jedenfalls keine Briefe – fast als würde sie wissen, dass Tom den Briefkasten nebenan jeden Tag kontrollierte.

»Bist du noch sauer, dass ich allein fahr?«, fragte Cosmo.

»Nee, das ist 'ne Sache zwischen euch beiden. Außerdem hab ich momentan sowieso keine Zeit.«

Ein Spaziergänger hatte gesehen, wie Tom ihn aus dem Sumpf gezogen hatte. Statt ihnen zu helfen, hatte der Typ seinen Camcorder eingeschaltet. Die Bilder waren sogar im Fernsehen gelaufen und es hatte ein paar Zeitungsartikel gegeben. Seitdem war Tom nicht mehr der glücklose Filmstar, sondern einfach wieder Tom. Die Mädchen schauten ihn anders an und er hatte inzwischen eine Freundin.

Die Lautsprecheransage kam und kurz darauf fuhr der Zug ein. »Schau, dass du in einer Woche zurück bist«, sagte Tom. »Wenn die Schule wieder anfängt.«

»Eine Woche müsste reichen, sie zu finden.«

»Wenn du unentschuldigt fehlst, kriegst du Ärger mit denen. Du wohnst nur auf Probe bei uns, vergiss das nicht.«

»Mach dir keinen Kopf, genieß die Herbstferien!«, sagte Cosmo und schulterte seinen Rucksack.

»Versteh mich nicht falsch – es ist nicht so, dass ich dich vermissen würde! Aber meine Mutter wahrscheinlich, so ordentlich, wie du bist. Macht sogar das Klo sauber, nachdem er scheißt. Spießer, echt!«

Es war Zeit einzusteigen. »Mach's gut!«, sagte Cosmo.

»Verlier dein Ticket nicht. Gilt auch für die Rückfahrt.« Tom ging den Bahnsteig runter.

Cosmo machte das Fenster im Abteil auf und lehnte sich raus. Am Ende des Bahnsteigs drehte Tom sich noch mal um und hob die Hand. Dann verschwand er in der Menschenmenge.

33

Es war noch dunkel, als der Zug in den Gare St. Charles fuhr. Cosmo hielt sich am Griff neben der Tür fest, den Rucksack geschultert. Mit der freien Hand verstaute er den Stadtplan, den er in München gekauft hatte, in seiner Gesäßtasche. Er war aufgeregt, gar nicht mehr müde wie eben noch im Abteil.

Langsam, fast andächtig stieg er aus, zum ersten Mal in einem fremden Land. Der Bahnsteig war geisterhaft leer – nicht das Chaos, das er erwartet hatte nach Nathalies Erzählungen, nicht unzählige Menschen, die sich eilig aneinander vorbeidrängten in der Bahnhofshalle. Die Stadt schlief noch.

Cosmo sperrte seinen Rucksack in ein Schließfach, dann schlenderte er die breite Treppe hinunter zur Straße, die noch nass war vom Regen der letzten Nacht. An der Kreuzung zur Canebière, der großen Hauptstraße, die zum Alten Hafen führte, blieb er stehen. Die Ampeln blinkten, es gab vier Zebrastreifen, aber Polizisten waren nirgends zu sehen.

Auf der anderen Straßenseite entdeckte Cosmo das Café, von dem Nathalie erzählt hatte. Die Türen waren offen, aber drinnen standen noch die Stühle auf den Tischen. Eine Frau mit Küchenschürze wischte den Boden vor der Bar, ein Kellner stellte Tische nach draußen auf den Gehsteig. Die beiden sprachen miteinander, aber Cosmo verstand nichts von dem, was sie sagten. Ihre Worte hatten nur eine entfernte Ähnlichkeit mit dem Französisch, das er in der Schule gelernt hatte. Cosmo fragte sich, ob Nathalie wohl noch ab und zu hierherkam.

Es war mild, viel wärmer als zu Hause. Nach und nach schien die Stadt aufzuwachen. Auf dem Fischmarkt am Alten Hafen ertappte Cosmo sich dabei, dass er sich ständig nach Nathalie umschaute – als könnte sie geradewegs aus dem nächsten Bus steigen oder hier am Hafen entlangspazieren oder vor dem Zeitungsstand gegenüber anstehen.

Er hatte unzählige Nachrichten auf ihrer Mailbox hinterlassen – ohne dass sie sich jemals gemeldet hätte. Zuerst war er besorgt, dass ihr etwas passiert war. Sogar so besorgt, dass er Berger, den Bullen, um Hilfe bat. Aber nach einem Gespräch mit Nathalies Eltern versicherte ihm Berger, dass die beiden wussten, wo ihre Tochter sich aufhielt und dass es ihr gut ging. *Wo* sie war, verschwiegen sie allerdings, und Cosmo hatte auch nach den Sommerferien in der Schule nichts darüber herausfinden können.

Er hielt sich links, wo die Straße am Hafenbecken entlang einen Hügel hinaufführte. Das Tor zum Park war noch geschlossen. Cosmo kaufte sich an einer Tankstelle ein abgepacktes Sandwich und eine französische Limonade und frühstückte am Geländer neben dem Eingang eines menschenleeren Strandbades. Er schaute aufs Meer hinaus, über dem hinter einer dünnen Wolkendecke die Sonne aufging.

Sie hatte ihn sitzen lassen, ohne Erklärung. Dafür hatte er sie zum Teufel gewünscht. Sogar seine Mutter hatte ihm wenigstens einen Abschiedsbrief geschrieben. Tom riet ihm, sich mit einem anderen Mädchen zu trösten – »so vergisst man jede, glaub mir« –, und er glaubte Tom ja auch, besonders dann, wenn im Zimmer nebenan wieder die Kuschelrock-CD anging wie der Gong zur nächsten Runde, bis dann Toms Freundin irgendwann stöhnte wie bei einem Pornocasting.

Aber ihn interessierte keine andere, er war zu wütend, und dass er wütend war, machte ihn noch wütender, und er bekam Nathalie einfach nicht aus seinem Kopf.

Im *Office du Tourisme* gaben sie ihm die Adresse eines günstigen Hotels in der Nähe des Parks. Das Zimmer lag im zweiten Stock – ein weiches Doppelbett, großes Fenster in den Innenhof, ein Waschbecken, Klo und Dusche im Gang. Er zahlte bar, im Voraus für drei Tage, und der alte Mann an der Rezeption notierte sich seinen Namen und die Nummer seines Personalausweises, den er erst seit August hatte. Das Geburtsdatum hatte Cosmo vorsorglich um zwei Jahre vordatiert, mithilfe von Schere, Kleber und der Steuermarke einer Zigarettenschachtel – eine Fälschung, die erstaunlicherweise erst bei sehr genauem Hinsehen auffiel –, aber wie alt er war, interessierte den Mann gar nicht.

Irgendwann waren Cosmo Zweifel gekommen. Ob vielleicht er selbst verantwortlich war für Nathalies Verschwinden. Vielleicht hatte er ihr in dieser einen Nacht, ohne es zu wollen, das Gefühl vermittelt, sie nicht mehr zu begehren. Als er ihr anbot, den Typen ausfindig zu machen, der sie beinahe vergewaltigt hätte. Aber sie wollte es nicht. Sie wollte den Typen vergessen, nicht suchen. Was Cosmo nicht verstehen konnte. Um so etwas hinter sich zu lassen, musste man doch irgendwie damit abschließen.

Vielleicht bereute sie auch, dass sie ihm davon erzählt hatte. Aber dann, dachte er, wäre sie doch gleich gegangen, noch in derselben Nacht. Je länger er darüber nachdachte, desto mehr Fragen hatte er und keine einzige Antwort.

Irgendwann machte es ihn einfach nur traurig, dass sie weg war. Er vermisste sie. Auch wenn er noch so viel Glück gehabt hatte seitdem. Er hatte es aus dem Sumpf geschafft. Er konnte bei Tom wohnen. Das Rätsel um seinen Vater war gelöst, er hatte ihn sogar schon ein zweites Mal besucht. Er ging wieder in die Schule und arbeitete an zwei Abenden die Woche in einer Videothek. Was nicht so viel Geld abwarf wie Zigaretten verkaufen, aber immerhin. Mit dem Rauchen hatte er auch aufgehört. Sogar Berger besuchte ihn ab und zu mal.

Ja, er hatte Glück gehabt, endlich, aber er musste wissen, warum Nathalie gegangen war, wenigstens das. Sie war so plötzlich aus seinem Leben verschwunden, wie sie darin aufgetaucht war, und er war noch nicht so weit, dies als Ende zu akzeptieren.

Er kam mit seinem Rucksack vom Bahnhof zurück zum Hotel und der Alte von der Rezeption stand mit einer Zigarette vor dem Eingang. Er fragte ihn, ob er hier Ferien machte, und Cosmo musste lächeln – weil er die französischen Worte verstand. War die Schule also doch nicht umsonst gewesen.

»Ich suche jemanden«, sagte er. »Jemand, der weggelaufen ist.«

Es waren gerade mal drei Monate vergangen, als Cosmo am Vormittag in den Parc du Pharo ging. Keine fünf Jahre, wie sie es sich ausgemalt hatten im Sommer am See.

Er rechnete nicht damit, Nathalie heute hier anzutreffen.

Aber Zufälle sind immer unwahrscheinlich.

Und trotzdem gibt es sie.

Stephan Knösel

Stephan Knösel, geboren 1970, arbeitet als freier Drehbuchautor und lebt mit seiner Frau und seinen Söhnen in München. Für seinen Debütroman *Echte Cowboys* wurde er mit dem Literaturstipendium der Stadt München, dem Bayerischen Kunstförderpreis für Literatur und dem Kranichsteiner Jugendliteratur-Stipendium ausgezeichnet. Zuletzt erschien der Roman *Das absolut schönste Mädchen der Welt und ich*.
www.stephanknoesel.de

Noch Fragen und Anregungen zum Roman?
www.facebook.com/StephanKnoesel

Stephan Knösel
Jackpot – Wer träumt, verliert
Roman, 272 Seiten (ab 13), Gulliver TB 74436
Ebenfalls als E-Book erhältlich (74344)

Rasant wie ein Actionfilm!
Ein Auto kracht gegen einen Baum, das geheimnisvolle Mädchen Sabrina und eine Tasche voller Geld im Kofferraum – Jackpot! Dumm nur, dass Chris und sein Bruder Phil nicht die einzigen sind, die scharf darauf sind. Sabrina erzählt aberwitzige Geschichten, die Gang nebenan schlägt los und die Polizei will auch mitreden. Doch alle sind nichts gegen den Mann, der mit Sabrina im Auto saß. Er würde töten für seinen Jackpot ...

Stephan Knösel
Das absolut schönste Mädchen der Welt und ich
Roman, 257 Seiten (ab 14), Klappenbroschur 81183
Ebenfalls als E-Book erhältlich (74606)

Nach einem Streit mit seiner Mutter ergreift der 17-jährige Paul die Flucht aus Paris, um nach München zu ziehen. Erschöpft schläft er nach seiner Reise auf einer Parkbank ein und wird von einer vermeintlichen Taschendiebin geweckt. Die schöne Zoe ist nicht auf den Mund gefallen und schon bald ist Paul völlig gefangen von ihr. Er muss Zoe beweisen, dass er der einzig Richtige für sie ist! Doch Zoe gleitet ihm immer wieder aus den Händen und ein Katz-und-Maus-Spiel beginnt ...

GULLIVER www.beltz.de
Beltz & Gelberg, Postfach 10 01 54, 69441 Weinheim